Moon Notes

Heike
Abidi

bevor
wir alles
verlieren

Moon Notes

Dieses Buch wurde klimaneutral produziert. Dadurch fördern wir anerkannte Nachhaltigkeitsprojekte auf der ganzen Welt. Erfahre mehr über die Projekte, die wir unterstützen, und begleite uns auf unserem Weg unter www.oetinger.de

Originalausgabe
1. Auflage
© 2021 Moon Notes im Verlag Friedrich Oetinger GmbH,
Max-Brauer-Allee 34, 22765 Hamburg
Alle Rechte vorbehalten
© Text: Heike Abidi
Einbandgestaltung: FAVORITBUERO, München
unter Verwendung von shutterstock.com: © Iaroslav Daragan
Satz: Sabine Conrad, Bad Nauheim
Druck und Bindung: GGP Media GmbH,
Karl-Marx-Straße 24, 07381 Pößneck, Deutschland
Printed 2021
ISBN 978-3-96976-022-2

www.moon-notes.de

Kapitel 1

Ein falscher Schritt

»Das ist Victoria Sander, achtzehn Jahre. Zustand nach Sturz bei Sportveranstaltung. Verdacht auf Fraktur des Unterschenkels und Gehirnerschütterung.«

»Okay, wir betten sie um. Auf drei …«

Ganz schön schräg, hier zu liegen und mit anzuhören, wie der Sanitäter und die Ärztin über mich reden, als wäre ich gar nicht da oder könnte sie nicht verstehen.

Hey, ich kann selbst von der Trage auf die Pritsche klettern, will ich rufen, aber außer einem leisen Stöhnen kommt nichts über meine Lippen.

Sie zerren an mir herum, ich lasse es über mich ergehen. Dann liege ich auf einer Pritsche, die auch nicht viel bequemer ist als die Trage aus dem Rettungswagen, aber wenigstens halbwegs nach Krankenhausbett aussieht. Die Kabine ist winzig und trist, nur ein Vorhang trennt sie vom nächsten Notaufnahmebett.

Die Ärztin hat freundliche Augen und kalte Hände. Sie fühlt meinen Puls und leuchtet mir in die Augen.

»Pupillen rund, mittelweit, isokor und lichtreaktiv, Herzschlag leicht erhöht. Sieht schon mal nicht nach einer Gehirnerschütterung aus. Haben Sie Kopfschmerzen, Übelkeit, Schwindel?«

»Ähm – nein«, erwidere ich. Ich weiß bloß nicht, was mit mir los ist.

»Wir machen zur Sicherheit ein Blutbild, EKG, EEG, Röntgen.« Ihre Stimme klingt müde. Als hätte sie schon eine 24-Stunden-Schicht hinter sich. Dafür ist sie eigentlich ein bisschen zu alt. Machen das sonst nicht nur Anfänger? Aber vielleicht ist es auch der Dienst in der Notaufnahme selbst, der ihr vorzeitig graue Strähnen verpasst hat.

Eine Krankenschwester legt mir eine Blutdruckmanschette an und setzt eine Art Wäscheklammer auf meinen linken Zeigefinger. Nach all den vielen Folgen von *Grey's Anatomy*, die ich gesuchtet habe, weiß ich, dass damit die Sauerstoffsättigung im Blut gemessen wird. Fast so, als wäre ich schwer krank.

Entspannt euch, möchte ich sie beruhigen, *ich bin doch bloß über meine eigenen Füße gestolpert! Tut fast gar nicht mehr weh.*

Die Blutdruckmanschette pumpt sich auf und quetscht mir fast den Arm ab. Nicht gerade angenehm.

Ich schließe die Augen und atme tief durch. Versuche zu vergessen, dass ich hier in der Notaufnahme des städtischen Krankenhauses liege, obwohl ich jetzt eigentlich auf einem Siegerpodest stehen sollte. Aber es gelingt mir nicht. Statt nach frisch gemähtem Gras, Sportlerschweiß und Grillwürstchen riecht es hier nach Desinfektionsmitteln und Krankheit.

»Achtung, jetzt kommt ein kleiner Pikser.«

Ich lasse die Augen geschlossen. Mir wurde schon oft Blut abgenommen, das macht mir nichts aus – doch zusehen will ich nicht, wie sich das Röhrchen langsam füllt. Ich finde das gruselig.

Dann werde ich verkabelt, von Kopf bis Fuß. Mein Shirt ist

bis zum Hals hochgeschoben, ich fühle mich schutzlos und friere. Geräte brummen und piepsen, ein Ausdruck kommt ratternd aus einem kleinen Drucker. Er dokumentiert, dass mein Herz tut, was es am besten kann: Es schlägt.

Die Elektroden werden wieder entfernt, und die Krankenschwester zieht mein Shirt herunter. Es klebt jetzt ein bisschen an den Stellen, auf die zuvor das Gel aufgetragen worden ist.

»Alles okay?«, flüstere ich. Das Sprechen strengt mich unglaublich an, ich fühle mich, als wäre ich hundert Jahre alt.

»Dazu kann ich nichts sagen, das müssen Sie die Ärztin fragen«, erwidert sie. Man merkt ihr an, dass sie gewohnt ist, schnell zu sein. Ihre Handbewegungen sind routiniert, kraftsparend. Sie hat keine Zeit zu verlieren.

Aber was ist mit mir? Wie lange soll ich hier noch herumliegen?

Noch so eine Frage, die mir wohl vorerst niemand beantworten kann, denn auf einmal bin ich allein. Jenseits des Vorhangs sind aufgeregte Stimmen zu hören. Klingt ganz danach, als käme gerade ein Verkehrsunfallopfer herein. Logisch, dass das dringend ist. Aber könnte man mich bitte vorher noch schnell entlassen?

Wobei – die eigentliche Frage lautet ja, wie ich hier überhaupt landen konnte. In all den Jahren hatte ich noch nie eine ernsthafte Sportverletzung. Und jetzt das! Ausgerechnet beim Hochsprung ist es passiert, meiner Lieblingsdisziplin. Ich verstehe echt nicht, was da vorhin mit mir los war. Den Flop habe ich tausendfach trainiert, ich beherrsche ihn im Schlaf. *Anlauf, beschleunigen, Kurve, abspringen, Latte überqueren, Landung.*

Genau das liebe ich an diesem Sport: keine neuen Taktiken, keine Gegner, keine Fouls, keine Mitspieler. Nur ich selbst und der ewig gleiche Bewegungsablauf, den ich über die Jahre immer weiter perfektioniert habe.

Wenn es drauf ankommt, so wie bei einem Turnier, kann ich ihn jederzeit abrufen und Höchstleistungen erbringen. Heute wollte ich meinen persönlichen Rekord brechen. Aber das Einzige, was ich mir womöglich gebrochen habe, ist mein Bein. Es tut nun doch wieder ganz schön weh. Warum kümmert sich keiner darum?

Abrupt wird der Vorhang zur Seite gezogen, und ein Pfleger kommt herein. Er macht sich an den Rädern meines Bettes zu schaffen, offenbar, um die Bremsen zu entriegeln, dann schiebt er mich raus aus dem Kabuff.

»Wohin bringen Sie mich?«, will ich wissen. Eine legitime Frage, schließlich bin ich kein Gegenstand, auch wenn er mich so behandelt.

»Röntgen«, lautet die knappe Antwort.

Okay, vielleicht bin nicht ich der Gegenstand, sondern er? Ich beschließe, ihn insgeheim *Robby, der Roboter* zu nennen. Das hat er jetzt davon.

Unterwegs zum Fahrstuhl kommen wir an einem Wartebereich vorbei, der voll besetzt ist. Mindestens zwanzig Augenpaare sind auf mich gerichtet, als wären ihre Besitzer Zoobesucher und ich ein skurriles exotisches Äffchen.

Das muss ich mir nicht geben. Ich drehe meinen Kopf zur Seite und ignoriere die Gaffer. Sollen sie doch glotzen.

Vor der Radiologie stellt mich Robby einfach im Flur ab und macht sich wortlos davon. Ich schaue mich um und stelle fest, dass ich nicht die Einzige bin, der es so ergeht. Vor meinem stehen zwei weitere Betten. In einem liegt ein Mann, der aussieht wie eine Mumie, in dem anderen ein kleines Mädchen, das wimmernd einen Teddy umklammert und von seinem Vater getröstet wird. Die sind mit Sicherheit noch vor mir dran. Das kann also dauern …

Die Blutdruckmanschette pumpt sich mal wieder auf. Das tut sie alle fünfzehn Minuten, dieses ist das dritte Mal. Mindestens so nervig wie Kirchturmglocken, wenn man sie nicht gewohnt ist. Irgendwann hört man sie dann nicht mehr. Immerhin gibt mir das Blutdruckgerät ein gewisses Zeitgefühl. Ohne sein Armquetschmanöver hätte ich nicht sagen können, ob ich schon fünf Stunden hier liege oder erst zehn Minuten.

Endlich bin ich dran. Eine Radiologieassistentin schiebt mich in einen dunklen Raum und hängt mir eine Bleischürze um. »Damit sind Ihre Geschlechtsorgane geschützt, die sehr sensibel auf Strahlung reagieren«, erklärt sie, bevor sie mein linkes Bein vorsichtig in die richtige Position rückt. Anschließend verschwindet sie in einer Kabine und ruft: »Bitte nicht bewegen!« Dann ist es auch schon vorbei, und ich werde wieder im Flur geparkt.

Die Bleischürze hat mich an ein Thema erinnert, das ich lieber vergessen würde. Aber es bringt wohl leider nichts, weiterhin den Kopf in den Sand zu stecken. Ich war leichtsinnig, und jetzt muss ich mich den Tatsachen stellen. Verdammt! Was hab ich mir da nur eingebrockt?

Die morgendliche Übelkeit hätte mir längst zu denken geben sollen. Nein, eigentlich hätte ich gleich wissen müssen, was los ist, als ich neulich nach einer durchfeierten Nacht bei Lennox aufgewacht bin. Keine Ahnung, was genau in diesem Bett passiert ist, jedenfalls führte es dazu, dass mir beim Aufstehen schwindelig wurde, ich das Frühstück nicht bei mir behalten konnte – und das seitdem an fast jedem Morgen. Außerdem kommt hinzu, dass ich vorhin so übel gestürzt bin.

Da muss man ja nur zwei und zwei zusammenzählen ...

Und ich weiß doch noch nicht einmal, ob ich überhaupt jemals Kinder will. Wenn ich als Mutter so viel Talent habe wie meine, sollte ich es wohl lieber bleiben lassen. Grundsätzlich. Und im Moment passt mir eine Schwangerschaft erst recht nicht in den Kram! Ich bin gerade mal achtzehn und habe noch ein Jahr bis zum Abi vor mir. Ich will leben, Party machen, Hochsprung-Rekorde feiern – keine Windeln wechseln. Und selbst wenn ich das wollte, wäre Lennox der denkbar schlechteste Partner! Ich meine, er ist witzig und cool, aber definitiv kein Typ, der gern Verantwortung übernimmt. Nicht mal für sich selbst.

Wenn ich mich doch nur genauer an diese verdammte Nacht erinnern könnte ...

Ein Teil von mir hofft, dass ich mir das alles nur einbilde. Dass Lennox viel zu viel intus hatte, um mich zu schwängern. Dass wir beide einfach eingepennt sind und nebeneinander unseren Rausch ausgeschlafen haben.

Aber das ist wohl ein Wunschtraum. Wer glaubt schon heute noch an die unbefleckte Empfängnis? Ich bin weder die Jungfrau Maria noch *Jane the Virgin ...*

Die Sache mit dem Schwindel und der Übelkeit habe ich lange genug ignoriert, aber das geht jetzt wohl nicht mehr. Als ich vorhin beim Leichtathletikturnier gestürzt bin, wusste ich gleich, dass die Stunde der Wahrheit gekommen ist.

Das muss Schwangerschaftsdemenz sein. Auf eine Gehirnerschütterung kann ich es nicht schieben, die wäre schließlich höchstens die Folge, nicht die Ursache meines Sturzes gewesen. Können Hormone ein solches Blackout verursachen? Denn Tatsache ist, dass ich meine Schrittfolge vergessen habe. Einfach so, aus dem Nichts heraus. Etwas, was einem schon vor Jahren in Fleisch und Blut übergegangen ist, vergisst man doch nicht! Trotzdem ist genau das passiert. Von wegen: *Anlauf, beschleunigen, Kurve, abspringen, Latte überqueren, Landung.* Stattdessen bin ich beim Absprung über meine eigenen Füße gestolpert. Ich wusste nicht mehr, was ich als Nächstes tun musste. Da hat mein Körper wohl selbst entschieden, dass ich den Boden küssen sollte … Hoffentlich ist mein Bein nicht gebrochen! In zwei Wochen findet bereits der nächste Wettkampf statt, und bis dahin will ich fit sein. Solange ich noch keinen dicken Bauch habe, werde ich springen, so viel steht fest.

Die Blutdruckmanschette pumpt wieder. Ist das jetzt das vierte oder das fünfte Mal? Ich habe den Überblick verloren. Spielt ja auch eh keine Rolle, solange ich hier blöd im Gang rumstehe …

Ich bin richtig froh, als Robby endlich auftaucht. Er würdigt mich keines Blickes, aber das bin ich ja schon gewohnt. Diesmal schiebt er mich einhändig wie diese obercoolen Väter, die den Kinderbuggy mit links lenken und mit rechts telefonieren. Das tut Robby jetzt auch. Offenbar verabredet er sich gerade zu einem Feierabendbier – echt, ist es schon so spät? – und teilt seinem Kumpel mit, dass er vorher noch eine Fuhre habe.

Mir wird klar, dass er damit wohl mich meint. Innerhalb von wenigen Stunden wurde ich heute von Startnummer sieben und Hochsprung-Favoritin zum Notfall Victoria Sander, achtzehn Jahre, mit Verdacht auf Unterschenkelfraktur, und schließlich zur Fuhre. *Herzlichen Glückwunsch, Victoria! Wenn das kein neuer Rekord ist.*

Robby parkt mich in meiner Kabine und verdünnisiert sich prompt. Jetzt liege ich wieder hier und warte. Und grübele.

Über meinen verkorksten Sprung, die Nacht mit Lennox, meine Zukunft als ledige Mutter ohne jegliches Talent für diese gewaltige Aufgabe …

Irgendwann kommt die Ärztin wieder.

»Ihre Werte sind bestens, Frau Sander«, verkündet sie mit einem müden Lächeln und streicht sich die vorzeitig ergraute Strähne hinters Ohr. »Und Ihr Bein ist auch nicht gebrochen, nur verstaucht. Das schmerzt zwar, verheilt aber von selbst.«

»Ich kann also nach Hause gehen?« Wird auch höchste Zeit.

»Im Grunde spricht nichts dagegen«, sagt die Ärztin, während ich mich aufrichte und die Beine aus dem Bett schwinge. Nichts wie weg von hier.

Es ist, als wären meine Füße eingeschlafen. Ich spüre den Boden unter ihnen nicht und wanke. In letzter Sekunde fängt mich die Ärztin auf, bevor ich umfalle wie ein Sack Mehl.

Hey, was ist denn das schon wieder?

Sie hilft mir zurück auf die Pritsche. Ihr Blick ist besorgt.

»Das gefällt mir gar nicht«, verkündet sie.

Ja, glaubt sie vielleicht, mir gefiele das?

»Mir … mir ist …« Verflixt, wie heißt dieses dämliche Wort noch gleich? »Mir ist schwindelig«, stoße ich schließlich hervor.

»Wir machen ein Schädel-CT. Jetzt sofort.«

Okay, schon verstanden. Ich werde noch nicht entlassen. Aber hey, ist das mit dem CT nicht ein bisschen übertrieben? Ich meine, es ist Samstagabend, und mir sind eben bloß die Füße eingeschlafen. Und dann ist mir das blöde Wort nicht eingefallen. Kann doch mal passieren, oder? Jetzt tut sie so, als ginge es um Leben und Tod!

Diesmal ruft sie keinen Robby, sondern bringt mich selbst zur Radiologie. Wieder vorbei an dem überfüllten Wartebereich, rein in den Fahrstuhl und dann durch das Flure-Labyrinth. Ich fühle mich wie eine Hochstaplerin, die jeden Moment entlarvt werden könnte. *Hey, ich hab doch nichts – außer vermutlich einem Mini-Alien in meinem Bauch!* Am Eingang müssen wir kurz warten, aber wenigstens sind diesmal keine Patienten vor mir dran. Doktor Beck – ich nehme gerade zum ersten Mal ihr Namensschild wahr – erklärt mir, was auf mich zukommt. Dass es sich bei einem CT um ein hochgenaues Röntgenbild handelt.

»Ich will einfach ausschließen, dass Sie einen Schädelbruch oder eine Gehirnblutung haben.«

Na toll. Und das nach sieben bis elf Blutdruckmessungen, mit anderen Worten rund zweieinhalb Stunden nach meiner Einlieferung? Wenn ich wirklich eine Gehirnblutung habe, bin ich in Kürze tot.

Da fällt mir noch etwas ein: »Ist das nicht gefährlich? Schon wieder Röntgenstrahlen – schützt die Bleischürze wirklich ganz sicher? Ich meine, falls ich schwanger wäre …«

Doktor Beck lächelt schmal. »Sind Sie nicht. Das hat die routinemäßige Blutuntersuchung ergeben.«

Aha. Nett, dass man das so nebenbei erfährt.

Ich bin wahnsinnig erleichtert, denn Lennox wäre echt der mieseste Vater geworden, den ein Kind nur haben könnte. Ungefähr eine Million Mal mieser als meiner, und der gewinnt nicht gerade den Preis als bester Daddy des Jahres. Höchstens als knuffigster und verpeiltester …

Dann bin ich dran. Die Radiologieassistentin nickt mir zu, sie erkennt mich wieder. Erleichtert stelle ich fest, dass es sich bei dem CT-Gerät eher um einen Ring handelt als um eine Röhre. Da hab ich wohl bei den Krankenhausserien nicht richtig aufgepasst.

Die beiden Frauen verlassen den Raum, und ich darf mich nicht bewegen. Augen zu und durch.

Heute hätte ich einen neuen Rekord aufstellen können. Einen Meter dreiundachtzig habe ich angepeilt. Eins einundachtzig habe ich dieses Jahr schon geschafft.

Meine Trainerin wird nicht begeistert sein von meinem dummen Unfall. Sie wird es darauf schieben, dass ich in letzter Zeit so oft ausgegangen bin. Aber hey, tanzen ist schließlich auch Training, oder?

Schneller als erwartet ist die Untersuchung vorbei. Mein Bett wird zurück in die Notaufnahme geschoben. In der Kabine nebenan stöhnt jemand. Ich versuche wegzuhören.

Doktor Beck setzt sich seitlich auf die Bettkante und nimmt meine Hand. Hey, was wird das denn jetzt?

Bevor sie mir sagt, was los ist, fragt sie nach meinen Angehörigen.

»Ich bin allein hier, das ist völlig okay«, erkläre ich. Und das stimmt auch. Ich bin es gewohnt, mich selbst um meine Angelegenheiten zu kümmern. Alles, was mich jetzt interessiert, ist ihre Diagnose.

»Auf den Bildern ist etwas zu sehen, was uns beunruhigt.«

Spuck's schon aus – ein Schädelbruch? Ein Aneurysma? Ein Blutgerinnsel?

Ich wage kaum zu atmen. Warum spricht sie nicht weiter? Und warum macht sie so ein Gesicht? Das Warten ist grauenhaft.

»Nun – es gibt in Ihrem Gehirn eine Raumforderung. Wir müssen das weiter abklären.«

Eine waaaas?

Doktor Becks Worte erreichen meine Ohren, aber nicht meinen Verstand. Hat sie gerade *Raumforderung im Gehirn* gesagt? Aber zu wem? Außer mir ist doch gar niemand hier! Und überhaupt: Was in aller Welt soll das bedeuten? Ich kann mich nicht erinnern, dass der Begriff Raumforderung in *Grey's Anatomy* jemals vorgekommen wäre. Doch er klingt definitiv nicht gut!

Kapitel 2

Kontakte sind noch lange keine Freunde

Durch meinen Kopf schwirren tausend Gedanken, doch keiner lässt sich so richtig fassen, also sage ich gar nichts und starre Doktor Beck einfach nur an.

Ich sollte jetzt kluge Fragen stellen. Aber alles, was mir einfällt, ist: *Was für ein Ding?* Und: *Hurra, nicht schwanger!*

Doktor Beck lässt mir Zeit, wieder einigermaßen zu mir zu kommen. »Ich verstehe gut, dass man so eine Diagnose erst einmal verdauen muss. Schließlich erfährt man nicht jeden Tag, dass man einen Tumor hat.«

Okay. Damit ist es amtlich. Nun weiß ich, was sie so beschönigend als *Raumforderung* umschrieben hat.

Vermutlich sollte ich jetzt heulend zusammenbrechen. Ein Nervenzusammenbruch wäre sicher nicht übertrieben. Doch ich nicke nur und mache »Hm«. Sie hat recht. So was erfährt man nicht alle Tage. Ich kriege einfach keine angemessene Reaktion zustande. Immerhin ist es mein erster Hirntumor!

»Hatten Sie denn vor dem Unfall schon irgendwelche Symptome?«, will sie wissen. »Zum Beispiel Schwindel, Kopfschmerzen, Übelkeit, epileptische Anfälle …«

»Epileptische Anfälle nicht, aber mir ist öfter mal übel. Daher dachte ich ja, ich wäre schwanger.« Meine Stimme klingt seltsam monoton. Ausführlich beschreibe ich Doktor Beck meinen Sturz beim Hochsprung, der, wie mir jetzt ganz klar ist, kein normaler Unfall war. Ich bin nicht einfach nur gestolpert, sondern habe für einen Moment den tausendfach trainierten Bewegungsablauf vergessen.

Als ich das der Ärztin erzähle, macht sie sich sofort Notizen. »Koordinationsprobleme sind ein typisches Symptom. Waren Sie in letzter Zeit auch vergesslich, oder hatten Sie mit Stimmungsschwankungen zu kämpfen?«

»Ja.« Das alles ist der Fall. Ich habe sogar regelrechte Erinnerungslücken! Und das nicht erst seit der Nacht mit Lennox …

Doktor Beck scheint zu spüren, dass mir gerade nicht nach Reden zumute ist, daher bestreitet sie den Rest unseres Gesprächs mehr oder weniger im Alleingang. Ich erfahre, dass ich für weitere Untersuchungen im Krankenhaus bleiben muss. Noch ist nämlich unklar, ob der Tumor gut- oder bösartig ist und wie man ihn am besten behandelt. Das müssen Fachärzte beurteilen. Onkologen. Klingt niedlich, der Begriff. Nach nettem Onkel. Heißt aber nichts anderes als Krebsspezialist. Und solche Spezialisten haben natürlich am Samstagabend frei – da schieben nur übernächtigte Untergebene wie Doktor Beck Dienst.

»Ist gut«, höre ich mich sagen. »Kein Problem.«

Ernsthaft? Habe ich gerade »Kein Problem« gesagt? Im Zusammenhang mit einem Hirntumor? Bin ich von allen guten Geistern verlassen? Das ist ja, als würde ich den apokalyptischen Reitern einen schönen Tag und viel Erfolg bei ihrer Mission wünschen. Sind es eigentlich drei, vier oder sieben apokalyptische Reiter? Ich sollte das googeln …

»Okay. Dann veranlasse ich jetzt mal Ihre stationäre Aufnahme«, unterbricht Doktor Beck meinen Gedankenstrudel, bevor er gänzlich ins Absurde abdriftet. »Ich schau dann später wieder bei Ihnen rein.« Sie nickt mir noch einmal aufmunternd zu, bevor sie mit wehendem Arztkittel verschwindet.

Ich bleibe allein in meiner Notaufnahmekabine zurück und fühle mich wie eine Schauspielerin bei Probeaufnahmen für die Rolle des *Mädchens mit dem Gehirntumor*. Und ich spiele sie so miserabel, dass man mich unmöglich dafür casten kann!

Schon klar, das hier ist weder ein Spielfilm noch eine Serie. Aber die Wahrheit kommt mir einfach noch unwahrscheinlicher vor als das, was meine Fantasie mir vorgaukelt. Oder stecke ich womöglich in einem Albtraum fest?

Wieder werde ich von einem Pfleger abgeholt, aber diesmal ist es nicht Robby, sondern ein netter Kerl mit grauen Locken und lustigen Grübchen. Er bringt mich auf eine Station im dritten Stock, wo ich offiziell als Patientin aufgenommen werde. Es fühlt sich so an, als wäre ich wie durch ein Wunder nun doch in die nächste Castingrunde gekommen. Trotz absoluter Talentlosigkeit.

Herzlichen Glückwunsch, Victoria!

Ich werde in ein Zimmer mit hellgrünen Wänden und einem beige gesprenkelten Gummiboden geschoben. Hey, ich bekomme sogar den Fensterplatz – Jackpot!

»Aber ich habe gar keine Zusatzversicherung für ein Einzelzimmer«, sage ich, als die Stationsschwester mit einer Teekanne hereinkommt. Dem Duft nach zu urteilen, ist es Pfefferminztee, bestimmt lauwarm und ungesüßt.

»Oh, das ist kein Einzelzimmer«, erklärt sie freundlich, »es sieht nur vorübergehend danach aus. Der Platz neben der Tür wird sicher bald wieder besetzt. Die Patientin, die bisher dort lag, ist heute früh … gegangen.«

Ihr kurzes Zögern sagt mir, dass meine Beinahe-Zimmergenossin nicht einfach nur entlassen wurde, sondern vermutlich in einem Kühlfach im Keller liegt. Mich überläuft eine Gänsehaut. Bisher waren Krankenhäuser für mich immer Orte, an denen man entweder geboren oder geheilt wird. Dass die meisten Menschen in einem Zimmer wie diesem ihren letzten Atemzug tun, habe ich nicht bedacht. Jetzt lässt sich der Gedanke nicht mehr verdrängen.

Ich will hier nicht sterben! Ich will erst noch meinen Hochsprungrekord brechen, mit Joshua ausgehen, mich unsterblich verlieben, um die Welt reisen, an den olympischen Spielen teilnehmen …

Bevor ich in Tränen des Selbstmitleids ausbreche, reißt die Krankenschwester einen der eingebauten Wandschränke auf. Ich sehe, dass ihr Kittel mit der Aufschrift »Schwester Sonja« bestickt ist – wie praktisch, dass hier alle sozusagen beschildert sind, da weiß man immer, mit wem man es zu tun hat. »Da können Sie Ihre Klamotten einräumen«, erklärt sie.

Welche Klamotten? Ich habe nichts dabei, was ich irgendwo hinräumen könnte, nur meine Sporttasche.

»Man hat mich direkt vom Leichtathletikturnier aus hergebracht«, erkläre ich. »Das ist jetzt blöd.«

»Kriegen wir hin«, beruhigt mich Schwester Sonja.

Fürs Erste bringt sie mir ein paar verwaschene Handtücher, außerdem eins dieser Krankenhaushemden, die hinten offen sind, und eine Wegwerfunterhose. Damit ich mich wenigstens frischmachen kann. Weil ich noch ziemlich wackelig auf den Beinen bin und das verstauchte Bein echt wehtut, wenn ich es belaste, begleitet sie mich ins Bad, wäscht mich und zieht mich um, als wäre ich ein hilfloses Kleinkind. Ich lasse es über mich ergehen.

»Ein Handy haben Sie doch sicher dabei«, sagt die Schwester, bevor sie geht. »Rufen Sie jemanden an, der Ihnen ein paar Sachen bringt. Sie wissen schon – Zahnbürste, Handtücher, Unterwäsche, Schlafanzüge, Hausschuhe und einen Bademantel. Die Standardausstattung eben.«

Einen Bademantel? So ein Teil besitze ich nicht mal. Ein Jogginganzug wird es wohl auch tun …

»Okay«, erwidere ich, »wird erledigt.« Fragt sich nur, von wem.

Als ich wieder allein bin, gehe ich meine Handykontakte durch. Sehr viele Nummern habe ich nicht gespeichert. Welche davon soll ich wählen?

Unter ICE wie *In Case of Emergency* habe ich meinen Vater eingetragen. Irgendwo habe ich nämlich mal gelesen, dass diese Abkürzung international gebräuchlich ist. So wissen Notärzte oder Rettungssanitäter immer sofort, welche Angehörigen sie als Erstes informieren sollen, wenn man zum Beispiel nach einem Autounfall nicht ansprechbar ist.

Diese ICE-Nummer wäre normalerweise meine erste Wahl. Aber Paps kann mir diesmal nicht helfen, er kommt erst in ein paar Tagen zurück. Zurzeit ist er in Helsinki auf einem Kongress und spricht dort mit anderen Wissenschaftlern über irgendwelche Fossilien – sein absolutes Spezialgebiet und Lieblingsthema.

Ich könnte ihn natürlich trotzdem anrufen, und in den meisten Familien wäre das vielleicht die normale Reaktion. Aber bei uns laufen die Dinge nun mal etwas anders. Ich meine, Paps und ich sind durchaus ein super Team! Im Alltag kommen wir wunderbar miteinander zurecht, und er gibt mir jede Menge Freiheiten, was ich wirklich sehr zu schätzen weiß, aber emotional leben wir definitiv auf verschiedenen Umlaufbahnen. Vermutlich könnte er mehr mit mir anfangen, wenn ich keine achtzehnjährige Schülerin, sondern ein versteinerter Urzeitfisch wäre.

Mit anderen Worten: Er scheidet schon mal aus. Ich werde ihn keinesfalls auf seinem Kongress stören. Mein Tumor läuft ja nicht weg. Es reicht, wenn ich ihm nach seiner Rückkehr davon erzähle.

Und meine Mutter kommt noch viel weniger infrage. Weil ich sie nicht in meiner Nähe haben will. Aus Gründen. Sie hat sich nämlich schon vor vielen Jahren aus dem Staub gemacht. Ihr war das Leben mit einem verschrobenen Wissenschaftler nicht glamourös genug. Und das Leben als Mutter einer schlaksigen Zehnjährigen hat sie bei der Gelegenheit dann auch gleich hinter sich gelassen …

Ich werde ihr nie verzeihen, dass sie einfach so weggegangen ist. Wie konnte sie das nur übers Herz bringen? Was ist sie bloß für eine Rabenmutter! Sie ist definitiv die Letzte, die ich jetzt um Hilfe bitten würde.

Wie gut, dass ich volljährig bin und keinen Elternteil informieren *muss*. Ich stehe das allein durch. Die Frage ist bloß, wen ich wegen der Klamotten anrufen soll. Ich klicke mich weiter durch meine Kontakte.

Lennox? Auf keinen Fall! Er eignet sich eher zum Feiern, nicht zum Helfen. Und überhaupt – ich weiß nicht mal, was ich zu ihm sagen würde. »Hey, ich bin zwar nicht von dir schwanger, was obercool ist, aber ich habe einen Hirntumor, der mich gerade ziemlich aus der Bahn wirft, würdest du mir bitte ein Krankenhaustäschchen packen? Hier spricht übrigens

Victoria. Du weißt schon, Victoria Sander, wir haben neulich eine Nacht miteinander verbracht …« Ich wette, er würde das Ganze für einen Scherz halten und lachend auflegen.

Aber wer sonst?

Meine Trainerin? Es würde mich nicht wundern, wenn Coach Meinert sich schon längst nach meinem Befinden erkundigt hätte. Schließlich bin ich eins ihrer größten Talente. Unsere Beziehung ist jedoch rein auf den Sport beschränkt. Ich weiß noch nicht einmal, ob sie verheiratet ist und Kinder hat – nur, dass sie wegen einer Knieverletzung die olympischen Spiele in Peking knapp verpasst hat und dieser Chance noch immer hinterhertrauert. Ich zögere kurz. Dann entscheide ich, dass auch Clarissa Meinert nicht die Richtige ist. Die Vorstellung, wie sie in meinem Zimmer steht und meine Sachen zusammensucht, ist mir irgendwie unangenehm.

Ich scrolle weiter. Janine, Cassy, Alex, Sarah, Lexie – die Mädels aus dem Club. Absurder Gedanke, sie um einen derart persönlichen Gefallen zu bitten. Sie sind wie Lennox, nur in hautengen Minikleidern. Wir trinken zusammen Cocktails und gehen tanzen, oberflächlicher geht's wirklich kaum.

Bleibt noch Joshua. Der attraktive, von allen angehimmelte Joshua, der in der Schule monatelang so getan hat, als wäre ich für ihn unsichtbar, und sich gerade erst letzte Woche dazu herabgelassen hat, mich anzusprechen. Und nicht nur das: sich mit mir zu verabreden. Für nächsten Samstag!

Ja, wenn wir schon zusammen wären, dann wäre es natürlich keine Frage, wen ich um Hilfe bitten würde. Aber vor dem ersten Date? Nein, das geht gar nicht! Wenn Joshua mich so sieht, ist es zwischen uns aus, bevor es überhaupt angefangen hat. Gibt es etwas Abturnenderes als ein Krankenhaushemdchen? Auch wenn es rückenfrei ist …

Die Tür geht auf, und Doktor Beck kommt herein. Sie trägt jetzt Jeans und eine geblümte Bluse statt des weißen Kittels.

»Ich wollte noch mal rasch nach Ihnen sehen, bevor ich nach Hause gehe.«

Ich nicke. Das ist nett von ihr. Aber hilft es mir? Wohl eher ihrem Gewissen. Sie hat mir die Diagnose an den Kopf geknallt und will sichergehen, dass ich nicht zusammenbreche.

»Morgen werden sich die Kollegen um Sie kümmern. Es werden weitere Tests gemacht. Dann können die Spezialisten mit Ihnen besprechen, wie therapeutisch weiter vorgegangen wird.«

Sie wirft mit Fachbegriffen wie Lumbalpunktion, Biopsie und MRT um sich. Jetzt fühle ich mich, als hätte ich das Casting wie durch ein Wunder doch bestanden und eine Rolle in einer Krankenhausserie ergattert. Oder noch besser: in *Wunder dauern etwas länger*, meiner absoluten Lieblingsserie mit Marek Carter als Engel in Menschengestalt, der mich selbstverständlich retten würde. Mit einer beiläufigen, zärtlichen Berührung und einem seiner berühmten magischen Blicke aus diesen unfassbar blauen Augen …

Was gäbe ich darum, jetzt vor dem Fernseher lungern und Marek Carter anschmachten zu können. Natürlich säße ich auf der Couch statt im Klinikbett und hätte eine große Tüte Chips auf dem Schoß. Und ich würde definitiv kein Krankenhaushemd tragen!

Okay, Marek Carter ist nicht in Sicht, weder auf dem Bildschirm noch leibhaftig als rettender Engel. Also spiele ich die vernünftige Patientin und danke Doktor Beck für ihre Informationen. Dann wünsche ich ihr noch einen schönen Feierabend.

»Alles Gute für Sie«, erwidert sie.

Eine seltsam nichtssagende Formulierung. Was sie damit wohl meint? Dass mir langes Leid erspart bleibt? Dass ich meine Restlaufzeit einigermaßen angenehm verbringe? Dass mir die Spezialisten morgen verkünden, dass alles bloß ein riesengroßer Irrtum war? »Sie sind lediglich ein bisschen dehydriert und unterzuckert, Frau Sander. Davon und von Ihrer Verstauchung abgesehen, sind Sie kerngesund.«

Man wird ja noch träumen dürfen.

Mein Blick fällt auf das Handy in meiner Hand. Was wollte ich noch gleich damit?

Ach ja. Jemanden anrufen, der mir meine Sachen bringt. Das müsste schon ein guter Freund sein – leider habe ich allerhöchstens Kontakte, keine Freunde. Denn Freunde muss man nah an sich heranlassen, und das liegt mir einfach nicht. Mein emotionaler Panzer schützt mich vor Enttäuschungen. Aber in Situationen wie dieser nützt mir der ganze Schutz nichts. Ich brauche jemanden, dem ich vertrauen kann. Nur wen? Einer nach dem anderen ist ausgeschieden. Die einen kennen mich als Victoria, die Sportskanone, die anderen als Victoria, das Partygirl. Doch wer von ihnen kennt mich wirklich? Vermutlich nicht mal ich selbst …

Ein letztes Mal gehe ich alle Namen durch. Dann halte ich inne. Bei T wie Theo.

Ja, Theo ist der Einzige, der eventuell infrage kommen könnte. Theo, der Nerd. Mein karohemdtragender, schwarzweißfilmliebender, logikrätselbegeisterter Mathe-Nachhilfelehrer. Und, wie mir gerade klar wird, vielleicht so was wie mein einziger Freund.

Kapitel 3

Der Nerd und ich

Weil Theo und ich uns bisher immer per WhatsApp verabredet haben, wähle ich auch heute diesen Weg. Doch statt »Hilfe, kein Plan von Vektorrechnung und übermorgen Klausur, du musst mich retten!« schreibe ich ihm diesmal eine Liste der Sachen, die er für mich einpacken soll, und dazu eine Erklärung, wo er sie findet.

Drei Sekunden später klingelt mein Handy. »Was ist passiert, warum bist du im Krankenhaus?«, will Theo wissen.

Mir wird ganz warm ums Herz. Es ist einfach ein schönes Gefühl, wenn sich jemand um einen sorgt, ohne dafür bezahlt zu werden. Vielleicht wäre es doch besser gewesen, Paps auf seinem Fossilien-Kongress zu stören? Ach, ich weiß überhaupt nicht mehr, was ich denken soll! Vermutlich *kann* ich nicht einmal mehr klar denken – schließlich ist dieses Raumforderungsdingens in meinem Kopf …

»Victoria? Bist du noch dran? Alles okay bei dir?«, hakt Theo nach. Ups, ich habe total vergessen, dass er noch auf meine Antwort wartet.

»Ja, alles okay. Das heißt – nein, eigentlich nicht so richtig.« Ich sehe Theos gerunzelte Stirn geradezu vor mir. Mit so einer sich selbst widersprechenden Antwort kann ein Logiker wie er nichts anfangen.

Wie erklärt man jemandem schonend, dass man einen Gehirntumor hat? Am besten geradeheraus, entscheide ich. Mich hat ja schließlich auch keiner geschont, und immerhin bin ich betroffen, im Gegensatz zu Theo.

Ich sage also meinen Text auf und muss fast darüber lachen, weil er so absurd klingt.

»Du machst Witze. Sehr schlechte Witze übrigens!«, erwidert Theo. Er glaubt mir nicht. Kein Wunder.

Also erzähle ich ihm alles – von meinem vermurksten Hochsprungversuch, dem Sturz, dem Krankenwagen, den Untersuchungen und schließlich dem Verstörenden, was das CT gezeigt hat.

Es kommt mir vor, als würde ich von jemand anderem reden statt von mir. »Ich weiß, die Wahrscheinlichkeit dafür, dass so etwas passiert, ist extrem gering, aber nicht gleich null«, schließe ich meinen Bericht mit einem Argument aus der Mathematik, und das scheint ihn zu überzeugen.

»Was für ein Mist«, bringt Theo die Sache auf den Punkt. Er wirkt schockiert. So kenne ich ihn überhaupt nicht.

»Immerhin besteht noch eine winzige Chance, dass sich die Ärzte geirrt haben. Doch selbst wenn die nächsten Untersuchungen das zeigen sollten, ändert es nichts daran, dass ich über Nacht hierbleiben muss und dafür Waschutensilien und Klamotten brauche.«

Theo fragt nach dem Haustürschlüssel. Ich verrate ihm, unter welchem Blumentopf der Ersatzschlüssel versteckt ist.

»Das ist kein Versteck, sondern eher eine Einladung an sämtliche Einbrecher. Man könnte ebenso gut eine Einzugsermächtigung fürs Girokonto unter den Blumentopf legen«, kommentiert er. Ich muss darüber lachen, auch wenn mir klar ist, dass er das keineswegs als Scherz gemeint hat. Theo macht selten Scherze.

Bevor ich auflege, beschwöre ich ihn, niemandem etwas von der Diagnose zu sagen. Er verspricht es.

Anschließend wird mir klar, dass diese Bitte total überflüssig war. Wir haben eh keine gemeinsamen Freunde. Genau genommen haben wir beide *überhaupt* keine echten Freunde. Falls sich jemand nach meinem Befinden erkundigen will, wird er eher jemanden aus dem Leichtathletikteam fragen als Theo. Dass er mir Mathe-Nachhilfe gibt, weiß vermutlich kaum jemand.

Das Ganze ergab sich auch rein zufällig. Ich stand am Schwarzen Brett und hoffte, wie jeden Morgen, auf den Vertretungsplan. Vielleicht fiel ja Mathe aus? Oder wurde für alle Zeiten abgeschafft … Okay, das würde nicht passieren, so viel war mir auch klar, aber mir blieb wohl nichts anderes übrig, als an Wunder zu glauben. Denn mehr als null Punkte in Mathe zu bekommen, war ohne Zauberei fast undenkbar.

Während ich noch dastand und den Vertretungsplan anstierte, als könnte ich mit purer Willenskraft die Ankündigungen verändern (selbstverständlich fiel Mathe *nicht* aus), stellte sich Theo neben mich und pinnte seinen Aushang fest.

»*Mathe-Nachhilfe von Oberstufenschüler mit Mathe-Leistungskurs. Misserfolge sind inakzeptabel. Melde dich unter folgender Handynummer …*«

Spontan zog ich mein Handy hervor und schickte ihm eine Nachricht: »*Hoffnungslose Mathe-Loserin nimmt die Herausforderung an. Ablehnung ist inakzeptabel. Melde dich einfach, indem du dich umdrehst.*«

Ich fand mich ziemlich schlagfertig und witzig. Theo fuhr herum und runzelte nur die Stirn. »Stehst du schon die ganze Zeit hier? Warum sagst du denn nichts? Die SMS hättest du dir sparen können.«

Okay. Ein Nerd. Eindeutig. Und humorlos dazu.

Zum Glück fiel mir gleich eine halbwegs vernünftige Erklärung für mein unvernünftiges Verhalten ein. »So kannst du meine Nummer speichern und ich deine«, sagte ich schnell.

Wir verabredeten uns für den nächsten Nachmittag bei Theo zu Hause. Sein Zimmer strahlt ungefähr so viel Gemütlichkeit aus wie ein Labor. Alles ist weiß und ordentlich und klinisch sauber. Und natürlich gibt es jede Menge Technik: Computer, Drucker, mehrere riesige Bildschirme und allerhand Gerätschaften, von denen vermutlich nur er selbst weiß, wozu man sie braucht.

Meine Hoffnung sank augenblicklich, als ich das Zimmer sah. Dieser Typ würde mir nie helfen können, unsere Gehirne funktionierten einfach zu unterschiedlich.

Doch dann überraschte er mich, indem er mir das Thema Wahrscheinlichkeitsrechnung mit so einfachen Worten nahebrachte, dass es mir in diesem Augenblick total einleuchtend und logisch erschien.

Okay, das war bloß eine thematische Einführung, später wurde es dann wesentlich komplizierter. Aber Theo hat ein Supertalent, das leider nicht alle Lehrer besitzen: Er kann unfassbar gut erklären.

In der nächsten Mathearbeit schaffte ich unglaubliche sieben Punkte, was einer Drei minus entspricht. Ich wäre Theo in der Pause am liebsten um den Hals gefallen, doch ich konnte ihn nirgendwo finden. Später stellte sich heraus, dass er die Pause in der Bibliothek verbracht hatte, um etwas über die

Mathematik des Mittelalters zu lesen. Und als ich ihn das nächste Mal sah, hatte ich meine Euphorie so weit im Griff, dass ich von körperlichen Dankesbekundungen absah. Theo ist kein Typ für spontane Umarmungen, schätze ich.

Von da an trafen wir uns einmal in der Woche, vor Klausuren bei Bedarf noch öfter (und der Bedarf war immer gegeben). Meine Noten liegen inzwischen stabil zwischen befriedigend und ausreichend, nicht mehr zwischen knapp mangelhaft und ungenügend. Für uns beide eine Riesenleistung!

Meine Mathelehrerin verbuchte meine Fortschritte als eigenen Erfolg. »Dafür bin ich Pädagogin geworden«, erklärte sie mir zufrieden. »Nicht um die guten Schüler sehr gut zu machen, sondern um den hoffnungslosen Fällen eine Perspektive zu geben.«

Ich ließ sie in dem Glauben. Obwohl ich ungern als hoffnungsloser Fall bezeichnet werde. Aber sie meinte es ja irgendwie gut.

Meinen Mitschülern waren meine Noten herzlich egal. Daher sah ich auch keinen Anlass, ihnen die Hintergründe meiner plötzlichen Verbesserung darzulegen. Am Ende wären sie alle zu Theo gerannt, und er hätte womöglich keine Zeit mehr für mich gehabt? Kam ja gar nicht infrage!

Ich schließe die Augen. Was für ein Tag. Urplötzlich fühle ich mich hundemüde. Doch gerade, als ich einnicken will, gibt es Abendessen. Zwei Scheiben Graubrot mit Butter, Scheiblettenkäse und Leberwurst, dazu eine Essiggurke und noch mehr lauwarmen Pfefferminztee.

Verrückterweise spüre ich bei diesem wenig verlockenden Anblick, wie hungrig ich bin. Kein Wunder, bis auf eine Banane zum Frühstück habe ich noch nichts gegessen. Ich verputze alles bis auf den letzten Krümel und nehme dankbar das Angebot von Schwester Sonja an, mir noch einen übrig gebliebenen Joghurt zu bringen.

Würde man mich hinterher nach der Geschmacksrichtung fragen, könnte ich nur raten. Ich habe diese Mahlzeit nicht genossen, sondern lediglich zu mir genommen. Aus purem Trotz. Oder nennen wir es Selbsterhaltungstrieb. Wer isst und verdaut, lebt noch. Diesem blöden Tumor werde ich es zeigen. Und wenn ich bergeweise Graubrot essen muss!

Nachdem Schwester Sonja abgeräumt und angekündigt hat, dass demnächst die Nachtschwester übernimmt, ist meine Müdigkeit von vorhin verflogen. Ich schalte den Fernseher ein, doch es laufen überall nur Krimis, Nachrichten oder Talentshows. Langweilig.

Als Hintergrundberieselung lasse ich ein Darts-Turnier laufen, auch wenn ich mich für diesen Sport nicht sonderlich interessiere und noch nicht einmal die Regeln beherrsche. Dennoch fühle ich mich mit den Teilnehmern, die alle ungefähr so untrainiert aussehen wie Paps, irgendwie verbunden. Sie leben für ihren Sport und haben garantiert seit Jahren unzählige Stunden damit verbracht, ein und denselben Bewegungsablauf immer weiter zu perfektionieren. Genau wie ich.

Ob ich wohl jemals wieder einen Flop zustande bringe? Unvorstellbar, dass es das mit meiner Hochsprungkarriere gewesen sein könnte.

Spontan schnappe ich mir mein Handy und schreibe Coach Meinert eine kurze Nachricht. Den Tumor erwähne ich darin nicht, sondern nur, dass ich zur Beobachtung im Krankenhaus bin und vermutlich für die nächsten Wochen nicht zum Training kommen kann.

Ich fühle Zorn in mir aufsteigen. Auf das Schicksal, das Krankenhaus, die Ärzte und vor allem auf den doofen Tumor – falls der überhaupt existiert.

In diesem Moment kommt Theo mit einer Reisetasche herein, und meine Wut löst sich in Luft auf.

»Da bist du ja schon«, rufe ich erfreut.

»Offensichtlich«, erwidert er. Theo hat noch nie verstanden, warum man etwas ausspricht, was sowieso klar ist.

»Welcher Schrank?«, will er wissen, und ich deute auf die rechte Tür. Ich sitze im Bett und schaue zu, wie Theo meine Sachen in den Schrank räumt. Er stopft sie nicht einfach hinein, wie ich es getan hätte, sondern geht offenbar nach einem System vor, das ich allerdings nicht durchschaue.

Ich bin fast ein bisschen gerührt, wie viel Mühe er sich gibt. Doch statt mich bei ihm zu bedanken, mache ich mich über seine Pingeligkeit lustig.

»Hast du etwa keine Wasserwaage dabei? Oder wenigstens ein Geodreieck? Jetzt bin ich aber schon ein bisschen enttäuscht«, frotzele ich.

»Ich vermute, diese passiv-aggressive Undankbarkeit ist ein Symptom«, gibt er ungerührt zurück. »Ebenso wie deine Schwärmerei für einen gewissen blauäugigen Filmdarsteller.«

Okay, klar. Er war in meinem Zimmer – logisch, dass ihm da meine Postersammlung nicht entgangen ist. Alle zeigen nur eine Person: den Schauspieler Marek Carter. Für mich mit Abstand der attraktivste Kerl dieses Planeten!

»Ich bin eben ein Fan«, erkläre ich würdevoll.

Theo hält mir einen Vortrag darüber, dass übertriebene Heldenverehrung bloß Ausdruck einer Realitätsflucht und tiefer emotionaler Unsicherheit sei. »Keine Sorge, spätestens, wenn du erwachsen wirst, lässt dieses Verhalten voraussichtlich nach.«

Ich bin stinksauer, vor allem, weil er mit dem, was er über emotionale Unsicherheit gesagt hat, vermutlich den Nagel auf den Kopf getroffen hat. In meinem wahren Leben vermeide ich tatsächlich enge Beziehungen. Oberflächliche Kontakte sind eben ungefährlicher. Sie können einen weder enttäuschen noch im Stich lassen, so wie meine Mutter es damals getan hat. Das will ich definitiv nicht noch einmal erleben! Deshalb lebe ich tiefe Gefühle ausschließlich in meiner Fantasie aus.

»Marek Carter ist mehr als nur irgendein gut aussehender Schauspieler, er bedeutet alles für mich«, fauche ich relativ unerwachsen. »Wie kommst du dazu, dich darüber lustig zu machen?«

Er lächelt nur, was dazu führt, dass ich mich hoffnungslos unterlegen fühle. Und hilflos. Hat er etwa Mitleid mit mir? Als wäre ich ohnehin nicht mehr zu retten …

Was heißt wäre – vielleicht bin ich es ja tatsächlich nicht?

Ich schlucke. »Wenn ich das hier nicht überlebe, soll Marek Carter meine Trauerrede halten«, sage ich leise. »Du musst mir versprechen, dass du dafür sorgst.«

»Ist gespeichert«, antwortet Theo.

Was er nicht sagt: *Ach, Unsinn, du wirst das locker überstehen und uralt werden!*

Und warum nicht? Weil er es eben nicht weiß. Weil es im Moment absolut niemand wissen kann. Theo orientiert sich an Tatsachen, nicht an Hoffnungen. Und irgendwie ist mir das gerade viel lieber als die pseudooptimistischen Durchhalteparolen, die ich wohl im umgekehrten Fall von mir gegeben hätte.

Theo wendet sich wieder der Reisetasche zu und überreicht

mir drei Dinge, um die ich ihn eigentlich gar nicht gebeten habe: mein Handy-Ladekabel, Kopfhörer und das Buch, das ich gerade lese. *Panem X*. Er muss es auf meinem Nachttisch entdeckt haben.

»Danke, dass du so clever bist«, sage ich. Okay, das hätte ich netter hinkriegen können, aber mir ist nicht nach Nettigkeiten zumute.

»Erschien mir eben naheliegend. Und bestimmt warst du einfach zu aufgeregt, um diese Sachen auf die Liste zu setzen.«

Ich nicke. »Ich weiß nicht, wo mir der Kopf steht. Und was darin vor sich geht … Wahrscheinlich hätte meine Liste aus null Sachen bestanden, hätte die Krankenschwester sie mir nicht buchstäblich diktiert.«

»Na ja, eine Liste aus null Sachen ist genau genommen überhaupt keine Liste«, kann sich Theo nicht verkneifen.

Ich grinse. »Wie schön, dass du mich nicht verschonst.«

»Womit?«

»Mit deiner Besserwisserei.«

»Wenn man etwas wirklich besser weiß, ist es keine Besserwisserei«, widerspricht Theo.

»Nein, sondern Rechthaberei«, sage ich und strecke ihm die Zunge raus.

Wir müssen beide lachen, und ich hege die Hoffnung, Theo könnte eventuell doch einen Funken Humor im Leib haben.

»Du solltest dem Tumor einen Namen geben«, wechselt er unvermittelt das Thema.

Okay, jetzt übertreibt er aber echt. »Scherzkeks.«

»Nein, im Ernst. Ich habe irgendwo gelesen, dass es hilft, wenn er einen Namen hat. Das macht es dir leichter, sauer auf ihn zu sein statt auf deine Mitmenschen.«

Ich schweige betroffen.

»Ich bin manchmal ein ganz schönes Biest«, gebe ich schließlich zu.

»Da kann ich nicht widersprechen«, sagt Theo lächelnd. Seltsamerweise scheint mein Verhalten ihn nicht abzuschrecken. Er verspricht sogar, morgen wiederzukommen.

»Dein Leben muss ja ganz schön langweilig sein, wenn du dir das freiwillig antust«, erwidere ich.

»Langeweile ist die beste Quelle für Kreativität«, antwortet er ungerührt.

Was für ein schräger Vogel!

Kapitel 4

Horst

In aller Frühe werde ich von einer resoluten Schwester aufgeweckt. Sie zieht die Vorhänge zurück, reißt das Fenster auf und lässt eiskalte Morgenluft herein.

»Frau Sander? Sie müssen zum MRT, noch vor dem Frühstück«, verkündet sie mit schier unerträglicher Fröhlichkeit. Ebenso gut könnte sie jubeln: »Ist es nicht ein wunderschöner Tag zum Sterben?«

Ich beschließe, mich von ihrem Optimismus anstecken zu lassen. Bei dieser Untersuchung wird sich bestimmt herausstellen, dass alles nur eine Verwechslung war. Das Ding in meinem Kopf ist allerhöchstens eine harmlose Zyste. Die Ärztin muss sich geirrt haben. Vielleicht hab ich doch bloß eine Gehirnerschütterung? Je eher sich das klärt, desto besser.

Als ich aufstehen will, dreht sich alles um mich, und meine Beine versagen. Die Schwester fängt mich auf und verfrachtet mich in einen Rollstuhl. Mein Optimismus löst sich in Luft auf. Wie kann ich mir einbilden, gesund zu sein, wenn ich noch nicht mal drei Schritte schaffe?

In der Radiologie herrscht noch kein Betrieb, ich muss diesmal nicht warten. Immerhin.

»Waren Sie schon mal in der Röhre?«, werde ich gefragt.

Nein, war ich nicht. Wenigstens dieses Erlebnis werde ich noch abhaken können, bevor es mit mir zu Ende geht. Oder jedenfalls *könnte* ich es abhaken, wenn ich eine Bucket List hätte. Habe ich aber nicht. Mit achtzehn braucht man normalerweise noch keine Liste der Dinge, die man unbedingt erledigen will, bevor man den Löffel abgibt. Ich habe bloß Ziele. Und die kann ich nur erreichen, wenn ich gesund bin.

»Das MRT liefert genauere Ergebnisse als das CT. Es funktioniert über Magnetfelder und Radiowellen, nicht mit Röntgenstrahlen. Dafür dauert es ein wenig länger«, erklärt die Radiologieassistentin und überreicht mir ein Paar Wegwerf-kopfhörer. »Am besten, Sie träumen sich an einen schönen Ort. Hiermit geht es etwas einfacher.«

Jeder Ort wäre schöner als dieser. Ich schließe vorsichtshalber die Augen, um keine Platzangst zu kriegen. Das MRT-Gerät macht Geräusche wie ein Killerwal, der gerade sein Mittagessen verdaut. Das Meeresrauschen, das zu meiner Entspannung aus den Kopfhörern dringt, verstärkt diesen Eindruck bloß noch. Ich liege in dem grollenden, engen Untersuchungssarg und frage mich, welches Resultat dabei wohl herauskommen wird. Und ob ich das überhaupt wissen will.

Die Untersuchung dauert ewig. Ich friere ein bisschen. Kein Wunder – der Raum ist klimatisiert, und ich trage wieder das dünne Hemdchen, das hinten offen ist und aus allen Patienten im Handumdrehen lächerliche Witzfiguren macht. Es ist damit das genaue Gegenteil eines Arztkittels, der aus Strebern mit Doktortitel ganz schnell coole Halbgötter macht. Ich finde das nicht besonders fair.

Aber was ist schon fair? Das Leben jedenfalls nicht. Das

ist mir klar, seit ich zehn bin – seit meine Mutter abgehauen ist. Damals dachte ich, meine Welt bricht zusammen. In dieser Hinsicht kann es meine Mutter locker mit einem Tumor aufnehmen …

Nicht zu fassen, welchen Rat sie mir zum Abschied mitgegeben hat: »Du bist groß und hübsch, am besten wirst du Model.« Ich fand die Vorstellung, mich fürs Hin-und-her-Laufen und Lächeln bezahlen zu lassen, geradezu grotesk! Jedes Kleinkind kann schließlich laufen …

Okay, ich konnte es vorhin nicht, aber nur wegen diesem Ding in meinem Schädel. Gestern Nacht dagegen klappte es einwandfrei! Ich war ganz allein auf Toilette, ohne Hilfe der Nachtschwester und ohne zu schwanken. Und jetzt? Ist mir sogar im Liegen schwindelig.

Moment – war ich eben stolz darauf, ohne Hilfe gepinkelt zu haben? Das war ich zuletzt mit ungefähr zweieinhalb! Himmel, was ist nur aus mir geworden!

Der Untersuchungssarg dröhnt und knattert. Wie soll es einem da gelingen, sich an einen schönen Ort zu träumen?

Ich versuche es trotzdem und stelle mir vor, auf einem Siegerpodest zu stehen. Ich habe gerade den olympischen Hochsprungwettbewerb gewonnen. Gleich wird mir die Medaille umgehängt und dann die Nationalhymne gespielt. Mir zu Ehren. Ich strahle, winke in die Kameras und wische mir verstohlen eine Träne weg. Denn ich habe es geschafft …

Ja, in einem Punkt hatte meine Mutter tatsächlich recht: Ich war schon immer ziemlich groß für mein Alter. So kam ich dann auch zum Hochspringen. Dieser Sport ist für mich das Wichtigste im Leben geworden. Er passt zu mir – ich brauche nur mich selbst und meine langen Beine. Kein Team, niemanden, den ich an mich heranlassen muss.

Ob ich ihn wohl jemals wieder ausüben kann? Die Vorstellung, dass das vielleicht nicht möglich ist, erschreckt mich zutiefst.

Vielleicht sollte ich aufhören zu träumen. Das endet eh nur mit einer Enttäuschung.

Endlich ist die Untersuchung vorbei, und ich werde zurück in mein Zimmer gebracht.

»Wann erfahre ich das Ergebnis?«, will ich wissen, während ich das entwürdigende OP-Hemdchen gegen Shorts und T-Shirt tausche. Jetzt noch eine Dusche, und ich könnte mich fast wie ein Mensch fühlen.

»Der Professor wird persönlich mit Ihnen sprechen«, erklärt die resolute Schwester. »Allerdings operiert er gerade. Das kann dauern. Essen Sie erst mal was.«

Essen! Als stünde mir jetzt der Sinn nach Nahrungsaufnahme. Wozu überhaupt noch frühstücken, wenn mein Leben vielleicht sowieso bald zu Ende ist?

Wobei – die Sesambrötchen sehen richtig gut aus, frisch und knusprig. Mit Butter und Honig bestimmt sehr lecker. Warum eigentlich nicht? Irgendwie macht sich jetzt auch ein leichtes Hungergefühl bemerkbar. Was mich daran erinnert, dass ich noch nicht tot bin. Vorerst.

Nach dem Essen checke ich meine Nachrichten. Coach Meinert hat geantwortet. Sie wünscht mir gute Besserung und hofft, mich spätestens nach den Sommerferien wieder im Training zu sehen. Ihr Wort in Gottes Gehörgang!

Ich danke ihr und verspreche, mich zu melden, wenn es mir besser geht. Dann stehe ich testweise auf, und diesmal funktioniert es problemlos. Kein Schwächeanfall, kein Drehschwindel. Vielleicht war ich vorhin einfach noch nicht richtig wach?

Ich gehe im Zimmer auf und ab, dann probiere ich es erst rückwärts, anschließend im Hopserlauf, danach auf einem Bein und schließlich seitlich überkreuzend.

»Bist du etwa schon wieder im Training?«

Ich fahre herum. »Theo! Solltest du nicht in der Schule sein?« Es ist zwar ein warmer Sommertag, aber für ein verfrühtes Unterrichtsende fehlen mindestens sieben Grad.

»Es ist doch Sonntag, schon vergessen?«, erwidert er seelenruhig.

Mist. Habe ich tatsächlich verpeilt.

»Und da fällt dir nichts Besseres ein, als mir auf den … *Dingens* … auf den Keks zu gehen?«, flachse ich, um zu überspielen, dass mein Kopf wohl tatsächlich nicht richtig funktioniert – und dass mich seine Besorgtheit ziemlich rührt. Würde gerade noch fehlen, dass ich vor lauter Gefühlsduseligkeit in Tränen ausbreche. Wobei – wer könnte mir das verdenken? Schließlich bin ich sozusagen in Trauer um mich selbst …

»Nicht nach dir hatte ich Sehnsucht, sondern nach den herrlich klimatisierten Räumen hier«, gibt Theo grinsend zurück. »Außerdem brauchst du jemanden, der alle Sinne beisammenhat, wenn du mit dem Arzt sprichst. Oder hat das Gespräch etwa schon stattgefunden?«

Hey, der tut ja glatt so, als wäre ich nicht ganz dicht! Ganz schön frech. Allerdings – ganz unrecht hat er da nicht. Ich bin ziemlich durch den Wind. Von den bescheuerten Wortfindungsstörungen ganz zu schweigen.

Ich gehe also nicht allein zum Arztgespräch.

Theo hat tatsächlich darauf bestanden, dabei zu sein, und es hat ihm auch nichts ausgemacht, drei Stunden lang mit mir darauf zu warten. Die Zeit haben wir uns mit Logikrätseln vertrieben, Theos Steckenpferd. Er kennt ungefähr eine Million, und ich kann kein einziges davon lösen. Immer wenn er mir die Lösung verrät, erscheint sie mir total logisch, und ich wundere mich, dass ich nicht allein darauf gekommen bin. Aber schon drei Minuten später habe ich wieder vergessen, welche verdammte Frage ich einem der beiden Torwächter stellen müsste, um herauszufinden, welche Tür in die Freiheit führt, ohne zu wissen, ob dieser Wächter immer lügt oder immer die Wahrheit sagt. Und das ist angeblich noch eines der einfacheren Rätsel …

Jetzt bittet uns ein Onkologe mit unaussprechlichem indischem Namen und besorgter Miene, Platz zu nehmen, und ich bin sehr froh, dass Theo noch sturer ist als ich. Dass er mir beisteht, gibt mir Sicherheit.

Wir sitzen dem Professor gegenüber, zwischen uns ein gläserner Schreibtisch mit einer Patientenakte darauf. Meiner Patientenakte.

Es ist wie bei einem Examen, nur, dass der Prüfer einen weißen Kittel trägt. Oder vielmehr wie vor Gericht, denn gleich wird mein Urteil verkündet. Fragt sich nur: Wie lang dauert lebenslänglich in meinem Fall?

Der Professor räuspert sich. »Nun, Frau Sander, es ist definitiv ein Gehirntumor. Zwar gutartig, aber dennoch lebensbedrohlich«, beginnt er. Danach sagt er noch viel mehr, aber da höre ich schon nicht mehr zu.

Von wegen Zyste oder Gehirnerschütterung. Sie haben sich doch nicht geirrt. Das Ding ist echt! Aber bedeutet gutartig denn nicht, dass alles gut wird? Wieso ist der Tumor dann lebensbedrohlich?

Irgendwann versiegt der Redefluss des Professors. Ich sollte wohl irgendwie reagieren. Irgendwas sagen – am besten etwas Bedeutsames.

»Aber – mir geht es heute viel besser, ich kann … ich kann wieder problemlos laufen, mir ist auch nicht mehr … *Dingens* … übel, nur ein bisschen schwindelig ab und zu«, stammele ich und höre selbst, wie armselig das klingt.

Habe ich einen Schock? Das hier ist ein Albtraum!

»Die Symptome treten typischerweise nicht permanent auf, es ist völlig normal, dass der Schwindel mal stärker und mal schwächer ist«, erklärt der Professor ruhig.

Völlig normal? Nichts von alldem hier ist normal. Nicht in meiner Welt! Und ich will, dass das so bleibt.

Aber was ich will, spielt mal wieder keine Rolle. Das interessiert weder den Professor noch diesen blöden Arsch von Tumor!

»Horst«, platze ich heraus, und zwei Augenpaare starren mich verblüfft an. »So werde ich ihn nennen«, füge ich hinzu.

Theo nickt. Er versteht sofort, was ich meine. Schließlich war es sein Vorschlag, dem Tumor einen Namen zu geben.

Dem Professor schulde ich keine Erklärung. Soll er mich doch für übergeschnappt halten. Immerhin kann er froh sein, dass ich weder einen hysterischen Anfall bekomme noch ihn anschreie, ohnmächtig werde oder was sonst so an Reaktionen vorkommt, wenn er sein Urteil verkündet.

Lebensbedrohlich, hat er gesagt.

Lebensbedrohlich. Fünf Silben. Sechzehn Buchstaben.

Doch was soll das überhaupt bedeuten?

Ich weiß, ich müsste jetzt Fragen stellen. Kluge, wichtige Fragen. Schließlich geht es für mich um alles. Aber ich kann nicht. Ich bin wie paralysiert.

Theo stellt sie an meiner Stelle, und er macht jede Menge Notizen. Irgendwann steht der Professor auf und reicht mir die Hand. Zum Abschied, begreife ich.

Zurück im Zimmer, will ich mir einfach nur die Decke über den Kopf ziehen, doch mein Bett ist verschwunden.

Hey, das muss eine Verwechslung sein! Noch liege ich nicht in einem Kühlfach.

»Hier, Ihre Entlassungspapiere. Ich wünsche Ihnen alles Gute.«

Doktor Beck! Wo kommt die denn auf einmal her?

»Aber … muss ich denn nicht länger hierbleiben?«

Sie schüttelt den Kopf. »In diesem Krankenhaus können wir nichts weiter für Sie tun. Ab jetzt übernehmen die Kollegen in der Spezialklinik – wenn Sie diesen Weg wählen.«

Welche Spezialklinik? Welchen Weg?

»Ich hoffe, Sie treffen eine kluge Entscheidung«, sagt Doktor Beck noch. Dann nickt sie mir zu und wendet sich zum Gehen.

Ich bin völlig verwirrt. Warum bin ich entlassen? Ich dachte, die Situation ist lebensbedrohlich?

»Komm, ich helfe dir beim Packen und fahre dich nach Hause«, sagt Theo. Er wirkt kein bisschen irritiert. Offenbar scheint das, was hier vorgeht, einigermaßen sinnvoll zu sein.

»Ich verstehe gar nichts«, gebe ich zu. »Ehrlich gesagt bin ich kaum klüger als vor dem Arztgespräch. Warum ist mein Zustand so bedrohlich, wenn Horst doch harmlos ist?«

»Lass uns später darüber reden.« Theo schließt den Reißverschluss der Reisetasche. Er lässt nicht zu, dass ich sie trage, sogar meine Sporttasche hängt er sich um, dabei ist die ganz leicht. Trotzdem protestiere ich nicht. Mit meinem verstauchten Bein ist das Gehen doch noch ziemlich schmerzhaft.

Unterwegs zum Parkplatz fragt er mindestens fünf Mal, ob ich mich auch wirklich gut fühle. »Wenn es dir zu anstrengend wird, machen wir eine Pause.«

»Ich bin doch nicht aus Zucker«, behaupte ich. »Alles ist bestens, von Horst abgesehen.« Das soll ein Scherz sein, klingt aber nicht wirklich danach. Meine Ironie scheint mir abhandengekommen zu sein. Wenn ich bisher noch nicht besorgt gewesen wäre, dann würde sich das spätestens jetzt ändern.

Endlich erreichen wir Theos Auto, einen klapprigen Golf im hässlichsten Kotzgrün der Automobilgeschichte. Ich bin zu müde für die Bemerkung, die dazu fällig wäre. Stattdessen lasse ich mich wie ein nasser Sack auf den Beifahrersitz plumpsen und schnalle mich an.

Theo startet den Wagen und fädelt sich in den Verkehr ein. Wie gut, dass ich ihm den Weg nicht erklären muss – seit gestern kennt er ihn ja.

»Nun spuck's schon aus«, breche ich unser Schweigen. »Wie lange hab ich noch?«

»Irrelevante Frage.« Er lächelt, wirkt aber nicht fröhlich. Dann erklärt er es mir. Ich kapiere immer noch nichts, bewundere aber seine Geduld.

Irgendwann dringt es zu mir durch: Mein Horst ist zwar gutartig, liegt aber an einer blöden Stelle, und wenn man ihn weiterwachsen lässt, wird er mich langsam töten. Das heißt, man muss ihn rausschneiden. Zum Glück ist er operabel, aber so eine OP ist sehr riskant. Ich könnte daran sterben.

»Ich könnte aber auch vollständig geheilt werden?«, frage ich mindestens sieben Mal.

»Absolut«, bestätigt Theo immer wieder.

»Und was, wenn ich mich nicht operieren lasse?«

»Dann lebst du vielleicht noch zwölf Monate. Aber es wird dir immer schlechter gehen.«

»Ich werde also entweder gleich sterben oder in einem Jahr?« *Das kann ja wohl nur ein Witz sein.*

»Oder in ungefähr siebzig bis achtzig Jahren, nach einem langen, erfüllten Leben.«

Okay, das klingt schon besser. Wenn da die Sache mit dem Risiko nicht wäre. Der Eingriff ist lebensgefährlich, doch ihn abzulehnen erst recht.

»Es ist deine Entscheidung, Victoria«, sagt Theo, während er in unsere Straße einbiegt. »Aber lass dir nicht allzu viel Zeit. Der Termin in der Berliner Spezialklinik wurde schon für dich reserviert, für alle Fälle – in einer Woche. Es liegt an dir, ob du ihn wahrnimmst oder sausen lässt.«

»Woher weißt du das?« Ich erinnere mich nicht daran, dass der Arzt mit dem unaussprechlichen Namen davon gesprochen hätte. Aber Doktor Beck hat so was erwähnt …

Er lächelt. »Du warst vorhin wohl nicht ganz bei der Sache. Hab ich mir gedacht. Keine Sorge, ich habe alles Wichtige notiert.«

Na großartig. Ich stehe offenbar komplett neben mir. Und in diesem Zustand soll ich über mein Leben entscheiden? Ich weiß ja nicht mal, wie das blöde Logikrätsel mit den beiden Torwächtern ging. Oder was aus dem Date mit Joshua werden soll. Und wie ich Paps die Sache mit Horst klarmache.

Was soll ich nur tun?

Kapitel 5

Das Leben ist keine Textaufgabe – eigentlich

Immer wenn ich traurig, einsam oder mutlos bin, verziehe ich mich in die Ecke unseres ebenso riesigen wie abgewetzten Ledersofas, das fast das komplette Wohnzimmer einnimmt. Das war schon früher so. Damals, als meine Mutter uns verließ, verbrachte ich besonders viel Zeit zwischen den Oversize-Kissen aus gestreiftem Leinen, manchmal ganze Wochenenden. Auch jetzt zieht mich das alte Ungetüm an wie ein Magnet.

»Willst du einen Kaffee?«, fragt Theo.

Woher soll ich das wissen? Ich fühle mich komplett überfordert, aber ich nicke, damit er mich in Ruhe lässt. Es funktioniert, Theo verschwindet in Richtung Küche.

Kraftlos lasse ich mich in die Kissen fallen und schließe die Augen.

Am liebsten würde ich einschlafen und nach dem Aufwachen feststellen, dass alles nur ein böser Traum war. Doch das wird nicht funktionieren. Der Albtraum ist Wirklichkeit.

Warum passiert ausgerechnet mir so etwas?

Scheißhorst!

Und jetzt muss ich die schwerste Entscheidung meines Lebens treffen. Ich frage mich, wie in aller Welt ich über eine derart wichtige Sache nachdenken soll, wenn ich mich auf meinen Kopf nicht verlassen kann. Ein Typ für Bauchentscheidungen war ich noch nie …

Andererseits bin ich auch kein Heulsusen-Typ, und trotzdem kann ich die Tränen einfach nicht stoppen. Das Sofakissen, auf dem ich liege, ist bald komplett durchnässt.

Ich will nicht sterben!

Weder langsam und qualvoll noch schnell und schmerzlos. Sondern erst irgendwann, wenn ich uralt bin. Aber doch nicht mit achtzehn! Ich will auf keinen Fall jetzt schon abtreten, bevor mein Leben so richtig angefangen hat …

»Hier, dein Kaffee.«

Theo stellt eine dampfende Tasse vor mir ab. Ich würde sie am liebsten nehmen und an die Wand feuern. Doch dazu fehlt mir die Energie. Ich schaffe es nicht mal, Theo für seine Mühe zu danken.

Hilflos schaut er mich an. Offenbar würde er mich gern trösten und weiß nicht, wie. Wenigstens erspart er mir hohle Phrasen wie »Wird schon werden« oder »Alles wird gut«. Denn das könnte niemand versprechen, nicht mal der Professor mit dem unaussprechlichen Namen.

»Ich will allein sein. Du kannst jetzt gehen«, sage ich mit vom Heulen brüchiger Stimme. Dennoch kommt es unfreundlicher rüber als beabsichtigt. Ich sollte Theo um Verzeihung bitten, schließlich war er ohne Wenn und Aber für mich da, als ich ihn gebraucht habe, und das, obwohl wir nicht mal richtig befreundet sind. Na ja, irgendwie wohl schon, jedenfalls fühlt es sich so an, aber nicht offiziell. Wie auch immer – mehr als eine entschuldigende Grimasse kriege ich nicht zustande.

Theo lässt sich von meinem schroffen Ton aber sowieso nicht beeindrucken. »Gibt es hier irgendwo eine Wolldecke?«, will er wissen. Keine Ahnung, was er damit vorhat. Ich deute auf die Holzkiste in der Ecke, mit der ich früher immer Schatzsucherin gespielt habe. Er öffnet den Deckel und holt eine karierte Decke hervor. Und dann tut er etwas ganz und gar Unerwartetes: Er deckt mich zu.

»Aber ich friere doch gar nicht«, widerspreche ich. Allerdings nur halbherzig, denn in dem Moment spüre ich, wie gut mir die flauschige Wärme tut. Irgendwie fühle ich mich behütet. Ich ziehe die Decke über den Kopf und …

Als ich wieder zu mir komme, ist es draußen schon dunkel. Offenbar habe ich den ganzen Nachmittag verpennt. Kurz frage ich mich, welcher Tag heute eigentlich ist, dann fällt es mir wieder ein: immer noch Sonntag. Ich stehe auf, weil ich dringend pinkeln muss. Auf dem Tisch stehen belegte Brote, sogar mit Eischeiben und Gürkchen dekoriert. Wo kommen die denn her? Ist Paps etwa einen Tag früher nach Hause geflogen als geplant?

Als ich von der Toilette zurückkomme, stolpere ich fast über Theos lange Beine. Er hat es sich in einem Sessel gemütlich gemacht und liest eines von Paps' Fossilienbüchern. Oder ist er etwa darüber eingeschlafen? Nein, er blinzelt. Offenbar ist er dermaßen von der Lektüre fasziniert, dass er alles um sich herum vergisst. Beneidenswert!

»Danke für die Häppchen, die sehen lecker aus«, sage ich, um meine Unfreundlichkeit von vorhin wieder wettzumachen. »Wollen wir gemeinsam essen?«

Theo schließt das Fossilienbuch und langt zu. Ich auch, und zwar tüchtig. Außer dem Krankenhausfrühstück habe ich noch nichts gegessen heute, und es ist immerhin schon – halb elf am Abend? Ernsthaft? Dann hab ich ja ewig geschlafen …

»Konntest du inzwischen ein bisschen nachdenken?«, fragt Theo zwischen zwei Bissen.

»Das nicht, aber immerhin für ein paar Stunden abschalten.« Ich seufze. »Du hast recht, ich sollte bald zu einem Entschluss kommen. Wenn ich nur wüsste, wie das geht.« Bis gestern hätte ich von mir behauptet, ich wäre mutig. Davon ist leider nichts mehr übrig. Wer ist schon mutig, wenn ein falscher Schritt den sofortigen Tod bedeuten kann?

»Du hast ja noch ein paar Tage Zeit. Und es muss doch auch keine einsame Entscheidung sein.«

Wie ist denn das schon wieder gemeint? Bietet er sich etwa als Krisenmanager an?

»Lieb von dir, aber ich glaube, da muss ich allein durch …«

»Morgen kommt dein Vater zurück, oder?«, spricht er weiter, als hätte ich gar nichts gesagt. »An deiner Stelle würde ich mit ihm reden. Er ist sicher ein weiser Ratgeber.«

Typisch Theo, sich so eigenartig auszudrücken. Fast bringt er mich damit zum Lachen. Zumal er sich irrt: Mein Vater ist alles andere als ein weiser Ratgeber, eher ein verschrobener Wissenschaftler mit chronischer Verpeiltheit im Alltag. Aber ich werde ihm die Sache mit Horst wohl kaum verschweigen können. Schöner Mist.

»Ich geh dann mal«, sagt Theo, als wir alles aufgegessen haben. »Oder möchtest du, dass ich bleibe? Kein Problem, dann sag ich zu Hause kurz Bescheid.«

Ich schüttele den Kopf. »Das ist nett, aber ich will jetzt wirklich lieber allein sein.«

Theo nickt. »Du kannst dich jederzeit bei mir melden, wenn du mich brauchst.«

Ich unterdrücke eine flapsige Bemerkung darüber, dass ich ganz gut ohne Babysitter auskomme, denn das wäre wirklich unfair. »Danke für alles«, sage ich stattdessen und lasse offen, was genau ich damit meine – den Gepäckservice, den Fahrdienst, die belegten Brötchen oder seine Versuche als Seelentröster.

Bevor er geht, verspreche ich ihm, mich auf jeden Fall zu melden – spätestens, wenn ich eine Entscheidung getroffen habe. »Und du musst mir auch etwas versprechen: nämlich, dass du mir hilfst, die Gästeliste für meine Trauerfeier zusammenzustellen«, witzele ich. Doch es klingt keine Spur lustig, sondern einfach nur bitter.

Als er weg ist, geht es mir kein bisschen besser. Am liebsten würde ich ihn zurückrufen. Aber das wäre ja albern. Wie ich vorhin selbst gesagt habe: Da muss ich jetzt allein durch. Irgendwie.

In der schlaflosen Nacht, die ich auf der Couch verbringe, kommen meine Gedanken einfach nicht zur Ruhe. Ich frage mich, wie es sich wohl anfühlt zu sterben. Tot zu sein. Kommt da noch was? Oder ist da nur ein großes schwarzes Nichts?

Und wie wird Paps mit alldem klarkommen? Wird er zusammenbrechen? Ich habe Angst davor, mit ihm zu reden. Er hat doch nur mich. Und er ist nicht besonders gut in Gefühlsdingen. Typisch Wissenschaftler eben.

Ganz anders als meine Mutter. Sie war, rückblickend betrachtet, eine echte Dramaqueen. Ein Wunder, dass die beiden überhaupt jemals geheiratet haben.

Ich erinnere mich an meinen zehnten Geburtstag, als wäre es gestern gewesen. Sie hat eine Riesenparty für mich veranstaltet und alle Kinder aus meiner Klasse dazu eingeladen, ganz gleich, ob ich mit ihnen befreundet war oder nicht. Die meisten konnte ich nicht einmal besonders gut leiden, und ich schätze, das beruhte mehr oder weniger auf Gegenseitigkeit.

Aber sie kamen alle gerne, denn es handelte sich um eine Harry-Potter-Mottoparty mit Verkleidungen für alle und einer Torte in Form des sprechenden Hutes. Meine Mutter, die als Minerva McGonagall ging, hatte eine Schnitzeljagd geplant und für jeden Gast einen Zauberstab als Geschenk vorbereitet. Total übertrieben! Und unangemessen obendrein, denn sie hätte niemals nach Gryffindor gepasst – sie ist definitiv eine Slytherin.

Was ich während der Party allerdings noch nicht ahnte. Denn ich wusste ja nicht, dass zu diesem Zeitpunkt ihre Koffer schon gepackt im Kofferraum ihres Wagens lagen. Am nächsten Tag verschwand meine Mutter aus meinem Leben.

Wäre mir klar gewesen, dass die perfekte Geburtstagsparty in Wirklichkeit eine Abschiedsparty war, hätte ich meiner Mutter die blöde Torte ins Gesicht gefeuert, so wie in den alten Slapstick-Filmen in Schwarz-Weiß mit Stan Laurel und Oliver Hardy, die ich von Theo kenne. Er steht auf so abgefahrenes Zeug. Seit er mein Nachhilfelehrer ist, belohnt er mich für jede Mathenote, die besser als eine Fünf ist, mit einem Filmnachmittag. Wobei ich das Gefühl habe, dass er damit eigentlich vor allem sich selbst belohnt …

Irgendwann muss ich doch wieder eingenickt sein. Ich werde davon wach, dass mir die Sonne ins Gesicht scheint. Es kommt mir vor, als hätte das Gespräch mit Theo über die Operation in einem anderen Leben stattgefunden, dabei ist es erst gestern gewesen. Im Moment erscheint es mir absolut unwirklich.

Als ich unter der heißen Dusche stehe und das Pflaster

in meiner Armbeuge sehe, wo mir Blut abgenommen worden ist, wird mir bewusst: Es ist alles furchtbar real. Und das bedeutet, ich habe gerade mal eine Woche Zeit für meine Entscheidung.

Nachdem ich geföhnt und angezogen bin, erstelle ich eine Pro- und Kontra-Liste. Oder versuche es jedenfalls. Aber mir fällt zu beiden Varianten nur ein, dass sie lebensgefährlich sind. Eine davon ist garantiert tödlich, die andere nur vielleicht, aber wenn, dann sofort. Vielleicht sollte ich lieber eine Münze werfen?

Am späten Montagvormittag bin ich immer noch kein Stück weiter, als ich Paps' Auto in der Einfahrt höre. Es klingt unverwechselbar, wie ein altersschwacher Rasenmäher. Natürlich könnte er sich ohne Weiteres eine schickere Karre leisten, aber so was ist ihm nicht wichtig. Das Ding hat noch TÜV und fährt ihn von A nach B, das genügt ihm vollauf.

Ich will ihm eigentlich nichts von Horst sagen, oder jedenfalls nicht gleich davon anfangen, weil ich Angst vor seiner Reaktion habe. Doch Paps ist einfach zu klug, er merkt direkt, dass etwas nicht stimmt.

»Hallo, meine Große! Schön, dich zu sehen. Aber – warum bist du denn nicht in der Schule?«

Okay. Ich muss wohl sofort mit der Sprache rausrücken.

»Setz dich lieber mal, Paps«, beginne ich, und dann fasse ich zusammen, was seit Samstag passiert ist.

Paps wird leichenblass und sagt erst mal nichts. Doch ich weiß genau, was in ihm vorgeht. Ich meine – ich bin sein einziges Kind, und er liebt mich über alles, genauso wie ich ihn. Natürlich muss das ein Riesenschock für ihn sein!

Schließlich reagiert er so wie auf alle Krisen: Er kocht uns einen Tee. Dann lässt er sich alles noch einmal haarklein erzählen.

»Und du darfst nichts auslassen, hörst du, Victoria? Ich will jedes Detail erfahren, jede Untersuchung, jedes Symptom.«

Was für andere Streicheleinheiten sind, sind für Paps Fakten. Sie helfen ihm, mit schwierigen Situationen umzugehen.

Ich ticke völlig anders. Keine Ahnung, wie mein Tumor offiziell heißt – mir genügt der Name, den ich ihm selbst gegeben habe. Zum Glück liegen hier noch Theos Notizen herum. Ohne die wäre ich aufgeschmissen. Also lese ich sie einfach vor. *Hirntumor. Gutartig, aber lebensbedrohlich. Operabel, aber mit Risiken verbunden. Wenn, dann in einer Berliner Spezialklinik.* Ich höre mir selbst beim Reden zu und kann kaum glauben, dass es dabei um mich geht.

Als ich geendet habe, wirkt Paps ganz schön verstört, was sich beispielsweise in einer unbeholfenen Umarmung äußert, doch er fängt sich schnell wieder und ist so sachlich wie immer.

»Lass uns mal die Fakten checken«, schlägt er vor und fängt sofort an, im Internet zu recherchieren. »Okay«, sagt er nach einer Weile, dann verkündet er mir, was er herausgefunden hat. Irgendwas mit Überlebensstatistik nach Hirn-OPs und Wahrscheinlichkeit und Logik und durchschnittlicher Lebenserwartung. Ich verstehe nur Bahnhof. Immerhin ist das Mathe, also könnte er ebenso gut Chinesisch reden.

Paps scheint sich selbst überzeugt zu haben, jedenfalls wirkt er mit dem Resultat seiner Berechnungen einigermaßen zufrieden. Aber ich habe Angst. Große Angst! Denn auf einmal ist mein Leben eine Textaufgabe geworden, die nur ich lösen kann – und wenn ich mich verrechne, ist alles aus.

»Warum sagst du mir nicht einfach, was ich tun soll?«

Er blickt mich durch seine dicken Brillengläser an. »Du

bist erwachsen, meine Große. Ich kann dir nur beistehen und sagen, was ich an deiner Stelle täte. Aber letztendlich ist es deine Entscheidung.«

Und ich will dich auf keinen Fall verlieren. Das sagt er zwar nicht, doch ich weiß, dass er es denkt. Nicht umsonst zittert seine Stimme leicht, und er senkt seinen Kopf, damit ich nicht sehe, dass seine Augen feucht werden. Paps erlaubt sich nicht, emotional zu werden, obwohl seine Gefühle ihn gerade fertigmachen. Und mich auch. Aber Paps vertritt nun mal den Standpunkt, dass Gefühle einen in wichtigen Momenten nicht weiterbringen. Und das ist jetzt wohl so einer …

Ich schlucke. Ja, Paps hat natürlich recht. Ich muss das allein entscheiden. Und eigentlich bin ich auch froh, dass ich alles selbst in der Hand habe. Gleichzeitig lähmt es mich regelrecht.

Dann tut Paps etwas, was noch überraschender kommt als seine Umarmung: Er rät mir, mit meiner Mutter zu sprechen. »Ich finde, sie sollte wissen, was los ist. Und du solltest hören, was sie zu sagen hat.«

»Kommt gar nicht infrage!«, erwidere ich entsetzt. Meine Mutter hat mich im Stich gelassen, als ich klein war und sie dringend brauchte. Sie hat kein Recht, sich jetzt einzumischen. Und ich lege auch keinen Wert auf ihre Meinung.

»Ich muss nachdenken«, sage ich und verziehe mich in mein Zimmer, um mir dort *Mit dir, wohin du willst* anzusehen, meinen Lieblingsfilm mit Marek Carter. Zwei Mal. Heulend.

Zwischendurch kommen drei WhatsApp-Nachrichten von Theo, die ich ignoriere, weil ich das Thema Horst für ein paar Stunden vergessen will, und eine von Joshua – die ich natürlich sofort lese. Er sagt unser geplantes Date ab, weil er am Samstag nun doch was anderes vorhat.

So ein Vollhonk!

Ich beschließe, ihm nicht zu antworten, sondern ihn mit Verachtung zu strafen. Erstaunlicherweise ärgere ich mich nur über seine blöde Ausrede und kein bisschen über die Tatsache, dass unsere Verabredung ausfällt – und das, obwohl ich so lange darauf gehofft habe. Weil ich ihn so süß fand! Jetzt finde ich ihn bloß noch unmöglich.

Ich hätte Horst nach ihm benennen sollen. Oder Horst-Joshua. Wobei – nein, das wäre zu viel der Ehre. Horst spielt in meinem Leben jetzt leider eine Hauptrolle, aber Joshua bleibt allenfalls Statist.

Mir fällt ein, dass dieses Leben schon bald zu Ende sein könnte. Ich sollte festlegen, was auf meinem Grabstein stehen soll!

Wie wäre es damit: »Hier ruht Victoria, deren letztes Date ebenso geplatzt ist wie all ihre Träume.«

Nein, zu traurig. Außerdem hätte ich das doofe Date sowieso abgesagt. Für so was habe ich jetzt echt keinen Nerv.

Vielleicht also eher: »Hier ruht Victoria, die ab sofort nichts anderes mehr vorhat.«

Oder: »Aus Horst wurde Ernst. Deshalb springt Victoria jetzt nicht mehr hoch, sondern liegt tief.«

Ich weiß, ich bin albern und lenke mich damit selbst ab. Stattdessen sollte ich mir lieber ernsthaft Gedanken über die Operation machen. Aber ich kann das jetzt nicht entscheiden. Ich kann einfach nicht!

Kapitel 6

Berlin, Berlin, wir fahren nach Berlin!

Meistens erscheint mir das Leben ganz schön verzwickt, und zurzeit ganz besonders. Die halbe Nacht habe ich wach gelegen und gegrübelt, ohne Ergebnis.

Aber dann gibt es wieder diese kurzen Momente, in denen alles, wirklich alles total logisch erscheint. Ziemlich verrückt, dass ausgerechnet jetzt einer dieser seltenen Durchblick-Momente ist. Zumal ich so früh am Morgen normalerweise noch gar nicht klar denken kann, auch ohne Horst. Jedenfalls bin ich gerade dabei, mir einen Kaffee zu machen, als es passiert. Urplötzlich kommt es mir so vor, als würden sich vor meinen Augen sämtliche Teile eines gigantischen 3-D-Puzzles wie von Geisterhand zu einem perfekten Bild zusammensetzen. Alles passt perfekt und fügt sich geschmeidig ineinander. Hokuspokus.

Auf einmal finde ich sogar Theos Logikrätsel von vorgestern kinderleicht. Ich meine – ist doch glasklar: Es gibt zwei Tore, von denen das eine in die Freiheit führt und das andere nicht. Und außerdem zwei Torwächter, von denen einer immer lügt und der andere immer die Wahrheit sagt. Beide wissen, welches Tor das richtige ist – und wie ihr Kollege in Sachen Lügen bzw. Nichtlügen tickt.

Das ist die Ausgangssituation. Ich bin eine Gefangene und kann freikommen, wenn ich das richtige Tor wähle. Und bevor ich mich entscheide, darf ich nur eine einzige Frage stellen – bloß welche?

Vorgestern kam mir das alles noch furchtbar kompliziert vor, doch jetzt ist mir sonnenklar, dass diese Frage nur lauten kann: »Was würde der *andere* Torwächter antworten, wenn ich von ihm wissen wollte, ob diese Tür in die Freiheit führt?«

Ist doch logisch: Deute ich auf die falsche Tür, würde der Lügner mit Ja antworten – und der Nichtlügner ebenfalls, denn er weiß ja, dass sein Kollege nie ehrlich ist. Deute ich auf die richtige Tür, würden beide mit Nein antworten – und das wäre meine Rettung.

Absolut einleuchtend, echt! Warum bin ich da nicht sofort draufgekommen? Aber nein, Theo musste mir die Lösung verraten. Und schon wenig später hatte ich sie wieder vergessen … Doch anscheinend nicht ganz, denn jetzt ist sie auf einmal wieder präsent!

Und noch etwas ist mit einem Mal offensichtlich. Nämlich die Antwort auf die momentan einzig wichtige, alles entscheidende Frage!

»Was ist los mit dir?« Paps, der in Schlafanzug und Bademantel neben mir am Herd steht und dabei ist, sein ebenso widerliches wie unvermeidliches Frühstücksporridge zuzubereiten, reißt mich aus meinen Gedanken. Er starrt mich an, als hätte ich mich gerade in ein Einhorn verwandelt. Bestimmt sehe ich ziemlich merkwürdig aus, wie ich so reglos mitten in der Küche stehe, die leere Kaffeetasse in der Hand und die Augen weit aufgerissen.

»Ich weiß es jetzt«, sage ich mit seltsam belegter Stimme. »Es gibt gar keine andere Möglichkeit als die OP.«

Wie simpel das klingt. Dabei hat es mich wahre Kämpfe gekostet, zu diesem Punkt zu kommen. Doch jetzt sind keine Zweifel mehr übrig.

Scheiß auf das Risiko – es ist meine einzige Chance! Wenn ich es nicht wage, werde ich bald sterben, und das ist echt keine gute Idee.

Paps nickt zufrieden. »Sehr vernünftig«, kommentiert er, als ginge es um den Abschluss einer Rentenzusatzversicherung oder darum, im Winter lange Unterhosen zu tragen. »So hätte ich auch entschieden.« Seine Stimme zittert ein klein wenig.

Ich spüre, wie wahnsinnig erleichtert er ist. Was mich wiederum aufatmen lässt. Er steht hinter meiner Entscheidung. Mit allen Konsequenzen.

Wir sind beide kurz davor, in Tränen auszubrechen, doch bevor das passiert, rufe ich lieber schnell in der Berliner Klinik an, um den Termin zu bestätigen. Die Nummer hat Theo in mein Handy eingespeichert. Was gut ist, denn irgendwie bin ich gerade etwas zittrig – garantiert würde ich mich ständig verwählen.

Ich soll kommenden Montag da sein, und zwar morgens um halb sieben, teilt mir eine Dame mit professioneller Freundlichkeit (und für die Uhrzeit erstaunlicher Munterkeit) mit. »An diesem Tag findet das Narkose-Gespräch statt, und auch der Operateur wird ausführlich mit Ihnen reden. Danach können Sie noch mal nach Hause gehen, bis zum nächsten Morgen, dem eigentlichen OP-Tag. Wobei – ich sehe, Sie wohnen gar nicht in Berlin. Dann werden Sie wohl besser schon am Montag stationär bei uns aufgenommen, Ihre Versicherung deckt das ab.«

»Ähm – ja, okay«, erwidere ich. Die vielen Informationen

überfordern mich gerade. Ich notiere einfach nur das Datum und die Uhrzeit. »Und wo genau liegt die Klinik?«

»Wenn Sie mir bitte Ihre E-Mail-Adresse nennen, schicke ich Ihnen eine Wegbeschreibung.«

Ich diktiere sie ihr.

Dann lege ich auf und komme mir kaum anders vor, als hätte ich gerade einen Friseurtermin vereinbart. *Schnippschnapp, Tumor ist ab.* Wenn es doch nur so einfach wäre …

Aber vielleicht ist es das auch? Ich muss optimistisch bleiben, sonst drehe ich noch durch. Sechs Tage sind lang. Genug Zeit für viele Panikanfälle. Und gleichzeitig extrem kurz, falls das der Rest meines Lebens sein sollte …

Stopp, Victoria! Nicht daran denken!

Ich könnte auf dem OP-Tisch sterben, okay. Aber ich könnte auch jeden Tag von einem Auto überfahren werden. Hängt das ganze Dasein nicht ständig am seidenen Faden? Es gibt Triebtäter und Attentate und allergische Schocks und Blutvergiftungen und … Fast ein Wunder, dass ich achtzehn Jahre lang durchgehalten habe. Und Paps sogar schon über fünfzig!

Was wollte ich noch gleich mit der Tasse? Ach ja, Kaffee. Den brauche ich morgens als Erstes, um in die Gänge zu kommen. Schön stark, mit viel Zucker und einem kleinen Schuss Sahne. Ohne diese erste Dosis Koffein bin ich zu nichts zu gebrauchen – an normalen Tagen jedenfalls. Heute habe ich schon eine lebenswichtige Entscheidung getroffen und einen OP-Termin bestätigt! Ich belohne mich für diese Heldentaten mit einem zusätzlichen Würfel Zucker und einem Schokoriegel namens *Fazer Jim*, den Paps mir aus Finnland mitgebracht hat. Außen feinherb, innen weich und mit einem Hauch von Bananenaroma – lecker!

Während Paps sein Porridge löffelt, dazu Pfefferminztee trinkt und auf seinem Tablet die *New York Times* liest, lasse ich mir mein unvernünftiges Frühstück schmecken und versuche, an gar nichts zu denken.

Es gelingt leider nur mittelprächtig. So ganz lässt sich Horst eben nicht ignorieren, auch wenn er mir heute keinen Ärger bereitet: Ich spüre keinerlei Symptome, habe weder Wortfindungsstörungen noch Schwindel oder Übelkeit. Alles wirkt völlig normal. Als wollte er mich verhöhnen. Ein Scherzkeks, dieser Horst! Aber er wird ja sehen, was er davon hat, wenn die Profs in Berlin ihm mit dem Skalpell zu Leibe rücken …

»Eine ganz schön weite Strecke«, sagt Paps unvermittelt. »Nach Berlin, meine ich.«

Eine überflüssige Ergänzung, denn mir ist auch so klar, was er meint. Unsere Gedanken kreisen eben nur noch um ein Thema.

»Ich werde dich selbstverständlich chauffieren«, erklärt er feierlich. »Das kriege ich schon organisiert, irgendwie.«

»Daran habe ich noch gar nicht gedacht«, muss ich allerdings zugeben. »Selbst fahren kommt wohl eher nicht infrage.« Ich ziehe eine Grimasse. Zwar habe ich seit ein paar Monaten den Führerschein und darf inzwischen auch unbegleitet fahren, aber wegen Horst lasse ich es lieber bleiben. Nicht auszudenken, wenn so ein Aussetzer, wie er mir am Samstag beim Hochsprungwettbewerb passiert ist, auf der Autobahn auftreten würde. Da ist es schon sicherer, Paps sitzt am Steuer. Aber der ist doch immer so beschäftigt. »Hast du denn überhaupt Zeit, mich nach Berlin zu kutschieren?«

»Na klar. Wenn ich den Vortrag in Glasgow absage, habe ich jede Menge Zeit«, murmelt Paps zwischen zwei Löffeln Porridge.

Moooment. Das kann ja wohl nicht sein Ernst sein!

»Du meinst den Vortrag anlässlich deiner Preisverleihung, auf die du dich schon so lange freust?«

Paps druckst herum, schließlich gibt er es zu. Unfassbar, dass er meinetwegen darauf verzichten würde! Wie wahnsinnig lieb von ihm … Dieser Ehrenpreis der Uni Glasgow ist in Fossilienforscherkreisen so etwas wie der Oscar für sein Lebenswerk. Oder in meine Welt übersetzt: wie eine Olympiamedaille. Als die Nachricht kam, dass er ihn bekommt, ist er ungelogen eine Stunde lang singend durchs Haus getanzt – und wer Paps kennt, weiß, dass das einem mittleren Weltwunder gleichkommt.

»Wenn du das absagst, bin ich stinksauer«, behaupte ich, obwohl ich eigentlich kein bisschen sauer, sondern vielmehr gerührt bin.

»Aber ich will bei dir sein, wenn …«

Er kann es nicht aussprechen.

Ich auch nicht.

Bevor wir alle beide gefühlsduselig werden, humpele ich zu dem Wandkalender hinüber, der zwischen Kühlschrank und Mikrowelle hängt. Daran, dass er statt hübscher Blumenbilder Fotos versteinerter Urtier-Ausscheidungen zeigt, habe ich mich längst gewöhnt.

»Deine Preisverleihung findet am Tag vor meinem Klinik-Termin statt«, stelle ich fest. »Aber das ist ja noch nicht der OP-Termin, sondern der Aufnahmetag. Bestimmt muss ich in Berlin noch einmal sämtliche Untersuchungen über mich ergehen lassen, vielleicht sogar weitere.«

Paps wirkt erleichtert. »Okay, dann sage ich Glasgow nicht ab, sondern buche nur um und fliege von dort aus direkt nach Berlin.«

»Perfekt!«, sage ich und atme auf. Erst jetzt wird mir klar, wie wichtig Paps für mich ist. Wenn es ernst wird, will ich ihn schon in meiner Nähe haben.

Doch gleichzeitig merke ich, dass ich bis dahin Zeit für mich brauche. Zu viele Emotionen zwischen uns würden mich überfordern. Und Paps garantiert auch!

»Aber damit haben wir immer noch nicht geklärt, wie du nach Berlin kommst«, wendet Paps ein. Stimmt, die Frage ist weiterhin offen.

»Ach, da findet sich doch garantiert eine Lösung!«, sage ich leichthin, während ich fieberhaft überlege. Ich könnte zum Beispiel fliegen oder mit der Bahn fahren. Wobei mir bei dem Gedanken daran ganz schön mulmig wird. Was, wenn mir beim Umsteigen wieder die Beine versagen und dann auch noch die Worte fehlen? Dann werde ich am Ende in einer Ausnüchterungszelle landen statt in der Spezialklinik, weil man mich für sternhagelvoll hält. Momentan geht es mir zwar blendend, aber das kann sich ja jederzeit wieder ändern …

»Es gibt nur eine Lösung – ich sage Glasgow ab«, unterbricht mich Paps.

»Kommt gar nicht infrage!«, widerspreche ich eilig. »Irgendwie klappt das schon. Wenn Theo mich zur Haltestelle bringt und ich einen durchgehenden Nachtbus nach Berlin nehme, fahre ich von dort aus per Taxi zur Klinik. Das kriege ich locker hin!«

Schnell rufe ich die Fernbus-App auf und stelle fest, dass es eine perfekte Verbindung für mein Vorhaben gibt.

»Siehst du?« Ich halte Paps das Handy unter die Nase.

Doch er wirkt nicht so überzeugt. »Was, wenn dieser Theo keine Zeit hat? Du weißt, mein Flieger nach Glasgow geht schon übermorgen, und wenn ich erst mal weg bin, kann ich im Notfall nicht einspringen. Überhaupt finde ich, du solltest in deinem … Zustand nicht allein bleiben.«

Ich will mich über seine Wortwahl echauffieren, doch dann schließe ich meinen Mund wieder. Er hat ja recht. So ein Hirntumor lässt sich leider nicht wegdiskutieren. Und ganz geheuer ist es mir tatsächlich nicht, mit Horst allein zu sein. Aber ein paar Tage wird es schon gut gehen.

»Wenn es dich beruhigt, kläre ich das mit Theo gleich ab«, sage ich und greife erneut nach meinem Handy, um ihm eine Nachricht zu schreiben. Mit knappen Worten frage ich ihn, ob er mich nächsten Sonntagabend zum Busbahnhof bringen kann.

»Wie ich ihn kenne, reagiert er innerhalb von zehn Sekunden«, prophezeie ich. Theo ist ein Frühaufsteher, hat er mal erzählt. Doch offenbar kenne ich ihn längst nicht so gut, wie ich dachte. Es geht keine Antwort ein – weder nach zehn Sekunden noch nach einer Viertelstunde.

Paps sagt keinen Ton, aber er schaut gefühlt im Minutentakt auf die Uhr. Demonstrativ.

»Vielleicht ist er gerade unter der Dusche«, versuche ich, eine plausible Erklärung zu liefern, aber selbst in meinen Ohren klingt sie wenig überzeugend. »Oder er …«

Es klingelt. Bestimmt die Post. Ganz schön früh dran heute. Ich gehe zur Haustür und öffne.

»Theo! Was machst du denn hier?«, rufe ich erfreut und irritiert zugleich.

»Taxiservice«, grinst er.

»Entweder du hast meine Nachricht nicht richtig gelesen, oder dein Zeitgefühl ist durcheinander: Du bist ungefähr hundert Stunden zu früh!« Ich bin so erleichtert, dass ich sofort wieder auf Frotzelmodus schalte.

»Bin ich keineswegs«, gibt er würdevoll zurück. »Im Gegenteil, es ist allerhöchste Zeit.«

»Und wofür bitte?«

»Für dich zum Packen. Dir bleiben fünf Tage und der Rest von heute, bevor du in die Klinik gehst. Die solltest du auskosten! Hier ist der Deal: Ich fahre dich überallhin, wo du vorher noch hinmöchtest. Dafür beeilst du dich jetzt ein bisschen. Hopp, hopp!«

»Hopp, hopp?«, echoe ich. Es kommt nicht oft vor, dass mich jemand sprachlos macht. »Du meinst: ein Roadtrip zur Hirn-OP?«

Hört sich reichlich verrückt an. Und unvernünftig. Mit anderen Worten: genial! Horst kann was erleben …

»Und Sie sind dann wohl Theo?« Paps taucht jetzt auch in der Diele auf. Noch immer im Bademantel, aber so würdevoll, als trüge er einen Smoking. »Hat meine Tochter Sie nicht hereingebeten? Sie müssen entschuldigen, sie ist ein bisschen von der Rolle.«

»Ich weiß, sie hat einen Horst«, erwidert Theo bierernst.

»So nennen wir den Tumor«, erkläre ich schnell, bevor Paps denkt, Theo hätte einen Dachschaden. Den habe schließlich nur ich. »Damit ich besser auf ihn schimpfen kann.«

»Ganz schön clever«, sagt Paps zu meiner Überraschung. Dann wendet er sich wieder an Theo. »Und ich kann davon ausgehen, dass Sie wissen, was Sie tun? Wie ist denn Ihre Unfallstatistik? Und überhaupt – sind Ihre Eltern mit Ihrem Vorhaben einverstanden?«

»Erstens: ja, zweitens: null, drittens: kein Problem, das ist abgeklärt.«

»Tadellos, einwandfrei«, sagt Paps. Wo gräbt er bloß immer diese altmodischen Wörter aus?

»Sie sind also einverstanden, Herr Professor Sander?«

»Aber freilich. Welche Strecke wollen Sie denn nehmen? Es gibt ja zurzeit so viele Baustellen …«

O Mann, das ist ja nicht auszuhalten. Gleich fragen sie sich noch gegenseitig ihre Schuhgrößen ab! Männer sind schon eine seltsame Spezies. Besonders Paps und Theo.

»Nimm dir einen Tee, ich geh jetzt mal packen«, unterbreche ich, um die ganze Sache abzukürzen.

»Mögen Sie Pfefferminztee?«, greift Paps meinen Vorschlag auf. Ich schätze, es ist ihm ganz recht, dass er Theo noch ein bisschen ausführlicher unter die Lupe nehmen kann.

»Sehr gern«, erwidert Theo.

Diesmal nehme ich nicht die Reisetasche, sondern zerre den großen Koffer hinter dem Schrank hervor.

Dann flitze ich ins Bad, so schnell es mit meinem verstauchten Bein eben geht, um meine Toilettenartikel einzupacken.

Was ist mit Handtüchern? Hm. In Hotels gibt es ja normalerweise welche, aber im Krankenhaus? Sicherheitshalber nehme ich drei Stück mit.

Zurück in meinem Zimmer, werfe ich die Sachen, die ich einpacken will, erst einmal aufs Bett, um mir einen Überblick zu verschaffen.

»Ich hatte nichts von einer viermonatigen Kreuzfahrt gesagt«, kommentiert Theo, der unbemerkt mein Zimmer betreten hat. Er hat ganz eindeutig *doch* Humor. Nur eben einen völlig anderen als ich. Wenigstens macht er sich nicht schon wieder über meine unzähligen Marek-Carter-Poster lustig.

Ich strecke ihm die Zunge heraus und erkläre, dass ich Kreuzfahrten eh spießig finde. »Ein Klinikaufenthalt ist doch viel spektakulärer, und so eine Anschluss-Reha erst! Da geht man absolut an seine Grenzen. Voll das Abenteuer.« Während beginne ich, Hosen und T-Shirts in den Koffer zu stopfen. Doch dabei bleibt es natürlich nicht.

»Wofür brauchst du denn all diese Fummel?«, fragt Theo und deutet staunend auf die Party-Outfits, Sportklamotten und Strandsachen, die ich ebenfalls einpacke.

»Du sagst es doch selbst: Ich sollte meine letzten Tage so richtig auskosten. Da will ich nichts verpassen!«

»Dagegen lässt sich nichts sagen«, muss er zugeben.

Na also. Geht doch.

In nicht einmal einer halben Stunde bin ich fertig.

»Hast du auch wirklich alles? Ausweis, Versichertenkarte, Kreditkarte, Zahnbürste, Unterwäsche …«, beginnt Paps aufzuzählen. Er ist schon so oft verreist, dass er zu jeder Tages- und Nachtzeit eine Packliste herunterrattern könnte.

»Alles dabei«, bestätige ich.

»Gut, gut«, sagt Paps, dann wendet er sich an Theo. »Hier, junger Mann – für den Sprit.« Er drückt ihm ein paar Scheine in die Hand. Und mir dann auch. Fünf Hunderter! »Für Essen und so.«

Der gute Paps! Seine Fossilien ahnen sicher nicht mal, wie fürsorglich er sein kann.

Obwohl ich schon wieder ganz schön gerührt bin, fällt der Abschied dann doch wunderbar unaufgeregt aus, was allerdings daran liegt, dass wir beide uns mächtig zusammenreißen.

Als ich mich auf den Beifahrersitz von Theos klapprigem Golf setze, wische ich mir dann doch verstohlen eine Träne von der Wange, und es würde mich nicht wundern, wenn es Paps ganz ähnlich ginge.

Dann starten wir, und ich winke, bis wir um die nächste Kurve gebogen sind.

»Zeitpunkt der Abfahrt: zehn Uhr dreiundzwanzig«, verkündet Theo im Stil der einschlägigen Krankenhausserien, nur dass es dort meistens »Zeitpunkt des Todes« heißt.

Mir kommt der Gedanke, dass das, was vor mir liegt, vielleicht mehr ist als nur der Rest meines Lebens. Vielleicht ist es ja der Anfang von etwas ganz Neuem.

Kapitel 7

Premiere unterm Sternenzelt

Das Gute an einer Kleinstadt ist, dass man nicht lange braucht, um ihr zu entkommen.

Neulich habe ich irgendwo gelesen, dass es in China eine Metropole gibt, die flächenmäßig ungefähr so groß ist wie Österreich! Da muss man sich als Individuum ja fühlen wie ein Sandkorn am Strand. Und vor allem: Wenn man mal raus aufs Land will, ist man mehrere Stunden unterwegs …

Das ist hier in der Provinz zum Glück anders, zumal gerade wie durch ein Wunder alle Ampeln auf Grün stehen. Schon nach wenigen Minuten sind wir raus aus dem Zentrum, und keine Viertelstunde später lassen wir auch die typischen Außenbezirke mit ihren hässlichen Tankstellen, Baumärkten, Bowlinghallen und Drive-in-Fast-Food-Tempeln hinter uns. Da vorn ist schon die Autobahn in Sicht.

Weite Welt, wir kommen!

Doch Theo fährt, ohne mit der Wimper zu zucken, an der Auffahrt vorbei.

»Träumst du? Jetzt haben wir noch keine zehn Kilometer geschafft, und schon hast du dich verfahren«, kommentiere ich. »Soll ich nicht doch lieber die Navi-App öffnen?«

»Du zweifelst an meinem Orientierungssinn?« Theo grinst. »Keine Sorge, ich finde Berlin auch ohne Navi. Wir haben doch Zeit, oder? Wenn du etwas erleben willst, dann ganz bestimmt nicht auf der Autobahn. Lass uns über Land fahren. Der Weg ist das Ziel.«

»Na ja, eigentlich ist die Klinik das Ziel.«

»Das schon, aber erstens haben wir mehr als genug Zeit, zweitens ist die Strecke über Land schöner, und drittens könnte ich auf der Autobahn ohnehin nicht viel schneller fahren – jedenfalls nicht in dieser Karre.«

Okay, zumindest beim letzten Punkt hat Theo nicht ganz unrecht. Wir können froh sein, wenn seine Klapperkiste die rund fünfhundert Kilometer bis in die Bundeshauptstadt überhaupt schafft.

»Na, wenigstens funktioniert das Radio«, sage ich und drehe die Musik lauter. Es läuft Gute-Laune-Mucke aus den Siebzigern.

»Sorry, ich kriege nur diesen einen Oldiesender rein«, erklärt Theo entschuldigend.

»Kein Ding. Ich mag so was. Ist das nicht J.J. Cale mit *Carry On*?«

Theo staunt über mein musikalisches Wissen. Ich erzähle nichts von den Urlaubsfahrten mit Paps, nachdem Mum sozusagen desertiert ist. Jahr für Jahr sind wir an die niederländische Küste gefahren, immer in denselben Ort, manchmal sogar in das dasselbe Ferienhaus. Am Strand haben wir versteinerte Haifischzähne gesammelt, und dank Paps' Sachverstand habe ich mehr davon gefunden als alle anderen Kinder. Tja, und der Soundtrack zu diesen Urlauben stammte von J.J. Cale, dessen Best-of-Kassette spätestens ab der belgischen Grenze lief, wenn wir den SWR-Sendebereich verließen. Von *After*

Midnight über *Cocaine* und *Call me the Breeze* bis zu *Magnolia* kenne ich jeden Song auf dem Band auswendig.

Diese Urlaube mit Paps sind schöne Erinnerungen, aber ich will jetzt nicht an sie denken, ebenso wenig wie an das, was mir in wenigen Tagen bevorsteht. Stattdessen will ich einfach nur den Moment genießen.

Was nicht schwerfällt an einem so herrlichen Sommertag wie heute! Zum Glück habe ich eine Sonnenbrille und Flipflops dabei. Ich stelle mir vor, wir wären einfach nur zum Spaß unterwegs – und die tickende Zeitbombe in meinem Kopf würde nicht existieren. Für ein paar Minuten gelingt das sogar.

»Falls du Durst hast, im Handschuhfach sind ein paar Dosen Cola. Die sollten wir trinken, bevor sie zu warm sind.«

»Eigentlich habe ich viel mehr Lust auf ein Eis.« Hab ich tatsächlich, auch wenn es mir erst in dem Augenblick klar wird, in dem ich es ausspreche.

»Kein Problem.« Theo setzt den Blinker. »Ich finde eine Eisdiele.«

»Du bist irre. In diesem Kaff? Hier gibt es höchstens Gartenzwerge, Misthaufen und eine Dorfkneipe. Und darin bekommt man bestimmt nur Weinschorle, Pils oder Filterkaffee. Und mit Glück vielleicht eine Brezel oder ein Wiener Würstchen …«

Das Kaff erweist sich dann allerdings als schmucke Vorzeigesiedlung, die sogar einen Preis bei »Unser Dorf soll schöner werden« vorweisen kann. Es gibt einen hübschen Ortskern mit netten Läden – und einem Eiscafé. Bingo!

»Wir hätten wetten sollen. Um ein Spaghettieis«, sagt Theo.

»Jaaaaa, du hattest recht«, gebe ich fröhlich zu. »Ich nehme alles zurück und behaupte das Gegenteil. Und das mit dem Spaghettieis geht klar.«

Es schmeckt so köstlich, dass ich mir gleich hinterher noch einen Erdbeerbecher bestelle. Schließlich habe ich Narrenfreiheit! Und außerdem einen super Stoffwechsel. Theo nimmt lieber einen Espresso als Dessert.

»Wie weit wollen wir heute fahren?«, frage ich, als wir wieder in Theos Rostlaube sitzen. Irgendwann müssen wir schließlich eine Pension oder ein Hotel suchen.

»Hm, mal sehen«, erwidert der nur.

On the Road Again, dröhnt Willie Nelson aus dem Autoradio. Noch so ein Countrysänger, den Paps rauf und runter spielt. Ich finde seine Stimme merkwürdig – sie klingt, als hätte er eine Steelguitar verschluckt. Aber die Songauswahl passt perfekt!

»Eigentlich ist es ideales Campingwetter«, sagt Theo unvermittelt.

»Camping? Sag bloß, du findest das gut!«

»Na klar. Back to nature. Ist auch voll im Trend, von wegen Achtsamkeit und Entschleunigen und so. Meine Familie steht da voll drauf. Wir haben sogar einen Wohnwagen. Aber natürlich ist der viel zu klein für uns alle, ich penne meistens im Zelt. Da hab ich meine Ruhe.«

Ich starre ihn so verblüfft an, als hätte er gerade zugegeben, sich ausschließlich von Würmern, Maden und Insekten zu ernähren. »Puh – ist das nicht furchtbar primitiv und ungemütlich? Ich stelle es mir nicht gerade angenehm vor. Im Urlaub will man es doch zumindest bequem haben und nicht in Matsch versinken oder von Insekten zerstochen werden.«

Theo ist fassungslos. »Hast du echt noch nie gezeltet? Nicht mal für eine Nacht? Dann solltest du das dringend ändern.«

»Kein einziges Mal«, gebe ich zu. »Und ich glaube auch nicht, dass ich da was verpasst habe.«

»Das glaube ich sehr wohl! Camping ist was Tolles. Du wirst schon sehen …«

Zwanzig Minuten später stehen wir im Outdoorladen – keine Ahnung, wie Theo den aufgespürt hat, und das ganz ohne Navi. Aber wenn er sich was vorgenommen hat, dann kriegt er das auch irgendwie hin. Er hat es ja sogar geschafft, mich zu einer kurzfristigen Planänderung zu überreden. Inzwischen bereue ich es längst, das weiche Hotelbett freiwillig aufgegeben zu haben. Mir graut schon vor dem harten Campingplatzboden!

Das, was wir normalerweise für zwei Zimmer im Hotel ausgegeben hätten, geht jetzt für ein winziges Zelt, zwei Schlafsäcke und Isomatten drauf.

Ich fühle mich wie Hans im Glück, der seinen Goldklumpen gegen ein Pferd eintauscht, das dann wieder gegen eine Kuh, die gegen ein Schwein, das gegen eine Gans und die schließlich gegen einen Schleifstein, den er am Ende in einen Brunnen fallen lässt – doch statt sich zu ärgern, freut er sich darüber, jetzt nichts mehr schleppen zu müssen. Aber immerhin hatte dieser Hans ein langes, glückliches Leben vor sich, nicht bloß fünfeinhalb Tage Roadtrip mit anschließender Hirn-OP …

Als Theo auch noch einen Campingkocher kaufen will, lege ich mein Veto ein. »Nix da. Wir gehen Pizza essen!« Wenn schon schlecht schlafen, dann wenigstens mit leckerem Essen im Bauch.

Es ist schon Nachmittag, als Theo den Campingplatz ansteuert, der ihm im Outdoorladen empfohlen worden ist. Er liegt direkt an einem Badesee – total idyllisch, das muss ich zugeben. Obwohl die Temperaturen sommerlich warm sind, ist hier erfreulich wenig los. Ich entdecke nur ein paar Rentner und Familien mit Kleinkindern, keine Jugendlichen. Was wohl daran liegt, dass die Ferien noch nicht angefangen haben.

»Müsstest du nicht eigentlich auch in der Schule sein?«, fällt mir – zugegebenermaßen reichlich spät – ein. Theo hat schließlich kein Attest, so wie ich.

»So kurz vor Schuljahresende passiert da sowieso nicht mehr viel«, erwidert er. »Manchmal muss man eben Prioritäten setzen.«

Ich bin verblüfft. Theo hat noch nie blaugemacht, soweit ich mich erinnern kann – er ist ein echter Musterschüler. Und jetzt tut er es für mich. Unglaublich!

»Warum machst du das alles überhaupt mit?«, frage ich, während wir unser Gepäck ausladen.

»Was meinst du mit ›das alles‹?«

»Na ja, die Reise. Meine Launen. Das ganze Drama ...«

Theo zuckt nur mit den Schultern. »Einer muss es ja tun. Außerdem bin ich froh, mal daheim rauszukommen. Gegen die Stimmung, die dort herrscht, sind deine Launen eine echte Erholung.«

Das ist das erste Mal, dass er etwas von seiner Familie erzählt. Mir wird klar, dass Theo im Grunde genauso verschlossen ist wie ich. Wir sind uns ähnlicher, als ich dachte. Ich bin froh, dass er bei mir ist.

»Willst ... willst du davon erzählen?«

»Lieber nicht«, sagt er. »Im Moment jedenfalls. Vielleicht später mal.«

»Okay«, sage ich und gebe mir Mühe, nicht allzu erleichtert zu klingen. Ich weiß, ich bin gerade eine egoistische Ziege, aber mein eigenes Problem reicht mir im Moment völlig aus. Deshalb bin ich froh, mir Theos Sorgen nicht auch noch anhören zu müssen. Gleichzeitig schäme ich mich dafür. Doch dann schiebe ich die Schuld einfach auf Horst …

Wir bauen unser Zelt auf. Besser gesagt: Theo baut es auf und schafft es, mich irgendwie einzubinden, ohne dass ich es zum Einsturz bringe. Es ist mir ein Rätsel, wie aus diversen Stangen, den Stoffplanen und diesen Haken, die man seltsamerweise Heringe nennt, ein stabiles Zelt entstehen soll.

Dann ziehen wir uns um – natürlich nacheinander.

»Siehste, gut, dass ich meinen Bikini eingepackt habe«, triumphiere ich. Doch Theo ist nicht sehr beeindruckt. Er deklariert kurzerhand seine Boxershorts zur Badehose.

Ich bin erstaunt, dass er unter seinem Karohemd und der ollen Jeans ziemlich muskulös ist. Aber natürlich verkneife ich mir eine Bemerkung über seine Figur. Wäre eh ganz schön unpassend. Schließlich sagt er auch nichts über meine, und die ist echt nicht übel, dank jahrelangem Leichtathletiktraining.

Als wir ins Wasser gehen, bleibt Theo immer in meiner Nähe, für den Fall, dass ich einen Schwächeanfall erleide.

»Und was willst du dann tun?«, frage ich und strecke ihm die Zunge raus.

»Dich retten. Immerhin bin ich Rettungsschwimmer«, erwidert er. Aha, daher also seine sportliche Figur.

Er muss sein Können nicht unter Beweis stellen, denn mir geht es gut. Ich stolpere nicht, habe keine Lähmungserscheinungen, keine Übelkeit. Man könnte fast glauben, Horst hätte sich tatsächlich in Luft aufgelöst.

Nur mein verstauchtes Bein tut etwas weh, aber längst nicht mehr so schlimm wie am Samstag.

Ich genieße es, im Wasser zu sein, herumzutollen, Theo nass

zu spritzen, mich darüber zu amüsieren, dass er ohne Brille ziemlich desorientiert ist.

»Und du willst mich retten? Ich glaube, umgekehrt wird ein Schuh draus«, scherze ich.

»Vielleicht solltest du dich lieber ausruhen«, versucht Theo mich zu bremsen. Dass er aber auch immer so vernünftig sein muss!

»Wer zuerst auf der anderen Seite des Sees ist«, rufe ich und kraule los …

Ich bin todmüde, als ich mich abends in meinen Schlafsack kuschele und versuche, auf dem gnadenlos harten Boden eine einigermaßen angenehme Liegeposition zu finden.

An Schlaf ist leider nicht zu denken. Und das liegt nur teilweise daran, dass mir der Cheeseburger vom Campingplatzgrill schwer im Magen liegt – eine Pizzeria gibt es natürlich weit und breit nicht. Viel schlimmer ist, dass es alles andere als gemütlich ist auf dieser doofen Isomatte! Außerdem friere ich. Fehlt gerade noch, dass ich mich jetzt erkälte …

Vorsichtig rücke ich ein bisschen näher ran an Theo, der neben mir schon selig schlummert, um etwas von seiner Wärme abzukriegen. Zum Glück wacht er davon nicht auf, sonst würde er meine Aktion womöglich völlig falsch interpretieren.

Meine Gedanken wandern zu Lennox und der Nacht, die ich neulich mit ihm verbracht habe. Ist das wirklich erst zwei Monate her? Es erscheint mir wie etwas aus einem anderen Leben.

Wenn ich mich bloß noch daran erinnern könnte, was genau da passiert ist. Wie weit sind wir gegangen? Keine Ahnung. Schwanger bin ich jedenfalls nicht geworden, immerhin. Trotzdem – beim Kuscheln ist es bestimmt nicht geblieben …

Ich weiß sicher, dass wir zumindest geknutscht haben. Und dass Lennox kein schlechter Küsser ist.

Vielleicht werde ich also als Jungfrau sterben. Aber immerhin nicht ungeküsst!

Was mir allerdings gar nicht behagt, ist die Vorstellung, den letzten Kuss meines Lebens ausgerechnet von so einem Typen bekommen zu haben. Lennox ist doch im Grunde nichts weiter als ein selbstverliebter Arsch! Obwohl sich inzwischen zu ihm rumgesprochen haben dürfte, dass ich im Krankenhaus war, hat er sich kein einziges Mal nach mir erkundigt. Und auch sonst niemand von den Leuten, mit denen ich an den Wochenenden so abhänge. Das ist eben die Kehrseite der oberflächlichen Beziehungen.

Wie ich so bibbernd im Zelt liege, kann ich mir kaum mehr vorstellen, dass ich noch vor Kurzem ein wildes Partygirl war, das jedes Wochenende durchgefeiert hat.

Seit wann bin ich eigentlich so drauf? Bis vor einem guten Jahr habe ich mich ausschließlich für meinen Sport interessiert. Na ja, und natürlich für Marek Carter. Damals hätten mich keine zehn Pferde in einen Club gekriegt. Und dann war ich auf einmal nicht mehr zu bremsen, als hätte ich alles aufholen müssen.

Ob daran etwa auch Horst schuld ist?

Ich nehme mir vor, morgen mal zu googeln, ob Gehirntumore auch Persönlichkeitsveränderungen verursachen können. Ich meine – wenn Horst es schafft, mich zum Stammeln und Stolpern zu bringen, dann dürfte es eine Kleinigkeit sein, mich auch anderweitig zu manipulieren, oder?

Und wenn das der Fall ist: Wie viel von mir ist noch echt? Bin ich überhaupt noch ich selbst? Oder anders gesagt: Wie viel Horst steckt in Victoria?

Aber eins ist klar: Ganz gleich, ob Horst am Ende siegt oder ich, den letzten Kuss meines Lebens will ich nicht mit Lennox erlebt haben. Er muss ein ganz besonderer Moment werden. Einer, für den es sich zu sterben lohnt.

Und auf einmal weiß ich genau, was ich will!

Kapitel 8

Themenwechsel

Ich werde davon wach, dass mein Handy vibriert. Sofort sind die Symptome wieder da: Kopfschmerzen, Schwindel, Übelkeit.

Horst, dieser Mistkerl …

Es dauert ein paar Sekunden, bis sich das Karussell in meinem Kopf halbwegs beruhigt. Was aber nichts daran ändert, dass mir alles wehtut. Jeder Muskel meines Körpers scheint zu rebellieren. So muss es sich wohl anfühlen, wenn man hundert ist. Autsch!

Hey, warum eigentlich ist mein Bett so verdammt hart? Und warum sieht hier alles so rötlich aus?

Ich schließe die Augen und atme tief durch. So langsam kommt die Erinnerung zurück: Ich bin mit Theo unterwegs nach Berlin. Und habe mich dämlicherweise dazu überreden lassen, im Zelt zu übernachten. Einem Zelt mit roter Plane, durch die jetzt die Sonne scheint und das Zeltinnere in ein warmes Licht taucht. Alles klar.

Inzwischen hat das Handy aufgehört zu vibrieren. Ächzend drehe ich mich auf den Rücken und sortiere erst mal meine Knochen. Von wegen, Camping ist cool. Ich pfeife auf Theos bescheuerte Achtsamkeit – lieber würde ich gar nichts spüren als diese Kreuzschmerzen …

Apropos Theo – wo ist er überhaupt? Hat er sich etwa aus dem Staub gemacht?

Egal, darum kann ich mich jetzt nicht kümmern. Erst mal muss ich das Handy finden, das gerade erneut loslegt.

Als ich es endlich zwischen Schlafsack und Isomatte ertaste, bin ich wieder zu spät dran. Doch dann sehe ich, dass es Paps war, der schon dreimal versucht hat, mich zu erreichen, und erschrecke: Da wird doch nichts passiert sein? Normalerweise meldet sich Paps nie ohne Grund. Entweder steht unser Haus in Flammen, oder sein Flugzeug wurde entführt, oder …

Schnell rufe ich zurück. Er geht nach dem ersten Signalton ran.

»Hallo, meine Große. Ich wollte nur mal hören, wie es dir so geht. Alles klar bei euch?«

Wie – er ruft *einfach nur so* an? Das gab's ja noch nie. Von wegen Persönlichkeitsveränderung durch Gehirntumor. Scheint offenbar auch Familienangehörige zu betreffen.

»Guten Morgen, Paps«, sage ich. »Ja, hier ist alles buletti.«

Buletti? Was rede ich denn für einen Müll?

Ich kann jetzt echt keine Wortfindungsstörungen gebrauchen! Paps macht sich sonst bloß noch mehr Sorgen. Denn dass er beunruhigt ist, höre ich ihm deutlich an, auch wenn er einen auf munter macht.

»Hör mal, Victoria, ich hab mir das noch mal durch den Kopf gehen lassen. Es wäre mir wirklich lieber, ich könnte dich begleiten. Wie weit seid ihr denn schon gekommen?«

Nicht sein Ernst! Er spielt nun doch wieder mit dem Gedanken, seine Glasgow-Reise zu canceln? Kommt ja gar nicht infrage!

»Wir sind an einem Baggersee, keine Ahnung, wie der heißt«, sage ich vage, und dabei muss ich nicht mal schwindeln. Theo hat den Namen zwar erwähnt, aber ich habe ihn mir nicht gemerkt. Ich weiß nur, dass es hier wunderschön ist – und dass ich garantiert niemals wieder im Zelt übernachte.

»Gib mir doch einfach deine GPS-Koordinaten, dann kann ich euren Standort orten und in ein paar Stunden bei dir sein.«

Paps scheint sich da echt in was verrannt zu haben. Ich muss ihm das ausreden. Dringend!

»Bestimmt nicht! Mir geht's bestens. Du fliegst nach Glasgow und lässt dir deinen Preis über…« *Wie heißt das noch gleich? Überlegen? Überspringen? Übernachten? Ach ja.* »… überreichen«, beende ich meinen Satz.

»Hm«, macht Paps. »Hm.« Pause. Ich sage auch nichts, denn ich weiß, dass er nachdenkt. Und dabei sollte man ihn nicht unterbrechen. »Na gut, wenn du darauf bestehst, fliege ich«, gibt er endlich nach.

Yesss!

»Ja, ich bestehe darauf. Danke, Paps.«

»Aber du lieferst mir täglich einen Statusbericht. Ich muss wissen, wie es dir geht, wo du bist, was du machst.«

Ich verstehe: Paps braucht Fakten.

»Kein … Dings … Problem«, sage ich. Verflixt, warum wollen mir ausgerechnet jetzt die Worte nicht einfallen? Wenn ich noch mehr solcher Aussetzer habe, überlegt es sich Paps womöglich doch noch mal anders.

»Versprochen und geschworen?« O Mann, jetzt spricht er mit mir, als wäre ich ein kleines Kind.

Aber wenn es ihn happy macht, antworte ich eben so, wie es früher unser Ritual war: »Ehrenwort hoch drei.«

»Okay.« Paps zögert, und ich merke, dass das nicht alles war. Er scheint noch etwas auf dem Herzen zu haben. »Hör mal, Victoria, ich weiß, du willst das eigentlich nicht, aber ich finde, du solltest doch mit ihr reden.«

Ich erstarre. Er spricht doch nicht etwa von …

»Immerhin ist sie deine Mutter. Sie sollte wissen, was los ist.«

Shit. Er meint sie wirklich.

»Eher friert die Hölle zu«, fauche ich, ganz ohne Sprachstörungen, doch mein Herz klopft wie wild.

»Denk noch mal darüber nach«, sagt Paps ruhig. Wie kann er bei diesem Thema so sachlich bleiben? Er muss sie doch mindestens so sehr hassen wie ich.

»Nicht nötig. Meine Antwort steht fest.«

»Tu es für mich. Und pass auf dich auf! Ich hab dich lieb, meine Große.«

»Ich dich auch«, antworte ich.

Es ist das erste Mal, dass wir beide unsere Gefühle füreinander aussprechen. Dazu brauchte es wohl eine Ausnahmesituation wie diese. Unsere Welt steht völlig Kopf. Aber so weit, dass ich Kontakt zu meiner Mutter aufnehme, gehe ich ganz bestimmt nicht!

»Lust auf Kaffee und Croissants?«

Ich weiß nicht, wie lange ich reglos dagesessen habe, das Handy noch in der Hand. Als Theo in der Zeltöffnung auftaucht, komme ich wieder zu mir. Der Kaffee duftet köstlich!

»Das ist genau das, was ich jetzt brauche«, seufze ich und schäle mich aus dem Schlafsack. Darunter trage ich noch die Klamotten von gestern.

»Na, dann komm raus, ich habe ein paar Klappstühle und

einen Campingtisch für uns aufgetrieben. Ausgeliehen beim Kiosk.«

Ich krabbele aus dem Zelt und beäuge die rostigen Möbel, die ihre besten Tage definitiv hinter sich haben. Bequemer als eine Isomatte sind sie jedoch allemal.

Ich verschwinde rasch im Waschhaus. Die Toiletten sind tipptopp sauber, die Duschen ebenfalls, doch die lasse ich links liegen – Zähneputzen und eine Katzenwäsche müssen erst mal genügen, damit der Kaffee nicht kalt wird.

Auf dem Rückweg wird mir wieder ein bisschen schwinde-lig. Nur mit Mühe schaffe ich den Weg, ohne zu stolpern, und bin erleichtert, als ich mich endlich auf den ollen Klappstuhl sinken lassen kann.

»Alles okay?« Theo wirkt ebenso besorgt wie Paps.

»Nur ein paar Gleichgewichtsstörungen. Und …«

»Was noch?«

Ich zucke mit den Schultern. »Nichts. Ich will nicht darüber reden.«

Theo schnappt mir den Kaffeebecher, den er bereits vor mich hingestellt hat, wieder vor der Nase weg. »Du bekommst ihn erst, wenn du alles sagst.«

Hey, der spinnt ja wohl!

»Das ist Erpressung!«, rufe ich empört.

»Könnte man durchaus so nennen«, gibt Theo zu, macht aber keine Anstalten, nachzugeben.

»Ich hasse kalten Kaffee. Gib schon her, ich erzähle es dir ja. Ehrlich.«

Theo schiebt den Becher zu mir rüber.

»Ich brauche Zucker und Kaffeesahne.«

»Ist schon drin.«

Verblüfft starre ich ihn an. »Das hast du dir gemerkt?«

»Ich habe ein hervorragendes Gedächtnis.« Er nimmt seine Brille ab und wischt sie mit einem Zipfel des T-Shirts sauber. »Wanted – dead or alive: Schrödinger's cat«, steht darauf. Ein waschechtes Nerd-Motiv.

Ich nehme einen Schluck Kaffee. Aah, tut das gut! Heiß, stark, süß, genau richtig.

Widerstrebend rücke ich damit heraus, was ich mit Paps besprochen habe. »Das mit dem täglichen Statusbericht ist ja schön und gut, aber dass ich mit meiner Mutter rede, kann er so was von vergessen!«, schließe ich aufgebracht.

Theo hat mir aufmerksam zugehört. Jetzt beißt er nachdenklich in sein Croissant und kaut es so gründlich, als wäre es steinhart.

»Ich dachte die ganze Zeit, deine Mutter wäre tot«, sagt er schließlich.

»Das ist sie für mich auch.« Jetzt mache ich mich ebenfalls über mein Croissant her, um nichts mehr sagen zu müssen.

Theo lässt sich von meinem Manöver nicht beeindrucken. »Aber … was hat sie dir angetan?«

Seine von den dicken Brillengläsern absurd vergrößerten Pupillen fixieren mich. Sein Blick ist einfach nur … freundlich. Freundlich und wohlwollend. Ich kann ihm nicht böse sein. Aber ich habe auch keine Lust, das ganze Drama wieder zu durchleben.

»Sie hat mich verlassen, als ich zehn war«, sage ich nur.

»Du meinst, sie hat deinen Vater verlassen?«

»Und mich. Sie hat nicht mal darüber nachgedacht, mich mitzunehmen. Ich war ihr scheißegal.«

»Weißt du, was für Gründe sie dafür hatte? Vielleicht wusste sie, dass es dir bei deinem Vater besser geht …«

»Theo, du bist einfach zu gut für diese Welt. Es gibt keine

Entschuldigung für ihr Verhalten. Sie hat sich so entschieden, und deshalb will ich sie nie wiedersehen. Und auch nicht mehr über sie reden.«

Ohne dass wir es großartig beschlossen hätten, fahren wir nicht weiter, nachdem wir gefrühstückt und geduscht haben, sondern verbringen den Rest des Vormittags sowie den halben Nachmittag am See und aalen uns in der Sonne.

Diesmal gehe ich nur so weit ins Wasser, wie ich stehen kann. Ich spüre, dass ich heute nicht so fit bin wie gestern. Theo tut so, als hätte er auch keine große Lust zu schwimmen, und bleibt auffällig unauffällig in meiner Nähe. Offenbar nimmt er seine Rolle als Beschützer sehr ernst. Es würde mich nicht wundern, wenn Paps ihn ebenfalls dazu überredet hätte, ihm tägliche Statusberichte zu schicken. Was ich, ehrlich gesagt, ziemlich süß fände. Von beiden. Aber ich frage nicht danach.

Theo schlägt vor, noch eine Nacht hierzubleiben, aber ich weigere mich rundheraus.

»Nur über meine Leiche«, erkläre ich. »In diesem Leben schlafe ich nur noch in richtigen Betten.«

Theo gibt sofort nach und googelt nach einer Pension. Wir buchen online zwei Einzelzimmer, dann bauen wir gemeinsam das Zelt ab. »Das Ding kannst du behalten«, sage ich, als er es im Kofferraum verstaut.

Der Weg zu der Pension führt uns durch Weinberge und idyllische Winzerdörfer.

»Ich weiß, du willst nicht darüber reden, aber vielleicht solltest du deinem Dad zuliebe doch noch mal über seinen Vorschlag nachdenken«, fängt er plötzlich wieder an.

»Nein«, antworte ich einsilbig. Da gibt es nichts zu diskutieren.

»Aber findest du nicht, dass sie ein Recht darauf hat …«

»Hat sie nicht. Themenwechsel. Sonst werde ich echt sauer.«

Theo nickt. »Okay. Wie prüft man die lineare Abhängigkeit
von zwei Vektoren?«

»Bitte *was*?«

»Ich habe dich gefragt, wie man die lineare Abh…«

»Rein akustisch hab ich dich schon verstanden. Ich frage
mich bloß, was das jetzt soll.«

»Du wolltest einen Themenwechsel, und ich schlage ein
mathematisches Thema vor. Schließlich bin ich dein Nachhilfelehrer, schon vergessen?«

»Natürlich nicht. Aber das ist jetzt ja wohl kaum der richtige Augenblick für so etwas! Wir sind auf einem Roadtrip zu
meiner Hirn-OP, ich werde meine wertvolle Zeit garantiert
nicht mit so was Ätzendem wie Mathe vergeuden.«

»Du bist der Boss. Wie wäre es dann mit einem Logikrätsel?«

Auf so eine Idee kommt auch nur Theo!

»Meinetwegen.« Jedes Thema ist besser als Mathe. Und vor
allem als meine Mutter.

»Okay, hör gut zu: Ein Mann will einen Wolf, eine Ziege
und einen Kohlkopf auf eine Insel bringen. Das Ruderboot,
mit dem er übersetzt, hat aber nur Platz für jeweils einen Fahrgast außer ihm. Wie geht er vor?«

»Na, das ist ja wohl easy. Dann fährt er eben dreimal.«

»Ganz so einfach ist es natürlich nicht«, erklärt Theo. »Wenn
er die Ziege mit dem Kohlkopf allein lässt, frisst sie ihn. Und
wenn er den Wolf mit der Ziege allein lässt, frisst der sie.«

Was ist das schon wieder für eine verquere Aufgabe? Doch

so schwer kann sie ja wohl nicht sein. Bestimmt liegt die Antwort auf der Hand. Das Rätsel mit den Torwächtern kam mir hinterher schließlich auch kinderleicht vor. Na ja, als ich die Auflösung kannte …

»Ich würde sagen, er fährt erst mal die Ziege rüber«, fange ich an.

»Sehr gute Idee.« Theo streckt den Daumen hoch.

»Dann rudert er zurück und …« Ich stocke. Wie weiter? Wenn er als Nächstes den Wolf übersetzt, wird der die Ziege fressen. Und nimmt er den Kohlkopf, wird sich die Ziege darüber hermachen … »Gib mir einen Tipp!«, verlange ich.

»Okay. Sagen wir so: Niemand verbietet ihm, auf dem Rückweg mit Fracht zu rudern.«

Natürlich! Das eröffnet ganz neue Möglichkeiten. Auf den Dreh wäre ich von allein nie gekommen, aber unter diesen Voraussetzungen ist die Lösung kinderleicht: »Als Nächstes bringt er den Kohlkopf zur Insel, nimmt auf dem Rückweg aber die Ziege wieder mit und lässt sie am Ufer zurück, während er den Wolf zur Insel bringt, der ja kein Interesse am Kohlkopf hat. Die beiden kann er unbesorgt miteinander allein lassen und jetzt in aller Ruhe die Ziege holen.«

»Wow, so schnell hat das noch niemand gelöst.« Theo wirkt ehrlich beeindruckt. Vielleicht will er mir aber auch nur eine Freude machen.

»Und was spricht dagegen, deine Mutter zu besuchen?«, fährt er gleichmütig fort, als ginge es immer noch um ein Logikrätsel. »Mehr als hassen kannst du sie schließlich nicht. Sie könnte dich allerhöchstens positiv überraschen. Und du musst ihr ja auch nichts von Horst erzählen – nur wenn du das willst.«

Mist. Jetzt hat er mich kalt erwischt. Wenn man es so sieht, spricht im Grunde nichts dagegen. Jedenfalls kein echtes Argument. Nur mein Gefühl …

»Ganz schön fies, das Thema als Denksportaufgabe zu verpacken«, sage ich.

»Das ist keine Antwort auf meine Frage.«

Warum muss Theo nur immer so verdammt logisch sein?

»Unter einer Bedingung«, erwidere ich schließlich und verschränke die Arme vor der Brust. Doch wem will ich hier etwas vormachen? Ich bin dabei nachzugeben. Wie konnte ich es nur so weit kommen lassen?

Kapitel 9

Aller guten Pläne sind drei

So. Jetzt muss ich mir ganz schnell was einfallen lassen. Von wegen Bedingung. Das habe ich natürlich nur so dahingesagt, aus Sturheit und Stolz. Und jetzt weiß ich nicht weiter.

Theo hat mich mit seinem blöden Rätsel abgelenkt und dann in die Ecke gedrängt, nun stehe ich mit dem Rücken zur Wand. *Super gemacht, Victoria!*

Theo braucht gar nicht so zufrieden zu grinsen. Von wegen freundlich und wohlwollend. Er kann ganz schön hinterhältig sein. Hat er sich etwa mit Paps gegen mich verschworen?

»Was für eine Bedingung?«, hakt er jetzt nach. Als wäre das nichts weiter als ein Spiel.

Na warte! Ich sollte es ihm mit gleicher Münze heimzahlen. Jeder Mensch hat eine Schwachstelle, auch Theo.

Und endlich weiß ich, was zu tun ist: »Sag mir eine Sache, die du noch nie gemacht hast und auf die du überhaupt keine Lust hast. Nicht schummeln!«, fordere ich ihn heraus.

»Bungee-Jumping«, erwidert Theo wie aus der Pistole geschossen. »Warum fragst du? Schlägst du etwa eine Challenge vor?«

Ich nicke. »Ja, genau. Eine Challenge. Erst musst du springen – dann besuche ich meine Mutter.«

Darauf wird er sich doch wohl hoffentlich nicht einlassen! Theo ist kein Draufgänger. Alles, was er tut, ist wohlüberlegt. Wenn ich ihn richtig einschätze, ist er ein Typ, der immer die Kontrolle behalten will. Kein Wunder, dass Bungee-Jumping so gar nicht sein Fall ist – denn das bedeutet völligen Kontrollverlust.

Theo runzelt die Stirn. Das Ganze kann ihm nicht gefallen. Ich wusste es! Er wird sich nie auf diesen Deal einlassen, und ich bin fein raus. Die Sache mit dem Besuch bei meiner Mutter dürfte damit endgültig vom Tisch sein.

Sag's schon, Theo! Los, spuck's aus!

»Wir sind da«, stellt er stattdessen fest und deutet auf den Bauernhof, auf den wir gerade zufahren. Ein idyllisch gelegenes Ensemble aus Wohnhaus, Scheune und Stallungen, alles Fachwerkgebäude. Auf den Fensterbänken stehen Blumenkästen mit üppig blühenden Geranien in kräftigem Pink, auf der Weide grasen ein paar Kühe, daneben liegt eine Pferdekoppel. Als wir näher kommen und unter einer riesigen Linde parken, erkenne ich im Innenhof hübsche Tische und Stühle aus Holz. Ein Teil dessen, was ich für Ställe gehalten habe, entpuppt sich als Restaurant, und direkt daneben befindet sich offensichtlich der Gästetrakt.

»Das sieht ja aus wie in einem kitschigen Heimatfilm«, sage ich spöttisch, doch in Wahrheit bin ich hin und weg. Hier scheint die Welt noch in Ordnung zu sein!

Eine junge Frau in schwarzen Jeans und knallrotem Top kommt uns entgegen und heißt uns willkommen.

»Hallo, ich bin Pauline. Ihr müsst die zwei Einzelzimmer sein?« Sie kichert über ihren eigenen Gag. Ich finde ihn nicht besonders lustig. Dann erinnere ich mich daran, wie ich im Krankenhaus als »Fuhre« bezeichnet worden bin. Im Vergleich dazu ist »Einzelzimmer« geradezu schmeichelhaft.

»Ganz genau, das sind wir«, erwidert Theo strahlend. »Und wir sind ganz schön ausgehungert. Bekommen wir hier was zu essen?«

»Nicht irgendwas, sondern die beste Pizza weit und breit. Habt ihr Lust? Aber erst zeige ich euch mal eure Unterkünfte. Mir nach …«

Ich lasse mich auf mein Bett fallen. Aaaaaah! Diese Matratze ist einfach himmlisch weich und bequem. Am liebsten würde ich gar nicht mehr aufstehen. Oder wenigstens für die nächste Viertelstunde – dann bin ich nämlich mit Theo im Biergarten verabredet.

Im Vorbeigehen hat es eben schon verlockend aus der Küche geduftet. Aber noch verlockender als die Pizza ist dieses herrliche Bett. Nachdem ich in der letzten Nacht so schlecht geschlafen habe, genehmige ich mir jetzt ein paar Minuten Ruhe. Einfach Augen zu und an gar nichts denken.

Falls das überhaupt geht.

Quizfrage: Kann man an nichts denken?

Ich fürchte, das ist unmöglich. Man kann höchstens bestimmte Gedanken verscheuchen. Immerhin.

Also versuche ich einfach, nicht an Horst, nicht an meine Mutter und nicht an den blöden Deal zu denken, den ich Theo vorgeschlagen habe. Noch hat er ihn nicht abgelehnt. Doch das wird er sicher bald!

Mist – jetzt denke ich ja doch an genau das, was ich am liebsten vergessen würde.

Ich muss mich ablenken. Zum Beispiel, indem ich die Rosensträußchen auf der Tapete zähle. Oder die weiß lasierten Balken an der Holzdecke. Oder die Streifen der blau-weiß-roten Gardinen. Oder die Schäfchen in meiner Fantasie …

Als ich wieder zu mir komme, weiß ich – anders als heute früh im Zelt – sofort, wo ich bin.

Jemand klopft an meine Tür. »Victoria, schläfst du? Wir waren vor fünf Minuten verabredet!«

»Kann gar nicht sein, ich hab nur einen Moment die Augen zugemacht.« Ich springe aus dem Bett, was umgehend bestraft wird: Für ein paar elend lange Sekunden fühle ich mich wie auf einem schwankenden Schiff, und das auch noch mit einem schmerzenden Bein. Ich lande erneut auf der Matratze und freue mich zum zweiten Mal darüber, dass sie so weich ist.

»War wohl ein *relativ* langer Moment«, grinst Theo, als ich wenig später die Tür öffne, und markiert in der Luft die Anführungszeichen vor und nach »relativ«, um zu verdeutlichen, dass das gerade ein Physiker-Gag war. Wie gesagt: Er hat einen sehr merkwürdigen Humor.

»Brüller-Pointe«, kommentiere ich und ziehe eine Grimasse.

»Und warum lachst du dann nicht?«

»Sarkasmus«, erwidere ich. »Tolle Sache, solltest du mal googeln.«

Inzwischen sind alle Tische bis auf einen besetzt – den hat Pauline für uns freigehalten.

Ich bestelle eine Pizza Sorpresa, was so viel bedeutet wie Überraschung, und eine Cola, Theo eine Pizza Quattro Stagioni und ein alkoholfreies Radler. Das passt zu ihm. Immer fein die Kontrolle behalten und alles schön sortiert, selbst der Pizzabelag.

Was mich an die Sache mit der Challenge erinnert.

»Ich nehme an, du bist nicht gerade scharf auf eine Extra-dosis Adrenalin«, sage ich. »Kein Problem, es ist überhaupt keine Schande, beim Bungee-Jumping zu kneifen. Und mir ist es, ehrlich gesagt, auch lieber so.«

Theo leert sein Radler fast in einem Zug. Der muss ja einen gewaltigen Durst haben! Oder will er sich etwa Mut antrin-ken? Wird mit dem kastrierten Radler wohl kaum funktio-nieren …

»Wo denkst du hin?«, zerstört er mit wenigen Worten meine Hoffnung. »Natürlich werde ich springen. Und wenn es nur deshalb ist, damit du ebenfalls Wort hältst.«

»Willst du mich etwa ärgern? Ich dachte, du magst mich.« Ehrlich gesagt bin ich ein bisschen angesäuert.

»Gerade *weil* ich dich mag«, erwidert Theo. »Du würdest es irgendwann bereuen. Aber dann könnte es … na ja, du weißt schon.« Es scheint ihm unangenehm zu sein, weiterzureden.

»Zu spät sein?«, helfe ich ihm auf die Sprünge.

Er nickt betreten.

Na super. So viel zum Thema Horst ignorieren. Hat ja super funktioniert. Da helfen selbst das sommerlichste Wetter und der schönste Biergarten nichts. Auch wenn wir versuchen, so zu tun, als wäre das ein stinknormaler Ausflug. Vielleicht ist diese Pizza, die ausgerechnet jetzt serviert wird, die letzte mei-nes Lebens.

»So, bitte schön, lasst es euch schmecken!«, flötet Pauline und durchbricht damit die peinliche Stille.

Pizza Sorpresa. Das passt ja perfekt, merke ich jetzt erst. Meine Zukunft ist ein Überraschungsmenü. Und keiner weiß, wie viele Gänge es hat … Tja, leider gibt es keinen Torwächter, dem ich nur eine kluge Frage stellen muss, um mich zu retten.

Obwohl ich das alles längst weiß, fühlt sich die erneute Erkenntnis an wie ein Hammerschlag auf den Schädel. Aber ich sehe nicht ein, mir von Horst den Appetit verderben zu lassen. Dann hätte er ja gewonnen, dieser ... Arsch.

Wütend beginne ich, den Rand der Pizza abzusäbeln und auf die Seite zu schieben. Wenn man nicht weiß, wie viel Zeit einem noch bleibt, sollte man sich nicht mit Teig pur abgeben. Ich will Belag, und zwar leckeren!

Pauline hat nicht übertrieben: Die Pizza ist Weltklasse. Vielleicht sogar die beste, die ich je gegessen habe.

Während ich an meiner Cola nippe, beobachte ich, wie Theo seine Quattro Stagioni bearbeitet. Ich hätte drauf wetten sollen – an der Art, Pizza zu essen, kann man echte Charakterstudien betreiben. Natürlich schneidet Theo seine säuberlich in Kuchenstücke – wenn man nachmessen würde, könnte man garantiert feststellen, dass die Achtel exakt gleich groß sind. Er verputzt die einzelnen Stücke nacheinander, ganz methodisch von der Mitte zum Rand hin und das nächste dann vom Rand aus zur Mitte.

Aus purem Trotz fange ich an, meine Pizza so unsystematisch wie möglich zu essen. Schneide Löcher mitten hinein, sodass sie am Ende aussieht wie ein Schweizer Käse.

Schließlich halte ich die Stille nicht länger aus. »Na gut«, sage ich, »der Deal gilt. Aber findest du nicht, dass du dabei ein bisschen zu leicht davonkommst? Ich meine – ein Sprung mit Sicherheitsseil, was ist das schon im Vergleich zu dem, was ich vor mir habe?«

Ich weiß, das ist ungerecht. Schließlich kann Theo nichts dafür, dass Horst mein Leben auf den Kopf gestellt hat. Er hat ihn mir ja nicht eingepflanzt. Und im Gegensatz zu meinen vielen oberflächlichen Bekannten ist er der Einzige, der zu mir hält wie ein wahrer Freund.

Theo lässt das Besteck sinken. »Du willst die Challenge erweitern? Sagen wir auf drei Aufgaben? Ich bin dabei.«

Ähm – na ja, so hab ich das eigentlich nicht gemeint. Aber warum nicht? Es gibt wohl kaum eine Herausforderung, die noch schwieriger ist als die, auf die ich mich ohnehin schon eingelassen habe – und als die unausweichliche, die mir Horst eingebrockt hat.

»Genau. Eine Mini-Bucket-List. Für jeden von uns. Drei Aufgaben, die eine echte Überwindung bedeuten.«

»Puh, darüber müsste ich nachdenken.«

Und ich erst! Mein Vorschlag war ganz schön unüberlegt, wie mir jetzt klar wird.

»Worin bist du so richtig, richtig schlecht?«, fordere ich ihn heraus.

»Das ist leicht: Ich bin der weltmieseste Sänger.« Theo kratzt sich am Kopf. »Aber eine Sing-Challenge kommt nicht infrage, das will niemand hören.«

»O doch, ich. Und zwar unbedingt!«

Theo will schon widersprechen, doch ich lasse ihn gar nicht erst zu Wort kommen. »Keine Diskussion – es darf schließlich nicht zu einfach sein.«

Jetzt ist es wohl Theo, der bereut, auf meinen Vorschlag eingegangen zu sein. Ich dagegen komme gerade erst richtig in Fahrt.

»Ich nehme an, im Tanzen bist du mindestens genauso begabt wie beim Singen?«

Bilde ich mir das ein, oder wird Theo tatsächlich ein bisschen blass um die Nase?

»Na ja, also … keine Ahnung. Ich habe es noch nie versucht.«

Sehr gut, ich hab ihn am Wickel.

»Du warst also noch nie auf einer Party, bei der getanzt wurde? Oder in einem Club?«

»Wenn man vom Schachclub absieht – nein.«

Ich pruste los. Schachclub, ich werd nicht mehr …

»Okay, mein Lieber, deine Bucket List steht fest«, verkünde ich, nachdem ich mich wieder beruhigt habe. »Ein Bungee-Sprung, ein Auftritt in einer Karaoke-Bar und ein Besuch in einem Club inklusive Tanzeinlage. Deal!«

Theo wirkt nicht gerade begeistert, aber er ist ein fairer Verlierer. »Das wird für dich garantiert so peinlich wie für mich selbst«, meint er. »Du wirst dich ordentlich fremdschämen, darauf kannst du dich verlassen.«

»Ich freu mich schon drauf.«

»Ist das jetzt Schadenfreude?«

»Wie kommst du denn darauf? Nein, ich bin einfach nur glücklich, dass ich dir ebenfalls dabei helfen kann, über deinen Schatten zu springen. Nenn es ausgleichende Gerechtigkeit. Und ich brauche schließlich etwas, worauf ich mich freuen kann. Du weißt schon: bevor …«

Ja, es ist gemein, die Horst-Karte auszuspielen. Aber nur ein bisschen …

»Und was kommt auf deine Liste?«

Theos Frage bringt mich leicht aus dem Konzept. Hab ich mir etwa ein Eigentor geschossen?

Die Schmerzen kommen aus heiterem Himmel und lassen mich alles andere vergessen. Ich stöhne auf und halte mir den Kopf mit beiden Händen, als ließe sich die Qual dadurch verjagen.

»Was ist los?« Theo klingt alarmiert. Nicht dass er noch einen Notruf absetzt! Ich habe keine Lust, früher als nötig in ein Krankenhaus eingeliefert zu werden.

»Horst meldet sich. Ich hab nur das Gefühl, mein Schädel explodiert. Also keine Panik, bloß ganz normales Drama.«

Zugegeben, ganz so cool bin ich nicht wirklich. Im Gegenteil, mir geht ganz schön die Düse. Verdammt, ich habe einen Hirntumor, der mich vielleicht bald killt! Wer bleibt da schon entspannt? Ich versuche einfach, den Ball flachzuhalten, damit Theo sich nicht noch mehr Sorgen um mich macht. Reicht ja, dass ich selbst das tue. Wenn mich zum Beispiel mal wieder Albträume quälen, ich unvermittelt das Gleichgewicht verliere oder, wie jetzt, wie aus dem Nichts höllische Kopfschmerzen bekomme.

Theo wirkt nicht gerade beruhigt.

»Was kann ich tun?«

»Nichts, Theo. Gar nichts. Ich lege mich einfach ins Bett und nehme eine Aspirin.« Oder zwei.

»Kommt gar nicht infrage. Weißt du denn nicht, dass das ein Blutverdünner ist? Vor einer OP sollte man so was auf keinen Fall einnehmen. Ich habe noch ein paar Paracetamol dabei, nimm lieber die.«

»Krass. Wusste ich nicht.«

Er grinst. »Wie gut, dass ich bei dem Arztgespräch dabei war.«

»Ohne dich wäre ich verloren«, sage ich und strecke ihm die Zunge raus, als wäre es nur ein blöder Witz. Doch im tiefsten Inneren weiß ich, dass es die reine Wahrheit ist.

Theo lässt es sich nicht nehmen, mich zu begleiten. Was ich erst ganz schön übertrieben finde. Dann bin ich allerdings froh, mich bei ihm unterhaken zu können, denn ich habe mal wieder das Gefühl, auf einem Berg Watte zu laufen und Beine aus Gummi zu haben.

»Danke«, sage ich matt, als ich auf der Bettkante sitze und

die Tabletten mit einem Glas Wasser herunterspüle. Die Schmerzen lassen langsam nach, aber ich fühle mich auf einmal hundemüde. Kein Wunder, bei dem Schlafmangel.

»Wegen der Challenge …«

Theo winkt ab. »Schlaf erst mal. Wir reden morgen weiter.«

Ich nicke, was eine superblöde Idee ist, denn schon dreht sich wieder alles.

»Okay«, hauche ich mit letzter Kraft, dann fallen mir die Augen zu.

Als ich aufwache, fühle ich mich topfit. Von Kopfschmerzen keine Spur mehr, auch keine Seekrankheit. Selbst mein verstauchtes Bein schmerzt kaum noch.

Ein Blick aufs Handy verrät mir, dass es sechs Uhr morgens ist. Ich habe also elf Stunden am Stück gepennt!

Von Paps ist eine Nachricht eingegangen. *»Alles okay?«*, lautet sie. Mir fällt ein, dass ich gestern den versprochenen Statusbericht vergessen habe.

»Ja, bestens – bin gestern früh schlafen gegangen. Wünsche dir einen schönen Tag und guten Flug. Kuss, Victoria«, antworte ich schnell, bevor ich unter die Dusche gehe.

Zuerst kommt nur kaltes Wasser, was mir einen spitzen Schrei entlockt. Ich hasse es, kalt zu duschen.

Apropos – da fällt mir ein, dass ich Theo noch zwei Punkte für die Challenge schuldig bin. Ein eiskalter Guss kommt schon mal nicht infrage.

Eigentlich finde ich ja, der Besuch bei meiner Mutter ist Herausforderung genug. Und die Operation sowieso. Fehlt nur noch eine dritte Aufgabe – und die habe ich im Grunde auch schon abgehakt, als ich mich zu einer unbequemen Nacht im Zelt habe überreden lassen.

Mit anderen Worten – ich brauche gar keine weitere Challenge!

Abgesehen von dieser einen Sache, die ich mir selbst versprochen habe: Ich werde nicht von diesem Planeten abtreten, ohne vorher den besten letzten Kuss aller Zeiten erlebt zu haben! Und ich weiß auch schon, von wem ich den bekommen werde. Und wo. Das lässt sich wunderbar mit Theos Clubbesuch kombinieren. Denn zufällig weiß ich genau, wie Marek Carters Lieblingsclub in Berlin heißt ...

Es gibt einfach keinen besseren Kandidaten dafür als ihn! Schließlich bin ich seit Jahren in ihn verknallt. Was liegt also näher, als mein Idol zu treffen? Ich werde Marek einfach tief in seine wundervollen Augen blicken, und dann wird es um ihn geschehen sein ...

Natürlich werde ich diesen Teil meines Vorhabens Theo gegenüber nicht erwähnen. Das ist mein Geheimplan.

Projekt bester letzter Kuss.

Aaaah, endlich kommt heißes Wasser aus der Brause. Wird auch höchste Zeit.

Kapitel 10

Spottdrossel

Ich hatte befürchtet, Theo würde sich mit meiner armseligen Bucket List nicht zufriedengeben. Denn wenn ich ehrlich bin, habe ich ihn ausgetrickst.

Aber als er meine Ausrede widerspruchslos akzeptiert, bin ich doch irgendwie enttäuscht. Hätte er nicht wenigstens der Form halber ein bisschen feilschen können? So komme ich mir vor wie ein hoffnungsloser Fall – was ich ja vielleicht auch bin.

Und hoffnungslose Fälle werden nicht von Marek Carter ge-küsst. Leider.

Horst ist an allem schuld. Denn gäbe es Horst nicht, hätte Theo mich kaum so leicht davonkommen lassen. Andererseits: Gäbe es Horst nicht, wären wir auch nicht auf diesem Trip und es gäbe ohnehin keine Challenge …

Beim Frühstück googele ich nach Bungee-Anbietern in der Gegend. Theo meint, der Hype sei so ziemlich vorbei, was wohl reinem Wunschdenken entspringt. Er bietet mir an, stattdessen den Rhein zu durchschwimmen.

Das lasse ich ihm natürlich nicht durchgehen. »Viel zu

gefährlich, denk nur an all die Strömungen. Beim Bungee-Jumping bist du wenigstens gesichert.«

Und dann habe ich gleich zwei Treffer. »Hey, Theo, du hast die Wahl: Entweder springst du von einer hundertzweiund-neunzig Meter hohen Brücke oder von einem Kran, der auf einer Staumauer steht, in Richtung Wasser.«

»Zeig her!« Theo reißt mir das Handy geradezu aus der Hand – wahrscheinlich in der Hoffnung, dass sich meine Funde als Irrtum erweisen.

»Die Europabrücke bei Innsbruck? Das ist in Österreich – der Umweg wäre viel zu groß«, erklärt er. In seiner Stimme klingt nicht gerade Bedauern mit.

»Und was ist mit dem Stausee?«

»Hm. Der liegt zwar auch nicht direkt auf unserer Strecke, aber das wäre machbar.«

»Gebongt.« Ich beiße in mein Frühstücksbrötchen und ver-ziehe gleich darauf den Mund. Verschämt spucke ich alles in meine Serviette. Das ist ja ungenießbar!

»Was ist los?«

»Probier selbst. Diese Marmelade schmeckt eindeutig nach Zahnpasta, und das Brötchen nach Fisch. Widerlich.«

Theo nimmt wortlos meine angebissene Schrippe vom Tel-ler und nimmt einen großen Happen.

»Schmeckt einwandfrei.«

Ich teste erneut. Diesmal muss ich nicht würgen, aber lecker ist anders. »Total salzig.«

»Bedank dich bei Horst«, meint Theo.

Na toll. Jetzt verursacht mein blöder Hirntumor auch noch Geschmacksverwirrung. Hoffentlich verschwindet dieses Symptom ganz schnell wieder!

Ich schiebe den Teller von mir und halte mich an den Kaffee. Stark, süß, mit etwas Milch. Er schmeckt zwar leicht nach Hühnersuppe, aber das ignoriere ich einfach.

»Gib mal das Handy zurück«, verlange ich. »Wir sollten schnell buchen, damit du heute noch drankommst.«

Theo guckt einigermaßen unglücklich aus der Wäsche, während ich den Anruf tätige.

»Wir sollen um ein Uhr da sein«, erkläre ich anschließend. »Schaffen wir locker.«

Pauline kommt mit der Kaffeekanne, um uns nachzuschenken. »Wollt ihr noch was zu essen mitnehmen? Ich könnte euch einen Picknickkorb zurechtmachen«, bietet sie an.

»Super Idee«, finde ich. Damit können wir dann Theos gelungenen Sprung feiern. Bis dahin haben sich meine Geschmacksnerven hoffentlich wieder beruhigt.

Es liegen gut dreieinhalb Stunden Fahrt vor uns, und mein Handy ist frisch aufgeladen. Also vertreibe ich mir die Zeit damit, Informationen über Bungee-Jumping zu recherchieren, sie Theo vorzulesen und mich an seinen Grimassen zu weiden. Er ist ganz schön aufgeregt, aber selbst schuld: Er hätte ja ablehnen können.

»Hier steht: *Bist du ein Adrenalinjunkie? Dann ist so ein spektakulärer Sprung in den Abgrund das perfekte Erlebnis der Superlative für dich, das dir garantiert ewig im Gedächtnis bleiben wird.* Darauf würde ich wetten, was? Oh, Achtung, das ist noch besser: *Du willst dich einmal wie ein richtiger Actionheld fühlen? Dann tu's einfach: Hechte im James-Bond-Style in die Tiefe ...* Na, klingt das nicht prickelnd? Vermutlich gibt's als Belohnung einen Martini. Geschüttelt, natürlich, nicht gerührt.«

Theos Adamsapfel hüpft auf und ab, das ist deutlich zu erkennen, obwohl er sich seit unserer Abreise nicht rasiert hat und inzwischen ganz schön stoppelig ist. Was ihm übrigens nicht schlecht steht.

»Ich und Actionheld«, murmelt er abfällig und tut so, als müsste er sich auf den Verkehr konzentrieren, obwohl die Straße völlig frei ist und wir einfach nur gemütlich vor uns hin tuckern.

Ich scrolle weiter. »Und hier steht: *Genieße das unvergleichliche Feeling, das beim Sprung durch deinen Körper pulsiert. Für besonders Mutige folgt dann der ultimative Kick: das Dip-in, bei dem dein Kopf ins Wasser eintaucht.* Wow, das klingt krass. Wenn du das mit dem Eintauchen machst, Theo, erlasse ich dir die Sache mit dem Karaoke.«

»Bist du wahnsinnig? Nein, dann singe ich lieber.«

»War auch nur so eine Idee. Ein normaler Sprung ist schließlich auch schon aufregend genug. Pass auf, es geht weiter: *Du denkst, das war schon alles? Im Gegenteil, der Absprung ist erst der Anfang des Nervenkitzels. Kaum bist du unten angekommen, folgt der Rebound: Dann katapultiert dich das Seil wieder hinauf! Bereit für den nächsten freien Fall? Yaheee!* Echt cool, oder?«

Ich kann regelrecht spüren, wie sehr Theo seine Entscheidung bereits jetzt bereut. Meine Hoffnung, er könnte doch noch einen Rückzieher machen und mir damit den Besuch bei meiner Mutter ersparen, wächst. Doch er sagt nichts dergleichen. Also stichele ich weiter.

»Unfälle gibt es übrigens fast nie. Und wenn doch, sind die Gründe entweder technisches Versagen oder Fahrlässigkeit. Aber keine Sorge, es kommt superselten vor, dass mal ein Seil reißt oder ein Sicherungsseil nicht korrekt befestigt wurde oder jemand zu früh abspringt oder sich beim Hochschleudern das Seil um den Hals wickelt oder …«

»Stopp!« Theo ist inzwischen ganz grün im Gesicht. »Ich will nichts davon hören.«

»Tut mir leid, ich wollte dir nur Fakten liefern. Ich dachte, du stehst darauf.«

»Ich durchschaue dich, Victoria. Glaub bloß nicht, dass ich kneife. Mir ist schon klar, was du vorhast.«

Ich beiße mir auf die Unterlippe. Es war wohl ein Fehler, Theo zu unterschätzen. Er ist einfach zu clever – so leicht kann man ihn nicht hinters Licht führen.

»Sorry, war eine blöde Idee von mir.«

»Schon gut.« Theo lächelt schon wieder. Er scheint mir nicht böse zu sein, was mich unheimlich erleichtert.

»Wie kann ich das wiedergutmachen?«

»Du kannst mir dabei helfen, cool zu sein. Und du hast völlig recht – ich bin ein Faktenmensch. Je mehr ich über dieses Bungee-Jumping weiß, desto besser kann ich damit umgehen. Die Unfallstatistik und die übertriebenen Werbeversprechen kannst du mir allerdings ersparen.«

Okay. Eine klare Ansage. Damit kann ich was anfangen.

»Aaaalso, die ersten Bungee-Springer haben keine Gummiseile, sondern Lianen benutzt. Deutlich gefährlicher, aber so war nun mal das Ritual auf Pentecost … Moment mal: Pentecost? Heißt so nicht diese Schauspielerin aus *American Crime Story*?«

Ich weiß, dass das nicht der Fall ist, aber ich will Theo eine Steilvorlage liefern, und er springt auch sofort drauf an.

»Du meinst Penelope Cruz. Ganz andere Baustelle. Pentecost ist auch unter dem Namen Pfingstinsel bekannt. Sie gehört zu den Neuen Hebriden, einer Inselkette im Südpazifik.«

Ich starre ihn verblüfft an. »Bist du ein wandelndes Lexikon, oder was?«

»Wie gesagt – ich hab einfach nur ein gutes Gedächtnis«, sagt Theo.

»Das ist echt nicht normal«, erwidere ich tief beeindruckt.

»Es ist ja auch nicht normal, eine Stange zu überspringen, die über eins achtzig hoch ist.«

Ein unschlagbares Argument. Beziehungsweise wäre es das, wenn es mich nicht ausgerechnet an mein Versagen erinnern würde.

»Wer weiß, ob ich das jemals wieder schaffe«, unke ich. »Ich darf ja noch nicht mal nach unten springen. Ganz ehrlich: Wenn ich es dürfte, würde ich liebend gern mit dir tauschen.«

Aber da ist leider nichts zu machen. Auf der Website des Veranstalters steht eindeutig, dass man zum Bungee-Jumping hundertprozentig gesund und physisch belastbar sein muss. So ein Sprung kann nämlich allerhand Nebenwirkungen haben, auf die ich Theo lieber nicht aufmerksam machen werde. Ich hatte das zwar vor, aber da er die Sache auf jeden Fall durchziehen will, bringt es wohl nichts, ihn noch mehr zu verunsichern – er ist ohnehin schon aufgeregt genug. Also verkneife ich mir jegliche Kommentare über mögliche Sehstörungen, die Auswirkungen auf das Immunsystem, den enormen Druck auf das zentrale Nervensystem, die seltenen Fälle von Blindheit, Querschnittslähmung oder Hirnschlag …

»Sag bloß, du würdest das freiwillig tun?« Jetzt ist Theo derjenige, der es kaum fassen kann.

»Ich würde Bungee-Jumping lieben. Und mich dabei wahnsinnig lebendig fühlen – nicht wie eine Todeskandidatin.«

»Du bist keine Todeskandidatin, sondern eine Patientin, der bald geholfen wird. Hör auf, so zu reden, echt jetzt.«

Ich schlucke. Theo hat gut reden. Er hat ja auch keinen Horst im Kopf.

»Übrigens könntest du noch davonkommen. Dazu müsste bloß das Wetter umschlagen«, wechsele ich das Thema. »Bei Sturm und Starkregen darf man nicht springen.« Ich schaue übertrieben neugierig durchs Fenster und tue so, als fiele mir gerade erst auf, was für ein herrlicher Tag heute ist. Blauer Himmel, nicht das geringste Wölkchen weit und breit.

»Sehr lustig«, kommentiert Theo. »Du Spottdrossel.«

O ja, ich finde das wirklich urkomisch. Theo aufzuziehen, lenkt mich von meinem eigenen Chaos ab. Und Spottdrossel ist auch keine echte Beleidigung, oder? Irgendwie klingt das sogar richtig süß.

»Was mich viel mehr interessieren würde: Warum machen Leute so einen Scheiß freiwillig?« Theo runzelt die Stirn. »Ich meine – wenn sie nicht gerade dazu gezwungen sind, weil ihre Freundin sonst die vielleicht letzte Chance auf Versöhnung mit ihrer Mutter nicht nutzen würde?«

Die Worte *letzte Chance* hallen in meinem Hinterkopf wider. Er gibt es also zu. Aber er hat mich auch *Freundin* genannt. Das macht es ein kleines bisschen wett.

Was hat er noch gleich gefragt?

Ach so, ja. Warum Menschen freiwillig an Gummiseilen von Brücken oder Kränen springen.

»Adrenalin«, sage ich. »Tolle Sache, wenn man drauf steht.« Was Theo definitiv nicht tut.

»Ich rede nicht von modernen Extremsportlern, sondern von dem traditionellen Springen auf Penelope-Cruz-Island.«

Scherzkeks. Aber na gut. Er will Fakten? Soll er kriegen. Ich wende mich wieder meinem Handy zu.

»Also, lange Zeit dachte man, das Ganze wäre ein Initiationsritus. Du weißt schon – so eine Mutprobe, die Jugendliche absolvieren müssen, um in den Kreis der Erwachsenen aufgenommen zu werden. Aber das kann es nicht sein, denn nicht nur junge Männer nehmen daran teil, sondern auch ältere. Und diejenigen, die nicht springen, werden nicht diskriminiert. Also ist es irgendwie freiwillig. Vielleicht bietet es die Möglichkeit zu sozialem Aufstieg, steht hier.«

»Da kann ich ja froh sein, nicht auf Pentecost geboren zu sein«, brummt Theo.

»Oh, das wird dir gefallen – eine Legende!«

»Darf ich raten? Entweder hat sie mit Elefanten zu tun oder mit einem untergegangenen Kontinent oder einem Liebespaar«, rät er drauflos.

»Bingo – Antwort drei ist ein Volltreffer. Beziehungsweise war die Liebe wohl abgekühlt. Er eifersüchtig, sie auf der Flucht vor ihm. Rauf auf einen Baum, er hinterher, sie springt, er ebenfalls – nur dass sie sich noch rechtzeitig eine Liane um den Knöchel gebunden hat, er jedoch nicht.«

Ich finde diese Story ziemlich cool.

»Ich finde diese Story ziemlich cool«, sagt Theo.

Jetzt würde ich ihn am liebsten umarmen, ihm sagen, dass mir mein Gefrotzel leidtut und wir den ganzen Challenge-Mist einfach vergessen sollten.

Ich will keine Spottdrossel mehr sein!

In diesem Moment steigt Theo unvermittelt in die Eisen. Der Wagen gerät ins Schlingern und kommt schließlich zum Stehen. Ich hänge im Gurt und frage mich, ob es wohl Hämatome gibt, die aussehen wie eine Schönheitsköniginnen-Schärpe. Und was meine Operateure wohl davon halten werden …

»Sag mir, du hast für ein Reh gebremst. Oder wenigstens für ein Eichhörnchen«, ächze ich.

»Ähm. Nicht direkt.«

»Was soll denn das schon wieder bedeuten?« Unter einem indirekten Eichhörnchen kann ich mir echt nichts vorstellen.

»Ich hätte um ein Haar die Abzweigung verpasst. Zur Staumauer«, erklärt Theo und setzt zurück, um gleich danach rechts auf eine schmale Landstraße abzubiegen.

Einer plötzlichen Eingebung folgend, lege ich meine Hand auf seine Schulter. »Lass gut sein, Theo, du musst das nicht tun. Du hast ja gerade bewiesen, dass du ernst machen würdest. Diese Sache ist echt nicht ganz ungefährlich. Lass es lieber bleiben. Und ich schwöre, ich sage das nicht bloß, um ebenfalls einen Rückzieher zu machen. Wir fahren zu meiner Mutter. Heute noch, wie vereinbart! Auch wenn es eigentlich so ziemlich das Letzte ist, was ich tun will.«

Theo antwortet nicht sofort. Er lässt sich mein Angebot ganz schön lange durch den Kopf gehen.

»Vergiss es«, sagt er schließlich. »Ich zieh das jetzt durch.«

Also echt. Dann kann ich ihm auch nicht helfen.

Kerle! Ehrlich …

Kapitel 11

Beweisvideos

Wir werden schon erwartet. Ein Typ mit Männerdutt, Achselhemd, Tarnmusterhosen und jeder Menge Tattoos begrüßt uns.

»Hey, ich bin der Norman, euer Guide. Wer von euch beiden will springen?«

»Sie würde wollen, ich werde es tun«, antwortet Theo mit fester Stimme.

Norman lässt sich seinen Ausweis zeigen. »Nur eine Formalität, ich seh schon, dass du über sechzehn bist, aber wir müssen das dokumentieren. Wenn du mal eben noch schnell auf die Waage steigen würdest? Du darfst nicht leichter als fünfzig und nicht schwerer als hundertfünf Kilo sein – passt bei dir.«

Er notiert zweiundsiebzig Kilo. So viel hätte ich nicht geschätzt – muss wohl an Theos Muskulatur liegen.

»Leidest du an Bluthochdruck, Grünem Star, Thrombose?«, zählt Norman auf.

Theo verneint, und der Guide setzt die entsprechenden Kreuzchen. Ich frage mich, ob er auch Hirntumore aufzählt.

»Herz-Kreislauf-Probleme? Psychische Erkrankungen? Epilepsie? Auch nicht, sehr gut. Hattest du schon mal eine Schädelverletzung? Oder Probleme an der Halswirbelsäule?« Überall kann er Nein ankreuzen. »Und schwanger bist du wohl auch nicht.«

Norman grinst, Theo lacht ein bisschen gequält, während er die Dokumente unterschreibt. Ich finde den Gag reichlich schwach, begreife aber, dass der Guide einfach nur die Anspannung lösen will, die in der Luft liegt.

»Es läuft nun folgendermaßen ab: Ich werde dich einweisen, dann fährt uns Lenny, der Kranführer, hinauf auf die Absprungplattform. Du bist bestens gesichert. Das hier ist dein Sicherheitsgurt – du steigst hinein wie in eine Hose.«

Neidisch stehe ich daneben und wünsche mir mehr denn je, es gäbe keinen Horst. Was wäre das für ein Abenteuer!

»Jetzt hast du noch die Wahl: mit Dip-in oder ohne?«

»Definitiv ohne!«

»Und möchtest du eine GoPro? Dann wird der Sprung aus deiner Perspektive mitgefilmt. Kostet allerdings extra.«

»Ja, mach das, Theo«, dränge ich. »Dann kann ich mir hinterher wenigstens halbwegs vorstellen, wie es sich angefühlt hätte, wenn ich selbst gesprungen wäre.«

Theo schüttelt energisch den Kopf. »Sorry, Victoria, das ist mein Sprung. Und ich will auf keinen Fall, dass meine jämmerlichen Stoßgebete und mein verzweifelter Urschrei für die Nachwelt festgehalten werden.«

»Schade.« Klar bin ich enttäuscht. »Aber okay. Das ist deine Entscheidung.« Und irgendwie kann ich ihn ja auch verstehen. Ich bin selbst ziemlich froh, dass niemand meinen vermurksten Hochsprungversuch mitgefilmt hat.

Da kommt mir eine Idee. »Aber ich darf es aufnehmen, okay?«

Damit ist Theo einverstanden. Norman zeigt mir eine Stelle, von der aus man den besten Blick auf das Geschehen hat. Praktischerweise steht dort auch eine Sitzbank, auf der ich es mir bequem machen kann.

»Aber nicht dass ich Theos Sprung noch verpasse«, sage ich.

»Kann nicht passieren«, erklärt Norman. »Wir geben ein unüberhörbares Signal. Kann allerdings noch eine Weile dauern. Rechne mal mit einer halben Stunde oder so.«

Theo guckt aus der Wäsche, als würde er gleich zum Schafott geführt. Ich umarme ihn und wünsche ihm viel Kraft – und auch ein bisschen Spaß, falls das möglich ist.

»Ich tu mein Bestes«, verspricht er. Seine Wange fühlt sich kratzig an.

Ich nutze die Wartezeit, um mich noch einmal ausführlicher bei Paps zu melden. Das mit der Geschmacksverwirrung beim Frühstück erwähne ich nicht. Ansonsten geht es mir heute bestens. Kein Schwindel, kein Stottern, meine Beine tun, was ich will, und Theo ebenfalls. Alles ist gut. *»Genieße die Preisverleihung – bist du schon aufgeregt?«*, schließe ich meine Nachricht ab. Nachdem ich sie abgeschickt habe, fällt mir ein, dass die Preisverleihung ja am Sonntag stattfindet. Und heute ist erst Freitag. Oder doch nicht? Ein Blick auf die Datumsanzeige verrät mir, dass wir tatsächlich Donnerstag haben. Irgendwie habe ich völlig das Zeitgefühl verloren. Sind wir wirklich erst seit vorgestern unterwegs? Dann bleiben mir noch volle drei Tage, eine Nacht und der Rest von heute …

Am Kran tut sich was. Offenbar wird Theo jetzt nach oben befördert.

Der Ärmste.

Der Glückliche!

Wenn er es doch nur so genießen könnte, wie ich es tun würde.

Ich denke an Marek Carter, der unlängst ein Video von seinem Bungee-Sprung hochgeladen hat. Er ist so cool! Wo war das noch gleich zu sehen? Auf Instagram, wenn mich nicht alles täuscht.

Ich tippe auf die App und wünsche mir im selben Moment, ich hätte es nicht getan. Denn das Erste, was mir angezeigt wird, ist ein Foto von Joshua, Arm in Arm mit Lexie. Siebenundachtzig Likes. Von mir bekommt er dafür keins. Dieser Trottel.

Es wäre wohl am besten, gar nicht erst weiterzuscrollen. Aber ich bin neugierig, wie das Leben der anderen weitergegangen ist, seit ich von der Bildfläche verschwunden bin. Ich sehe Lennox mit einer Bierflasche in sehr lässiger Pose. Janine mit Duckface. Cassy und Sarah im Bikini. Alex beim Tanzen. Alles wie immer – nur eben ohne Victoria und ihren Horst. Niemand scheint mich zu vermissen. Und wenn ich ehrlich bin, vermisse ich auch niemanden aus der alten Clique.

In diesem Moment ertönt ein Signal, gefolgt von einem Countdown. Offenbar von Norman durchs Megafon gebrüllt. »Five, four, three, two, one, juuuuuuuuump!«

Zum Glück habe ich das Handy eh schon in der Hand. Ich schaffe es gerade noch rechtzeitig, die Kamera zu starten, als sich Theo von der Absprungrampe in die Tiefe stürzt. Ob er will oder nicht, ein markerschütternder Schrei ist definitiv auf dem Video festgehalten – nämlich meiner.

O Mann, wenn das sogar von hier unten so ein Nervenkitzel ist, wie muss es sich dann erst für ihn anfühlen?

Theo fällt, und mir rutscht das Herz in die Hose. Urplötzlich bekomme ich regelrecht Panik. Was, wenn ausgerechnet er einer dieser seltenen Fälle ist, bei denen es schiefgeht? Wenn das Gummiseil mürbe ist oder die Haken nicht richtig befestigt wurden oder Theo blind wird oder …

In meinem Kopf rauscht es, ich schließe die Augen für einen Moment, nur um sie dann umso weiter aufzureißen – ich darf nicht wegsehen.

Deal mit dem Schicksal: Wenn das hier gut geht, dann geht die Sache mit Horst auch gut aus.

Jetzt müsste das Seil doch allmählich maximal gedehnt sein und Theo wieder nach oben reißen. Hat Norman etwa die Länge falsch eingestellt? Von hier aus sieht es jedenfalls so aus, als wäre Theo kurz mit dem Kopf ins Wasser des Stausees eingetaucht. Hoffentlich bekommt er jetzt keine Panik. Schlimm genug, dass ich kurz vorm Durchdrehen bin!

Dann wird Theos Körper wie eine Puppe emporgeschleudert, um anschließend erneut nach unten zu sausen.

Ein Auf und Ab – genau so, wie sich mein Leben gerade anfühlt. Nur dass ich nicht auf eine Wasseroberfläche zurase, sondern auf einen Operationssaal. Und wer weiß, ob es danach wieder ein Auf für mich gibt …

Kurz darauf ist das ganze Spektakel auch schon wieder vorbei, und der Kran schwenkt zur Seite in Richtung Wiese, wo Theo von der Crew in Empfang genommen wird. Ich filme weiter, während ich mich auf den Weg dorthin mache. Langsamer übrigens, als ich es eigentlich sein will, denn meine Beine fühlen sich an wie ungehorsame Fremdkörper. Das muss die Aufregung sein.

Theo schüttelt den Kopf, als wäre er selbst überrascht, noch zu leben. Die Wassertropfen fliegen wie bei einem Labrador, der gerade vom Schwimmen kommt.

»Heilige Scheiße, war das krank!«, ruft er aus. Schwer zu

deuten, ob er verzweifelt oder begeistert klingt. Es hat ein bisschen was von beidem.

»Was habt ihr mit ihm gemacht?«, will ich wissen. »Habt ihr euch verrechnet? War das Seil zu lang? Er ist ja völlig durchnässt.«

Norman, der Theo von seinen Sicherheitsgurten befreit, lacht. »Dein Freund ist cooler, als du denkst. Er hat sich in letzter Sekunde doch für das Dip-in entschieden. Stimmt's, Theo?«

Ich verkneife mir die Bemerkung, dass Theo gar nicht *mein* Freund ist, sondern nur *ein* Freund. Denn das ist diesem Norman ohnehin piepegal.

»Absolut«, sagt Theo. »Und das war einfach … mega!«

Mit diesen Worten springt er auf, und gleich darauf finde ich mich in einer euphorischen Umklammerung wieder, die mit der aufmunternden Umarmung von vorhin nicht zu vergleichen ist. Es fühlt sich so an, als hätte der Bungee-Sprung ungeahnte Kräfte in ihm entfesselt.

Eigentlich wollten wir unser Picknick in einer Burgruine einnehmen – jedenfalls hat Theo das vorhin vorgeschlagen. Aber jetzt bin ich doch eher dafür, dass er erst mal wieder runterkommt, bevor er sich hinters Steuer setzt. Also überlegen wir uns schnell einen Plan B.

Unweit der Staumauer liegt ein Wäldchen, und nach wenigen Minuten finden wir die Lichtung, von der Norman uns erzählt hat. Was für ein verwunschener Ort! Man könnte glauben, wir wären in einem Märchen gelandet – wenn Theo nicht plappern würde wie ein Wasserfall. Das Adrenalin hat wohl akuten Redebedarf bei ihm ausgelöst. Wieder und wieder beschreibt er seinen Sprung, wobei er mindestens siebzehn Mal betont, das sei *der absolute Wahnsinn* gewesen.

»Aber einmal reicht. Ich mach so was nie wieder!«, fügt er ebenso oft hinzu, während er sich immer wieder mein Video reinzieht. »Kaum zu fassen, dass ich das bin!«

Währenddessen packe ich die Leckereien aus, die Pauline für uns vorbereitet hat. Sofort beginnt mein Magen zu knurren. Schließlich habe ich heute so gut wie nichts gefrühstückt. Ich kann nur hoffen, die Fleischbällchen, Käsestangen, gefüllten Weinblätter, Thunfischwraps und gegrillten Hühnerbeine schmecken nicht wieder nach Gurgelwasser ...

Theo langt herzhaft zu, und endlich breitet sich etwas Ruhe aus. Man hört die Vögel zwitschern und die Insekten summen. Irgendwas raschelt auch im Unterholz – ich stelle mir vor, dass es ein Igel ist oder ein Eichhörnchen. Auf eine Begegnung mit einer Horde Wildschweine hätte ich dagegen keine große Lust.

Die Weinblätter schmecken ... nach Weinblättern. Köstlich! Aber irgendetwas daran macht mich benommen. Sie werden doch nicht vergiftet sein?

Stopp, Victoria, das hier ist nicht Schneewittchen *und Pauline ist auch keine böse Königin.*

Vermutlich bin ich einfach nur müde. Die Insekten summen auf einmal noch lauter, fast als befänden sie sich in meinem Kopf. Ich wedele mit der Hand, um sie zu verjagen, und dabei wird mir schwindelig. Ob ich mich vielleicht lieber ein bisschen hinlege?

Als ich wieder zu mir komme, ist Theos Gesicht ganz nah. Will er mich etwa wach küssen? Aber warum wirkt er so aufgeregt? Seine Augen sind weit aufgerissen, während er nach meiner Hand greift – um sie zu streicheln? Nein, um meinen Puls zu fühlen.

»Hey, was ist … lo…los mit dir?«, presse ich mühsam hervor. Das Reden fällt mir schwer. Es fühlt sich an, als wäre mein Mund voller Watte.

»Mit mir? Alles bestens. Aber mit dir leider nicht …«, erwidert Theo. »Gut, dass du wieder bei dir bist.«

Dass ich bei mir bin? Was für ein Stuss …

»Ich hab bloß ein kurzes … Dingens … Nickerchen gemacht«, sage ich verwirrt. »Kein Grund durchzudrehen.«

»Das war kein Nickerchen. Du warst bewusstlos.«

Lächerlich. Man wird ja wohl ein Mittagsschläfchen halten dürfen, ohne dass es gleich als Horst-Symptom ausgelegt wird.

»Unsinn«, erkläre ich und setze mich auf, was gar nicht so einfach ist, weil ich irgendwie zittrig bin und mich so schwer fühle, als wären meine Arme und Beine aus Blei. »Du übertreibst total. Alles gut.«

Aber das ist es nicht. Ich spüre, dass etwas mit mir passiert ist, von dem ich nichts weiß. Im Sitzen wird es auch nicht besser, im Gegenteil – mein Kopf dröhnt, ich kann kaum die Augen offen halten. Am liebsten würde ich gleich weiterschlafen. Aber ich muss wissen, was los ist.

Theo nimmt meine Hand. Diesmal allerdings nicht, um meine Vitalwerte zu checken, sondern einfach so – um mich zu beruhigen?

»Du hattest gerade einen epileptischen Anfall«, erklärt er mit sanfter Stimme. »Kein Grund zur Panik, du hast ihn ja gut überstanden. Aber das bedeutet, wir müssen künftig noch vorsichtiger sein.«

Einen waaas?

Ich hatte noch nie epileptische Anfälle, und selbst wenn Horst welche verursachen würde, dann hätte ich doch wohl etwas davon mitbekommen.

»Du spinnst wohl! Kann nicht sein. Das wüsste ich.«

Obwohl ich ihn ziemlich angefahren habe, bleibt Theo ganz ruhig. »Ich kann dir das Gegenteil beweisen. Möchtest du es sehen?«

Meine Nackenhaare stellen sich auf – ernsthaft, ich kann es wirklich spüren. Doch nicht bloß so eine doofe Redensart. Die ganze Situation kommt mir unheimlich vor. Wir hier allein auf dieser Waldlichtung, Theos Gerede von einem angeblichen Anfall, mein doofes Watte-und-Blei-Gefühl – irgendwas geht hier vor, und das gefällt mir ganz und gar nicht! Und was will Theo jetzt mit seinem Handy?

»Du hast mich gefilmt?«, frage ich entgeistert.

Wenn er recht hat, will ich mir sein Video lieber nicht anschauen. *Aber ich muss es tun!* Denn die Ungewissheit ist noch schlimmer …

Ich atme tief durch, dann richte ich meinen Blick auf sein Handydisplay. Und sehe mich auf dem Boden liegen, als würde ich schlafen. Sag ich doch! Ich hab ein Nickerchen gemacht, sonst nichts. Aber irgendwas ist seltsam an meiner Haltung. Mein Körper wirkt nicht entspannt – im Gegenteil, eher so, als wäre jeder einzelne Muskel verkrampft.

Und dann geht es los. Erst beginnt mein rechter Arm irre zu zittern, dann die Beine, am Ende zuckt alles an mir wie wild. Vor meinem Mund bilden sich Spuckebläschen, meine Augen sind offen, aber verdreht, sodass man fast nur noch das Weiße sieht. Es ist einfach … grauenhaft!

»Wie konntest du nur?« Ich bin stinksauer. »Findest du es etwa lustig, mich in diesem Zustand aufzunehmen? Wie … fies! Und geschmacklos. Und du willst ein Freund sein?«

Theo lässt meine Hand los, als hätte ich ihn geschlagen. Meine Worte scheinen ihn echt getroffen zu haben. Sie tun mir fast schon wieder leid. Doch das ändert nichts an meinem Zorn.

»Ganz ehrlich – ich an deiner Stelle wäre durchgedreht vor Sorge, statt kaltblütig die Handykamera draufzuhalten«, sage ich und bemühe mich dabei um maximale Selbstbeherrschung. »Du hast es doch wohl hoffentlich nicht online gestellt, um mich vor aller Welt lächerlich zu machen?«

»Aber nein, so was würde ich nie tun«, wehrt Theo erschrocken ab, und ich glaube ihm sofort. »Es ist nur so – meine Schwester hat seit Jahren Epilepsie«, erklärt er leise. »Und ich weiß, dass man da einfach nur abwarten muss, bis so ein Anfall vorbei ist. Und aufpassen, dass sie sich nicht selbst verletzt. Na ja, und außerdem dachte ich, wenn wir später zum Arzt gehen, ist es vielleicht besser, ihm die Symptome zeigen zu können, als sie nur zu beschreiben. Du selbst kannst es ja nicht. Ich hab mir schon gedacht, dass du dich nicht mal an den Anfall erinnern kannst – bei Nora ist es auch meistens so.«

Sofort tut es mir leid, ihn so angeblafft zu haben. Er hat ja recht. Außerdem hätte ich ihm das mit dem Anfall ohne die Aufnahme nie im Leben geglaubt. Schließlich habe ich wirklich nicht das Geringste davon mitbekommen.

Theos Vorschlag, zum Arzt zu gehen, lehne ich allerdings ab. »Ich will überhaupt nirgends hin«, sage ich mit letzter Kraft, denn der Anfall hat mich wahnsinnig müde gemacht. Und die Kopfschmerzen werden immer schlimmer. »Ich will einfach nur noch schlafen.«

Kapitel 12

Einfach magisch

Theo muss zähneknirschend zugeben, dass er es leider nicht mit Schrödingers Katze aufnehmen kann, die zugleich lebt und auch tot ist. In seinem Fall: Er kann nicht gleichzeitig bei mir bleiben und unsere Sachen aus dem Auto holen gehen. Jedenfalls nicht in der Realität – in einem theoretischen Gedankenexperiment sähe das vielleicht anders aus.

Vermutlich hätte er sich schneller dazu durchringen können, endlich aufzubrechen, wenn ich ihm versichert hätte, dass er sich keine Sorgen um mich zu machen braucht. Aber ich kann mich nicht dazu durchringen, überhaupt etwas zu sagen. Ich liege nur auf dem weichen Gras der Lichtung und warte, bis er seinen inneren Kampf ausgefochten hat.

»Na gut, es muss wohl sein«, gibt er schließlich nach. »Warte hier auf mich, okay?«

Was auch sonst?

Ich höre, wie seine Schritte sich entfernen. Schon erstaunlich, was man mit geschlossenen Augen alles wahrnimmt. Überall summt und brummt und knistert es. Aber anders als vorhin ist es in mir drin ganz ruhig. Nach dem Gewitter im Kopf herrscht darin eine friedliche Leere. Und wenn ich mich nicht bewege, lässt sich sogar der dumpfe Kopfschmerz einigermaßen ertragen.

Die Sonne wärmt meine Haut, dennoch fröstele ich ein bisschen. Ich fühle mich so kraftlos, als hätte ich einen Marathonlauf hinter mir und dabei meine gesamte Energie verbraucht. Jetzt schaffe ich es nicht einmal mehr, die Augen zu öffnen.

Irgendwann mischt sich ein Pfeifen in die Geräuschkulisse des Waldes, das wohl eher nicht von einem heimischen Singvogel stammt – es sei denn, er hätte die Titelmelodie von *The Big Bang Theory* in seinem Repertoire.

Wenig später wird meine Vermutung bestätigt. »Bin wieder da«, ruft Theo. »Dann werde ich mal das Zelt aufbauen.«

»Hmpf«, mache ich, um wenigstens ein kleines Lebenszeichen von mir zu geben. Es bedeutet so viel wie: *Eigentlich wollte ich nie wieder in diesem Ding schlafen, aber ich hab ja wohl keine Wahl. Ist ein Notfall. Und eigentlich ist es mir auch egal, Hauptsache, ich habe meine Ruhe. Trotzdem danke, dass du dich so ins Zeug legst. Und sorry, dass wir deinen Sprung nicht angemessen feiern können …*

Viel zu viele Worte. Sogar sie bloß zu denken, ist schon superanstrengend.

Ich bin froh, dass Theo nicht darauf besteht, mich zu einem Arzt zu bringen. Was könnte der schon tun? Ich weiß ja, dass Horst solche Aussetzer verursachen kann. Allerdings habe ich nicht damit gerechnet, dass die Symptome so schnell so viel schlimmer werden. Letzte Woche habe ich mich noch fast normal gefühlt, und jetzt das!

Paps würde durchdrehen, wenn er davon wüsste. Wie gut, dass ich meine Statusmeldung für heute schon abgeschickt habe. Das würde mich jetzt völlig überfordern. Das Schreiben ebenso wie die unvermeidliche Lüge. Denn ich könnte ihm nichts von dem Anfall erzählen – er wäre imstande, seine Preisverleihung doch noch sausen zu lassen … Und er könnte ja doch nichts ändern.

Theos Schritte kommen näher. Ich spüre, wie er sich über mich beugt. »Ich bin so weit. Nicht erschrecken«, flüstert er mir ins Ohr.

Erschrecken? Worüber denn?

Noch bevor ich mich darüber wundern kann, schiebt er eine Hand unter meinen Kopf, die andere unter meinen Po. Und dann fliege ich durch die Luft. Überrascht blinzele ich. Er hat mich tatsächlich hochgehoben, als wäre ich federleicht.

»Schlaf weiter. Ich lege dich nur ins Zelt, sonst kriegst du noch einen Sonnenbrand.«

Ich schließe die Augen wieder, aber erkenne deutlich, dass das Licht, das durch die Lider dringt, rötlicher wird. Die Zeltplane, ich erinnere mich. Dann legt Theo mich vorsichtig ab, als wäre ich zerbrechlich.

»Zudecken?«

»Hm«, mache ich. Trotz der sommerlichen Temperaturen habe ich eine Gänsehaut. Beziehungsweise: Ich hatte eine, doch mit einem Sweatshirt und dem Schlafsack als Decke ist es sofort herrlich kuschelig. Seltsam, dass ein nerdiger Mathe-Nachhilfelehrer-Freund mütterlicher sein kann als eine echte Mutter.

»Danke«, murmele ich, dann gebe ich der bleiernen Müdigkeit endgültig nach.

Es ist ein seltsames Gefühl, zu träumen und sich dessen bewusst zu sein. Ich weiß genau, dass das alles nicht echt ist. Paps beim Bungee-Springen. Marek Carter Arm in Arm mit Lexie.

Joshua an meinem Krankenhausbett. Theo, der mich über eine Waldlichtung trägt …

Wobei, Letzteres erinnert mich an etwas. Während ich langsam zu mir komme, versuche ich, mich zu orientieren. Ich bin definitiv nicht im Krankenhaus. Aber auch nicht zu Hause. Ich setze mich auf und stoße mit dem Kopf an etwas Weiches. Es gibt leicht nach, fühlt sich aber glatt und kühl an.

Neben mir sind gleichmäßige Atemgeräusche zu hören. Für einen Moment fürchte ich, nach einer durchfeierten Nacht wieder bei Lennox gelandet zu sein. Dann erkenne ich im Halbdunkel Theos Wuschelkopf, und alles fällt mir ein. Inklusive der Horst-Sache.

Ich taste nach meinem Handy und aktiviere die Taschen-lampen-App. Theo liegt auf dem blanken Zeltboden und ist mit nichts als seinem Hemd zugedeckt. Ein Kontrollblick verrät mir den Grund dafür: Er hat für mich beide Isomatten übereinandergelegt, damit ich es bequemer habe, und mich mit zwei Schlafsäcken zugedeckt. Ich bin richtig gerührt, als ich das sehe. Das ist vermutlich das Selbstloseste, was je einer für mich getan hat, der nicht Paps ist.

Schnell schalte ich die Handy-Lampe wieder aus, um ihn nicht aufzuwecken. Schließlich ist es drei Uhr in der Nacht.

Mir gelingt es jedoch nicht, wieder einzuschlafen. Ich bin hellwach! Kunststück, schließlich liege ich schon seit fast zwölf Stunden hier. Außerdem drückt meine Blase …

Vorsichtig krieche ich aus dem Zelt und halte verblüfft inne. Schon am Tag ist mir die Lichtung wie ein verwunschener Ort vorgekommen, doch jetzt im fahlen Licht des Vollmonds erscheint sie regelrecht magisch! Die Sterne funkeln, ein Uhu segelt lautlos vorbei. Fehlen nur noch ein paar tanzende Elfen und Kobolde.

Ich muss ein Kichern unterdrücken. Alberner Gedanke – Elfen und Kobolde ... Außer Theo und mir ist hier niemand weit und breit. Dennoch kauere ich mich hinter einen Busch, als müsste ich mich vor neugierigen Blicken verstecken, um mich zu erleichtern.

Danach krabbele ich zurück ins Zelt, um meine Powerbank aus dem Rucksack zu holen und Theo zuzudecken. Den zweiten Schlafsack nehme ich mit nach draußen, um mich darin einzuwickeln, bevor ich mich ins feuchte Gras setze.

Ich fühle mich wie eine Abenteurerin. Das, was mir vorletzte Nacht so unkomfortabel erschien, macht jetzt gerade den Reiz aus! Zumal wildes Zelten ja eigentlich verboten ist und daher um Lichtjahre spannender als eine bezahlte Nacht auf einem spießigen Campingplatz.

Okay, gegen eine heiße Dusche und eine richtige Toilette hätte ich natürlich nichts einzuwenden, aber um nichts in der Welt wollte ich diesen wundervollen Moment auf der mondbeschienenen Waldlichtung missen! Fast könnte ich Horst dafür dankbar sein – ohne ihn hätte ich das hier sicher nicht erlebt ...

Wenn jetzt noch Marek Carter neben mir säße, wäre das jetzt der perfekte Moment für einen besten letzten Kuss ...

Na ja, man wird ja wohl träumen dürfen. Und wenn Marek nicht zu mir kommt, dann gehe ich eben zu ihm. Übermorgen.

Aber zurück ins Hier und Jetzt. Ich frage mich, ob sich dieser Anblick wohl festhalten lässt. Spontan greife ich erneut zu meinem Handy und versuche, ein Foto zu machen, das dem Zauber dieser Nacht halbwegs gerecht wird. Es klappt nicht im Entferntesten. Nach einigen Fehlversuchen gebe ich auf. Wozu auch? Es ist viel entspannter, einfach nur hier zu sitzen und zu genießen, während mein Handy auflädt.

Und selbst wenn mir ein richtig gutes Foto gelungen wäre –
wen hätte ich damit beeindrucken wollen? Etwa meine Fol-
lower bei Instagram? Denen ist es doch völlig egal, wie es mir
wirklich geht. Höchstens Theo – ob ich ihn wohl wecken soll?
Ich beschließe, es bleiben zu lassen. Schließlich muss er aus-
geruht sein, wenn er sich in ein paar Stunden wieder hinters
Steuer setzt.

Ich versuche, nicht an die Challenge zu denken, die mir
morgen bevorsteht. Es gelingt mir nicht so richtig. Zum ersten Mal seit acht Jahren werde ich meine Mutter wiedersehen.
Die Vorstellung ist absolut unwirklich. Wie sie wohl reagieren wird? Keine Ahnung – vielleicht fällt sie mir reumütig
um den Hals, vielleicht erkennt sie mich nicht einmal, alles
ist möglich. Ich beschließe, überhaupt keine Hoffnungen in
diese Begegnung zu setzen, dann kann sie mich auch nicht
enttäuschen.

Ob ich ihr von Horst erzähle, werde ich spontan entscheiden. Auch wenn Paps meint, sie hätte ein Recht darauf. Immerhin ist es *mein* Horst. Was ich auf keinen Fall will, ist, dass
sie sich einmischt, mir kluge Ratschläge erteilt oder versucht,
acht verlorene Jahre durch eine perfekt geplante Beerdigung
wiedergutzumachen.

Kommt gar nicht infrage! Die plane ich selbst. Die Trauer-
gemeinde soll bunte Klamotten tragen. Und ich will verbrannt
werden. Staub zu Staub. Am liebsten wäre es mir, meine Asche
würde auf dem Sportplatz verstreut, dort, wo ich so viel Trai-
ningszeit verbracht habe – aber ich fürchte, das ist noch illega-
ler als wildes Campen. Dann soll sie eben verbuddelt werden.
Und dabei soll *Supermarket Flowers* von Ed Sheeran gespielt
werden, das schönste und traurigste Lied über den Tod, das
ich kenne.

»Hey, was machst du hier draußen?« Theo steckt den Kopf zum Zelteingang heraus und sieht unglaublicherweise noch verwuschelter aus als sonst. Seine Stoppeln werden langsam zu einem richtigen Bart, was ihn älter aussehen lässt, doch gleichzeitig wirkt er wie ein kleiner Junge. Vielleicht liegt es daran, dass er keine Brille trägt.

»Konnte nicht mehr schlafen«, sage ich. »Mir geht's übrigens wieder gut. Danke noch mal für deine Hilfe gestern.«

»Du hast mich ganz schön erschreckt. Aber das mit dem Video war vielleicht doch keine so gute Idee. Sorry, tut mir echt leid.«

Ich winke ab. »Alles gut.«

Theo verschwindet nun ebenfalls hinter dem Busch. Danach bauen wir gemeinsam das Zelt ab und machen uns auf den Weg zum Auto, das noch immer auf dem Parkplatz an der Staumauer steht.

»Wohin also heute?«, fragt Theo.

Hat er es etwa vergessen? Oder erlässt er mir die Challenge?

»Ich brauche eine Adresse«, erklärt er und nimmt mir damit die Hoffnung auf eine Amnesie.

Ich nenne sie ihm. Die Anschrift meiner Mutter kenne ich von den jährlichen Geburtstags- und Weihnachtsbriefen, die sie mir immerhin schickt. In edlen Briefumschlägen mit schicken Absenderaufklebern in Goldschrift. Vornehm geht die Welt zugrunde.

»Aber so kann ich da nicht aufkreuzen!«, sage ich. »Ich hab in diesen Klamotten geschlafen – und bin ungewaschen. Meine Mutter wird mich für eine Obdachlose halten. Sie ist eine furchtbare Materialistin.«

»Und du willst ihr gefallen«, stellt Theo amüsiert fest.

»Spinnst du? Ich will ihr überhaupt nicht gefallen. Ich habe

123

bloß keine Lust auf ihren Von-oben-herab-Blick. Wenn ich ihr schon begegnen muss, dann auf Augenhöhe. Und um das hinzukriegen, muss ich mich wenigstens halbwegs wohlfühlen in meiner Haut. Ist ja wohl nicht zu viel verlangt, dass ich mich waschen, mir die Zähne putzen und mich umziehen will.«

»Du willst also dir selbst gefallen«, fasst Theo zusammen, und mit dieser Analyse kann ich leben.

»Und außerdem brauche ich erst mal eine Dosis Koffein«, füge ich hinzu.

Wir frühstücken bei McDonald's. Theo stellt sich in die Warteschlange. »Für mich einen Kaffee und einen Toast mit Rührei und Tomato-Cheese«, gebe ich in Auftrag, bevor ich mit meinem Rucksack in Richtung der Sanitärräume verschwinde.

Eine Dusche gibt es hier zwar nicht, aber immerhin fließendes warmes Wasser. Ich wasche mich so gründlich, wie es angesichts der Umstände möglich ist. Mit frisch geputzten Zähnen, einem stramm gekämmten Pferdeschwanz und einem sauberen T-Shirt fühle ich mich gleich wie ein ganz anderer Mensch.

Theo hat schon einen Platz am Fenster ergattert. Als ich das Lokal durchquere, merke ich, dass meine Beine wieder einmal ihren Dienst versagen wollen. Ich bleibe kurz stehen und konzentriere mich. Dann geht es wieder. Irgendwie schaffe ich es bis zu meinem Stuhl, bevor der Drehschwindel einsetzt.

»Alles okay?«

Geht gleich wieder, will ich erwidern, aber die Worte kommen einfach nicht über meine Lippen.

»Victoria?« Theo wirkt jetzt wirklich besorgt.

»Mo…Moment«, stammele ich und schließe schnell die Augen. Horst fährt wohl Hochgeschwindigkeitskarussell in meinem Kopf. Ich spüre, dass es sinnlos ist, dagegen anzukämpfen. Stattdessen warte ich lieber, bis sich alles wieder beruhigt. Hauptsache, ich kriege nicht vor allen Leuten wieder einen epileptischen Anfall.

Nach einer gefühlten Ewigkeit lässt der Schwindel nach.

»Ich bin bloß unterzuckert«, behaupte ich einfach und leere meinen inzwischen lauwarmen Kaffee zur Hälfte. »Hmm, das tut gut!«

Theo glaubt mir nicht, das ist mir klar, aber er diskutiert auch nicht, und ich weiß das sehr zu schätzen.

Die Rühreier schmecken ein bisschen fischig, was entweder am Hühnerfutter liegt oder an Horst – egal, ich verputze trotzdem alles bis auf den letzten Krümel. Als könnten mich ein paar zusätzliche Kalorien auch mental für mein heutiges Vorhaben stärken.

Als wir aufgegessen haben, holt mir Theo noch einen zweiten Kaffee und verschwindet dann selbst auf die Toilette. Als er zurückkommt, trägt er ein T-Shirt mit der Aufschrift *Don't panic* – ein Zitat aus *Per Anhalter durch die Galaxis* und zugleich ein perfektes Motto für unseren Trip, speziell diesen Tag. Wo sind eigentlich seine unvermeidlichen Karohemden geblieben, die er sonst immer trägt? Die nerdigen Shirts stehen ihm viel besser.

Für die knapp zweihundert Kilometer lange Strecke brauchen wir über drei Stunden. Der Nachteil der Überlandfahrt. Na ja, eigentlich ist es in diesem Fall eher ein Vorteil. Verlängerung der Galgenfrist.

Ich vertreibe mir die Zeit, indem ich die letzten Instagram-Posts von Marek Carter anschmachte. Die perfekte Ablenkung.

»Wie ist sie denn eigentlich so?«, fragt Theo irgendwann ganz unvermittelt.

»Meine Mutter? Keine Ahnung. Sie ist eine Fremde für mich«, erkläre ich ziemlich barsch, was mir dann aber gleich wieder leidtut. »Früher war sie immer schwer beschäftigt – meistens mit sich selbst. Oder mit mir, was für sie keinen großen Unterschied machte. Es ging ihr selten um das, was ich wollte, sondern um das, was sie sich für mich vorstellte. Ich wurde schick eingekleidet und wie ein Püppchen ausstaffiert. Im Nachhinein glaube ich, ich war eine Art Charity-Projekt für sie. Allerdings nur eins auf Zeit …«

»Hm«, macht Theo. »Sicher, dass du das wirklich durchziehen willst?«

Was für eine Frage! Ich lache freudlos auf. »Natürlich will ich nicht. Aber ich tu's. Immerhin bist du kopfüber in den Stausee gesprungen. Dann werde ich ja wohl über meinen verdammten Schatten springen können.«

Kapitel 13

Im falschen Film

Es überrascht mich nicht, dass die Adresse zu einer schicken weißen Villa gehört. Passt zu dem Adressaufkleber in Goldschrift. Trotzdem checke ich den Namen auf dem Designer-Briefkasten am kunstgeschmiedeten Hoftor. *Rosental* steht da. So heißt sie jetzt. Wir sind also richtig – leider.

Diese Bude hier ist ein ziemlicher Kontrast zu dem ollen Siebzigerjahre-Bungalow, in dem meine Mutter früher mit uns gelebt hat und in dem Paps und ich noch immer wohnen. Ein Fertighaus mit verwittertem Putz und undichten Kunststofffenstern. Taugt nicht gerade als Statussymbol, ebenso wenig wie Paps' Rostlaube.

Ganz anders das dunkelblaue Cabrio, das in der Einfahrt steht. Es sieht dermaßen eindeutig nach meiner Mutter aus, dass meine Hoffnung, sie könnte nicht zu Hause sein, zerplatzt.

Das Tor lässt sich geräuschlos öffnen. Vermutlich wird es von einem 450-Euro-Gärtner regelmäßig geölt. Dass meine Mutter die Hecken selbst stutzt, kann ich mir jedenfalls nicht vorstellen. Das wäre unter ihrer Würde.

Die wenigen Meter bis zur Haustür sind der schwierigste

Weg, den ich je gegangen bin. Und das, obwohl meine Beine diesmal nicht streiken – es ist eher ein innerer Widerstand, der mich zu bremsen scheint.

Ein Psychologe würde vielleicht analysieren, dass ich die Last meiner zerstörten Kindheit auf den Schultern trage. Und ich würde antworten: *Klar, wer sonst sollte das tun?* Es ist schließlich *meine* Kindheit, die kann mir keiner abnehmen. Und niemand kann die Zeit zurückdrehen, alles ungeschehen machen und mir die Enttäuschung nachträglich ersparen.

Aber jetzt bin ich erwachsen. Meine Mutter kann mir nicht noch mehr antun, als sie es bereits getan hat. Das ist mein Mantra: *Sie kann es unmöglich noch schlimmer machen!*

Dann ist es so weit. Ich stehe direkt vor dem Eingang und bewege in Zeitlupe meinen Zeigefinger in Richtung Klingel. Allein würde ich es nicht schaffen, doch ich spüre Theos Nähe. Er steht direkt hinter mir, als wollte er mir Rückendeckung geben, aber er drängt mich nicht. Er sagt auch nichts. Er ist einfach da.

Nach einer gefühlten Ewigkeit tue ich es: Ich drücke auf den Knopf. Drinnen ertönt ein sattes Ding-Dong. Meine Hand schnellt zurück, als hätte ich mich verbrannt. Panik durchströmt mich. *Was mache ich hier eigentlich?* Noch wäre Zeit, mich umzudrehen und abzuhauen. Wie bei einem Klingelstreich. Aber ich kann mich einfach nicht bewegen. Kein Stück! Warum tut sich nicht der Boden vor mir auf und lässt mich verschwinden?

Schritte kommen näher. Und dann steht sie vor mir. Die Frau, die mich geboren hat. Sie ist dezent geschminkt, perfekt frisiert und trägt ein pinkfarbenes Yoga-Outfit, dem man ansieht, wie teuer es war. Mit großen, schlupfliderfreien Augen starrt sie mich an, als hätte sie ihren Personal Trainer erwartet, doch stattdessen stünden die Zeugen Jehovas vor der Tür.

Sie erkennt mich nicht!

Ich sie aber sehr wohl. Sie sieht nämlich genauso aus wie vor acht Jahren. Als wäre sie seitdem keinen Tag gealtert. Muss ganz schön anstrengend gewesen sein. Ich frage mich nach dem Sinn. Warum gibt sie sich Mühe, so auszusehen, als wäre seit meinem zehnten Geburtstag die Zeit stehen geblieben, während sie gleichzeitig ihr komplettes Leben über den Haufen wirft – und meins gleich mit?

»Victoria! Was für eine schöne Überraschung«, ruft sie jetzt aus und gibt mir Luftküsschen, wie es in ihrem Schickeria-Bekanntenkreis wohl üblich ist. Berührungslos. Und bedeutungslos.

»Du hast einen Freund mitgebracht, wie nett. Kommt rein. Habt ihr Lust auf einen grünen Smoothie? Ich wollte mir gerade einen zubereiten.«

Nett ist die kleine Schwester von Scheiße, oder wie war das?

Es ist fast noch schlimmer, als hätte sie mich nicht erkannt. Sie tut so, als wäre es völlig normal, dass ich hier stehe. Meine Rabenmutter ist weder beschämt noch reumütig, noch überrascht oder hocherfreut, sondern spielt die Rolle der perfekten Gastgeberin ungebetener Besucher.

Theo tippt mir sanft auf die Schulter, was mich aus meiner Erstarrung erlöst.

Tief durchatmen. Und dann einen Schritt nach dem anderen …

Meine Mutter geht voraus in eine Küche, die mindestens fünfmal so groß ist wie unsere und vermutlich so viel gekostet hat wie ihr Cabrio. Böden aus Marmor, eine Kochinsel, an der mehrere Profiköche Platz hätten, von der Decke hängen blinkende Kupferpfannen, die garantiert noch nie im Einsatz waren.

»Macht es euch bequem«, flötet sie. Wir setzen uns auf Barhocker aus Chrom und Leder und beobachten schweigend, wie sie Gemüse in einen Mixer wirft. Dabei plaudert sie über Antioxidantien und Superfood.

»Das hält jung und schützt vor Krebs«, strahlt sie.

Ich denke an Horst und wünsche mir einen doppelten Espresso mit fünf Würfeln Zucker und Sahne. Aber ich sage nichts.

Überhaupt rede ich wenig, sie fragt auch nicht viel. Stattdessen hört meine Mutter nicht auf, oberflächliches Zeug von sich zu geben und so zu tun, als wäre es vollkommen normal, dass ich nach acht Jahren ohne Kontakt mal eben hereingeschneit komme.

»Gesunde Ernährung ist ja so wichtig«, erklärt sie gerade eindringlich. Sie spricht zu einem unsichtbaren Publikum, denn ich interessiere mich kein Stück für ihre Anti-Aging-Rezepte und möchte wetten, Theo geht es nicht anders.

»Und natürlich Bewegung. Machst du Yoga? Das ist das Beste, was du für deinen Körper tun kannst.«

Yoga? Für wen hält sie mich?

»Victoria treibt sehr viel Sport«, antwortet Theo an meiner Stelle.

»Aber natürlich«, strahlt sie. »Wie findet ihr den Smoothie? Lecker, oder? Und so vitaminreich!«

Ich habe ihn noch gar nicht probiert, was ich jetzt anstandshalber nachhole. Während ich an der bräunlich-grünen Brühe nippe, frage ich mich, ob Theo nicht doch recht hat: Will ich ihr gefallen? Oder warum lehne ich dieses widerliche Gesöff nicht rundheraus ab? Ich beschließe, dass ich einfach nur höflich sein und keinen Streit vom Zaun brechen will. Das ist alles. Mehr steckt definitiv nicht dahinter. Mir doch egal, was diese Frau über mich denkt.

Wider Erwarten schmeckt der Smoothie nicht ganz so scheußlich wie befürchtet. »Okay«, kommentiere ich. Zu einem begeisterten Lob kann ich mich nicht durchringen.

»Du hast übrigens riesengroßes Glück, dass du nicht vor verschlossener Haustür standest – morgen fliegen wir nämlich in den Urlaub. Nach Ibiza. Warte, ich zeige dir Fotos von unserem Ferienhaus. Traumhafte Lage, und ein echtes Schnäppchen …«

Ich wage zu bezweifeln, dass *Glück* das richtige Wort ist. Vielmehr fühle ich mich wie im falschen Film. Wäre sie doch bloß schon einen Tag früher verreist! Dann wäre mir diese abstruse Situation erspart geblieben. Jetzt muss ich mir ihre Handyfotos anschauen, die sie so euphorisch anpreist, als wäre sie Immobilienmaklerin und ich eine potenzielle Käuferin.

»Hm«, mache ich bloß und denke an unsere gemeinsamen Reisen, als ich klein war. Von wegen Strand und Inselidylle – damals stand meine Mutter voll auf Kultur. Sie schleppte mich nach London, Florenz, Barcelona, sogar nach New York und dort in alle erdenklichen Museen. Moderne Kunst, alte Meister, Fotografie, Architektur … Von einem Tag am Meer konnte ich nur träumen – ein Stündchen auf dem Spielplatz war das höchste der Gefühle.

Und Paps immer im Schlepptau. Damals versuchte er noch, meiner Mutter alles recht zu machen. Hat nicht viel gebracht. Sie hat sich dann doch für Richard entschieden, der auf jedem zweiten Ibiza-Foto zu sehen ist. Schlank, braun gebrannt, strahlendes Lächeln, perfekte Zähne, graue Schläfen – er sieht aus wie die Parodie auf einen Schönheitschirurgen für B- und

C-Promis – also auf sich selbst. Ich wette, dieser Grinse-Richard behandelt nicht nur Stars und Sternchen, sondern auch meine Mutter. Kann mir doch keiner erzählen, dass Superfood und Luxus allein wie ein Jungbrunnen wirken.

Mir wird ein bisschen schwindelig, und ich fürchte schon, vom Barhocker zu fallen, aber nach ein paar Sekunden geht es wieder. Theo runzelt die Stirn und nickt mir unmerklich zu. Ich lächele halbherzig, um ihm zu signalisieren, dass ich Horst für den Moment im Griff habe.

Meine Mutter bemerkt nichts von unserem stummen Dialog. Dafür beherrscht sie die Kunst des Small Talks in Perfektion. Gespräche, ohne wirklich zu reden – wie nutzlos. Statt sich danach zu erkundigen, wie ich als mutterloses Kind klargekommen bin, wie es Paps geht, welche Träume und Ziele ich habe oder warum ich überhaupt da bin, plaudert sie mit mir über das Wetter, die neuesten Modetrends und meine Frisur.

»Ich glaube, ein paar Strähnchen würden dir stehen. Einfach nur Highlights. Die wirken Wunder! So dreidimensional. Ich kann dir einen erstklassigen Friseur empfehlen. Eigentlich nimmt er keine neuen Kundinnen mehr an, aber wenn ich ein gutes Wort für dich einlege …«

Himmel! Auf welchem Planeten lebt diese Frau eigentlich?

»Ich finde Victorias Haare schön, wie sie sind«, springt Theo wieder ein. »So natürlich.«

Das aufgesetzte Lächeln meiner Mutter friert für einen Moment ein, bevor sie antwortet. »Natürlich, ja. Das sehe ich.« Als meinte sie damit: ungepflegt. Meine Mutter hält nicht viel von Natürlichkeit. Ich wette, ungeschminkt würde sie nicht einmal zum Mülleimer gehen. Wobei – so was Profanes erledigt sicher eine Haushaltshilfe …

Ich überlege, ob man mir bei der Horst-OP wohl alle Haare

abrasieren wird oder nur einen Teil davon, dort, wo der Schnitt gemacht wird. Doch natürlich spreche ich das nicht laut aus.

»Ihr bleibt doch zum Essen?«, plappert meine Mutter munter weiter. »Es gibt gedünstete Scholle und Sommergemüse. Magst du Fisch?«

Eine Mutter sollte eigentlich wissen, ob ihre Tochter Fisch mag oder nicht. Hat sie etwa vergessen, wie scharf ich als kleines Mädchen auf Fischstäbchen mit Ketchup war?

Und überhaupt: Bis zum Essen will ich auf keinen Fall bleiben. Bis dahin dauert es ja noch ewig! Wir sind jetzt seit einer Dreiviertelstunde hier, und ich bin schon am Ende meiner Kräfte und meiner Geduld. Noch länger halte ich es echt nicht aus!

»Nein, danke«, platze ich heraus, ohne näher zu erläutern, ob sich meine Ablehnung auf die Scholle oder die Einladung als solche bezieht.

Meine Mutter zieht einen Flunsch. Sie ist es nicht gewohnt, dass man ihr eine Bitte abschlägt.

»Sehr nett von Ihnen, Frau Rosental, aber wir müssen dringend weiter. Wir haben einen Termin in Berlin und wollten nur kurz vorbeischauen«, rettet Theo die Situation.

Und wieder kommunizieren wir ohne Worte.

O Mann, das ist ja vielleicht surreal, sagt mir Theos Blick.

Vergiss es. Wir hätten uns das sparen sollen. Auf nach Berlin, erwidere ich stumm.

»Berlin? Eine wundervolle Stadt. So modern, so lebendig, so viel Kultur!«, fängt meine Mutter an zu schwärmen.

Hätte sie gefragt, was genau wir dort vorhaben, hätte ich mich vielleicht doch noch dazu durchgerungen, ihr von Horst zu erzählen. Jetzt steht mein Entschluss fest: Von mir erfährt sie kein Wort.

»Wie gesagt, wir müssen dann weiter. Vielen Dank für den Smoothie«, sage ich und rutsche dabei vom Hocker.

»Warum bleibt ihr denn nicht wenigstens noch eine halbe Stunde? Richard würde dich bestimmt gern kennenlernen.«

Wenn Richard, der Schönheitschirurg, Interesse daran gehabt hätte, mich kennenzulernen, hätte er ein knappes Jahrzehnt Gelegenheit dazu gehabt.

»Das klappt leider nicht, uns rennt die Zeit davon«, sage ich und versuche, bedauernd zu klingen. Es gelingt mir ziemlich gut, denn es ist ja die reine Wahrheit: Meine Lebenszeit wird knapp, und das ist mehr als bedauerlich!

»Dann eben beim nächsten Mal«, erwidert meine Mutter.

An dieser Stelle könnte ich erwähnen, dass es möglicherweise kein nächstes Mal geben wird. Theo schaut mich erwartungsvoll an, als wollte er sagen: *Das ist jetzt der Moment.*

Aber selbst wenn ich es wollte, ich könnte nicht – denn mich überkommt gerade eine grauenvolle Übelkeit. Ich muss hier raus, sofort, sonst übergebe ich mich mitten in diese überkandidelte Angeberküche!

»Gästetoilette?«, stoße ich hervor. Zu ganzen Sätzen reicht es nicht mehr.

»Den Flur entlang, zweite Tür links«, antwortet meine Mutter, und schon stürme ich los.

»Was für ein hübsches Foto von Victoria«, höre ich Theo sagen, als ich zurückkehre. Ich fühle mich, wie man sich eben so fühlt, wenn man gerade einen bräunlich-grünen Smoothie in eine japanische Supertoilette gekotzt hat. Leicht zittrig, erschöpft und irgendwie erleichtert.

Erst begreife ich die Bedeutung dessen, was er da gesagt hat, gar nicht. Dann macht mein Herz einen Stolperer.

Meine Mutter hat ein Foto von mir aufgehängt?

Ich würde zwar nicht sagen, dass das alles ändert, aber ein kleines bisschen vielleicht doch. Es bedeutet, sie denkt an mich. Und das Tag für Tag – immer, wenn sie an dem Bild vorbeikommt. Ich bin ihr also nicht egal. Sie hat vielleicht sogar Sehnsucht nach mir.

Anders als sonst klingt die Antwort meiner Mutter nicht übertrieben jubilierend, sondern irgendwie gemurmelt. Theos Erwiderung kann ich ebenso wenig verstehen, auch er hört sich leiser als sonst an.

Neugierig folge ich den Stimmen, durch die Küche hindurch in ein gigantisches Wohnzimmer mit offenem Kamin, ledernen Sofas, persischen Teppichen und einer Glasfront mit Blick auf einen parkartigen Garten mit Pool.

Es muss irrwitzig gewinnbringend sein, Menschen die Lippen aufzuspritzen, Brüste zu vergrößern und Falten zu straffen. Dieser Raum stinkt förmlich nach Geld.

Auf einem antiken Sideboard steht ein silberner Rahmen mit meinem Einschulungsfoto. Ich habe lange blonde Zöpfe, trage Ballerinas zu einem blau-weiß geringelten Kleid und halte eine Einhorn-Schultüte im Arm.

Moment.

Ich hatte nie eine Einhorn-Schultüte. Als ich eingeschult wurde, waren Einhörner noch nicht angesagt. Auf meiner Schultüte war eine Diddl-Maus zu sehen. Und ich hatte, wenn ich mich richtig erinnere, auch kein geringeltes Kleid an, sondern eine weiße Jeans und ein knallrotes T-Shirt.

»Das … das bin ich nicht«, sage ich tonlos.

»Aber natürlich bist du das nicht, Liebes. Du kennst das Foto doch – ich habe es dir letzte Weihnachten geschickt.«

Warum sollte meine Mutter mir Fotos von irgendwelchen

Mädchen schicken? Wieso in aller Welt dekoriert sie ihr schickes Eigenheim damit? Und wie kommt sie auf die absurde Idee, ich würde ihre Weihnachtspost lesen? Natürlich habe ich keinen einzigen ihrer Umschläge je geöffnet. Das tu ich mir nicht an! Selbst auf die Gefahr hin, dass sie ein paar Geldscheine reingelegt hat, um ihr Gewissen zu beruhigen. Ich würde ihre Kohle nicht wollen!

Theo schaut mich verblüfft an. »Du wusstest von Valentina?«

Jetzt verstehe ich gar nichts mehr. *Wer ist Valentina?*

Kapitel 14

Ersetzt

Keine Ahnung, wo wir gerade sind. Seit über einer Stunde sind wir nun wieder unterwegs, und ich habe noch kein einziges Wort gesprochen. Theo übrigens auch nicht, wofür ich ihm echt dankbar bin. Ich wette, es fällt ihm schwer, mich nicht mit Fragen zu löchern. Aber ihm ist klar, dass ich keine Antworten habe, also lässt er mich in Ruhe.

Ich starre aus dem Seitenfenster, wo die Landschaft an mir vorbeirast. Wiesen, Hügel, Siedlungen, dann wieder Weinberge, gefolgt von Wald, nicht enden wollendem Wald. Wenn ich die Augen zusammenkneife, verschwimmt alles zu einem unscharfen Baum-Brei. Mir wird schwindelig, diesmal vielleicht sogar ohne Horsts Zutun, und ich schließe die Augen ganz.

Ohne Ablenkung von außen bin ich allein mit mir und dem Chaos, das sich *mein Leben* nennt.

Wie naiv ich doch war, als ich annahm, es könnte kaum schlimmer werden.

Meine Mutter kann mir nicht noch mehr antun, als sie es bereits getan hat, habe ich mir eingeredet.

Von ihr verlassen worden zu sein und jetzt Horst – ich war mir sicher, das wäre nicht zu toppen.

Sollte man doch wirklich denken. Wenn man meine Mutter nicht kennt …

Ich kann nicht fassen, was ich vorhin erfahren habe. Am liebsten hätte ich mir die Ohren zugehalten oder wie ein kleines Kind laut *Lalalala* gesungen, um nicht zuhören zu müssen. Aber ich schaffte es gerade mal, mich auf Mutters Ledersofa sinken zu lassen, während ihre Worte auf mich einprasselten.

Zuerst begriff ich gar nicht, was sie sagte. Als hätte mein Inneres den Selbstschutzmodus aktiviert, der alles abwehrte, was mich verletzen könnte. Leider funktionierte er nicht so richtig. Nach und nach drangen Mutters Worte nämlich doch zu mir durch. *Lalalala!*

Aber dann fiel dieses eine Wort, das ich einfach nicht ignorieren konnte.

Schwester.

»Du hast eine Schwester, Victoria.«

Ich hörte es. Ich wusste, was es bedeutete. Aber ich kapierte es einfach nicht. Das ergab überhaupt keinen Sinn.

Ich bin doch ein Einzelkind!

War es immer, werde es immer sein … Oder?

»Sie heißt Valentina. Das weißt du doch, Victoria. Ich habe dir doch oft von ihr geschrieben.«

Ich kenne keine Valentina. Warum konnte sie das nicht einsehen?

Ich habe keinen deiner Briefe gelesen, Mutter. Keine deiner Weihnachtskarten geöffnet. Keins deiner Fotos betrachtet!

Ich wollte es ihr entgegenbrüllen, ich wollte es wirklich. Mein Mund öffnete sich, doch dann schloss er sich wieder. Mir fehlten die Worte.

Ihr leider nicht. Als wäre der Small Talk ein Ventil gewesen, das dafür sorgte, dass das, was sie eigentlich zu sagen hatte, ungesagt blieb. Und dieses Ventil war plötzlich geplatzt.

Jetzt sehnte ich mich geradezu zurück nach ihrem oberflächlichen Gerede von Haarsträhnchen und Superfood.

Ich wollte wirklich nicht wissen, dass Valentina schon als Baby genauso ausgesehen hat wie ich. Dass sie ein wahrer Sonnenschein ist. Dass sie gern malt und bastelt. Dass sie gerade im Balletttraining sei. Dass sie bestimmt furchtbar aufgeregt wäre, wenn sie wüsste, dass ich vorbeigekommen bin. Dass sie mich unbedingt kennenlernen will.

Lalala!

Ich wollte schreien! Weglaufen, so schnell ich konnte.

Leider blockierte Horst mal wieder meine Beine. Mein Sprachzentrum sowieso. Und so blieb mir nichts weiter übrig, als sitzen zu bleiben und Mutters Gerede über mich ergehen zu lassen.

»Ich wusste, du würdest mir eines Tages verzeihen«, sagte sie mit Tränen in den Augen. »Und endlich ist es so weit. Du bist gekommen.«

Bist du irre? Ich werde dir nie vergeben!

Ich funkelte sie wütend an, doch sie deutete meinen Blick so, wie es in ihr Weltbild passte.

»Es ist viel Zeit vergangen, ich weiß. Aber wir können das aufarbeiten. Für Valentina.«

Für Valentina? Scheiß auf Valentina!

In diesem Moment sah ich einfach nur rot.

Ich will keine Schwester! Und nichts aufarbeiten! Ich will weg!

Endlich gehorchten meine Beine wieder. Ich stand wortlos auf und ging hinaus. Ohne Gruß, ohne Abschiedsluftküsschen, ohne zurückzuschauen.

Obwohl Theo viel besser zu Fuß ist als ich, musste ich am Wagen einige Minuten auf ihn warten. Wahrscheinlich ist er zu höflich, um einfach so abzuhauen. Jedenfalls war ich wahnsinnig erleichtert, als er dann endlich auftauchte und wir losfahren konnten. Weiter in Richtung Berlin …

Theo setzt den Blinker. »Wir müssen tanken«, sagt er.

Erstaunlich, dass es in dieser Einöde überhaupt so etwas wie eine Tankstelle gibt.

Ich schnalle mich ab. »Hast du auch Hunger? Ich hol mir ein belegtes Brötchen und ne Cola«, erkläre ich.

»Gute Idee.« Theo wirkt erleichtert, als hätte er befürchtet, ich wäre für alle Zeiten verstummt und würde auch nie wieder etwas essen oder trinken wollen.

»Ich nehme das Gleiche wie du«, sagt er, während er den Tankdeckel aufschließt.

Ich staune über die große Auswahl in der Kühlvitrine und die Tatsache, dass es neben dem üblichen Tankstellenshop sogar einen kleinen Bistrobereich und eine Toilette gibt.

Statt für ein simples Brötchen entscheide ich mich für zwei Salate mit Thunfisch, zwei Joghurts mit Obst und Knuspermüsli sowie zwei Flaschen Cola. Vor dem Kaffeeautomaten bleibe ich unschlüssig stehen. Lust hätte ich schon, aber ich kann so schon kaum alles tragen …

»Soll ich dir helfen?«

Theo steht hinter mir, die Geldbörse in der Hand.

»Was willst du denn damit? Ich bezahle das Essen, das ist ja wohl das Mindeste«, erwidere ich.

»Okay«, sagt er. »Aber das beantwortet meine Frage nicht wirklich.«

Ich muss lachen. Zum ersten Mal heute. Allein schon deshalb würde ich ihn am liebsten umarmen, nur – wie gesagt, keine Hände frei.

»Hast recht. Du kannst mir tatsächlich helfen – indem du uns Kaffee zapfst. Mit dem Rest geh ich jetzt mal an die Kasse.«

Gleich neben der Tankstelle befindet sich ein Waldparkplatz. Statt im Auto zu essen, setzen wir uns an einen Picknicktisch aus massivem Holz.

»Fehlt nur noch ein kariertes Deckchen«, meint Theo grinsend.

»Und Servietten!«, ergänze ich. »Wobei – tadaaaa, hier sind sie!« Die Kassiererin hat uns doch tatsächlich welche eingepackt.

Beim Essen merke ich erst, wie groß mein Hunger tatsächlich ist. Seit dem Frühstück bei McDoof habe ich nichts mehr zu mir genommen, wenn man von dem Smoothie absieht, aber den kann man ja nicht zählen, schließlich habe ich ihn nicht mal bei mir behalten.

»Also, wir könnten es heute noch bis nach Berlin schaffen«, sagt Theo, nachdem er alles verputzt hat. »Dann müssten wir allerdings die kürzeste Strecke nehmen, nicht die landschaftlich schönste.«

Ich löffele gerade meinen Obstjoghurt aus und fühle mich angenehm gesättigt. »Wir haben ja noch Zeit«, erwidere ich. »Es ist gerade mal Freitag, ich muss erst am Montagmorgen in der Klinik sein.«

»Und was ist mit Karaoke? Und dem Nachtclub?« Theo versucht wohl mit allen Mitteln, mich auf andere Gedanken zu bringen, sonst hätte er mich nicht an das Thema erinnert, von dem ihm garantiert lieber wäre, ich würde es vergessen.

»Keine Sorge, das schaffen wir auch noch.«

Allein schon wegen Marek Carter!

Theo nickt. »Also – sollen wir uns eine Pension suchen, oder willst du wieder campen?«

»Ist mir egal.« Und das stimmt wirklich. Ich hätte nie gedacht, dass ich das jemals sagen würde, aber es ist einfach so.

»Du überlässt mir die Entscheidung?« Theo kann es kaum fassen.

Ich muss schon wieder lachen, diesmal über seinen verblüfften Gesichtsausdruck. »Ja, genau. Ich muss wahnsinnig sein. Du bist mit einer Irren unterwegs.«

Am Ende bin ich dann doch erleichtert, dass sich Theo für eine Nacht in normalen Betten entschieden hat. Er hat online zwei Zimmer gebucht – irgendwo im Thüringer Wald. Bis dahin sind es noch rund hundertfünfzig Kilometer, was sich bei unserem Tempo und auf der Landstraße erfahrungsgemäß doppelt so weit anfühlt.

Kaum sind wir wieder unterwegs, kehren die Gedanken zurück, die ich während unserer Pause wenigstens kurz verdrängen konnte.

Erst jetzt wird mir so richtig bewusst, was das alles bedeutet.

Sie hat mich nicht nur verlassen, sondern ersetzt.

Valentina – allein schon, dass sie wieder einen Vornamen mit V gewählt hat, versetzt mir einen Stich – ist die neue, bessere Version von mir. Ein Mädchen, das Ballettstunden nimmt, statt sich für Leichtathletik zu begeistern. Ein Püppchen, das Mutter nach ihren Vorstellungen formen kann.

Als wäre ihr Leben mit Paps und mir eine Übungsversion gewesen. Eine, in der noch nicht alles so optimal gelungen ist.

Ich war Valentinas Prototyp. Mehr nicht.

Es würde mich nicht wundern, wenn Mutter eine Mängelliste erstellt hätte. Um diese dann in der neuen, gültigen Version ihres Lebens zu korrigieren. Mit einem reicheren Ehemann, einem größeren Haus, einem schickeren Auto – und einer perfekteren Tochter.

Ich wünschte wirklich, ich hätte das nie erfahren. Beinahe wäre das ja auch gelungen. Ein siebter Sinn muss mich jahrelang davon abgehalten haben, ihre Briefe zu öffnen.

Wie hätte wohl mein jüngeres, elfjähriges Ich reagiert, wenn es von Valentinas Existenz erfahren hätte? Die kleine Victoria, die ohnehin schon so viele Stunden heulend zwischen den ollen Sofakissen verbracht und sich gefragt hat, warum die Mama nicht wiederkommt.

Was habe ich falsch gemacht?

Dieser Gedanke hat mich jahrelang begleitet. Auch wenn Paps immer und immer wieder betont hat, dass die Trennung rein gar nichts mit mir zu tun hätte. Die Schuldgefühle blieben wie ein hartnäckiger Fleck auf meiner Kinderseele. Ich dachte, ich hätte sie längst überwunden und es wäre nichts weiter als Hass und Verachtung übrig geblieben. Doch das ist nicht wahr.

Leider hat meine Mutter noch viel mehr Macht über mich und mein Seelenheil, als gut für mich ist. Was ich heute erfahren habe, hat mich regelrecht umgehauen.

Okay, mal angenommen, ich hätte diese Briefe damals doch geöffnet. Wäre es dann heute leichter für mich? Hätte ich den Schock inzwischen nicht längst verdaut? Vielleicht sogar ein ganz gutes Verhältnis zu … dieser Valentina?

Ich weigere mich, von ihr als meiner Schwester zu denken. Oder auch nur Halbschwester, was ja immerhin korrekter wäre. Doch das macht es kein bisschen besser.

Sie ist mein Ebenbild. Mein Ersatz. Mein besseres Ich.

Kein Wunder, dass meine Mutter die Trennung von mir so gut verkraftet hat. Statt zu vergehen vor Sehnsucht nach ihrem kleinen Mädchen, hat sie einfach ein neues in die Welt gesetzt.

»Wir sind da.« Theo lenkt den Wagen auf einen Hinterhof, wo zwischen Mülleimern und Feuerholz ein Stellplatz markiert ist. Hier sollen wir richtig sein? Ein Schild mit der Aufschrift »Gästeparkplatz« zerstreut meine Zweifel.

Ich schnappe mir meinen Rucksack und folge Theo zum Eingang. Er regelt alles mit der Wirtin. Mit den Gummistiefeln, die sie unter einer geblümten Kittelschürze trägt, sieht sie aus, als käme sie geradewegs aus dem Stall.

Ihr Angebot, uns ein paar Butterbrote und ein Glas Milch zu servieren, lehnen wir dankend ab – wir sind beide noch pappsatt von unserer Tankstellenmahlzeit.

»Frühstück gibt es zwischen sechs und neun«, verkündet die Wirtin strahlend, während sie uns die beiden Schlüssel aushändigt. »Die Zimmer sind direkt unterm Dach. Sehr gemütlich.«

Fünfundvierzig Stufen später bin ich heilfroh, dass Theo meinen Koffer schleppt und mir bloß den Rucksack überlässt.

Als ich das Zimmer betrete, traue ich meinen Augen nicht. Das ist ja wie aus der Zeit gefallen! Himmelbett, Blümchentapete, Bauernschrank – alles noch okay. Aber die Dekoration! Vom Fensterbrett aus grinst mich eine vorsintflutliche Puppe an, die es in jedem Gruselschocker zu Weltruhm bringen könnte. Von der Decke hängt ein Clown-Mobile, das auch nicht viel besser ist. Auf dem Nachttisch steht eine Lampe mit Fransenschirm, darunter liegt ein Spitzendeckchen in Rohweiß. Die Tagesdecke besteht aus lauter Häkelquadraten in schrillen Farben. Das Paradekissen ist mit einem frommen

Spruch bestickt. Über dem Bett hängt ein Gemälde, das zwei Kinder auf einer Brücke zeigt, darunter ein reißender Gebirgsbach, hinter ihnen ein Engel, schützend die Flügel über sie breitend. Und das ist noch längst nicht alles. Während ich mich langsam um die eigene Achse drehe, entdecke ich noch einen Setzkasten, eine Pfauenfeder und eine Kuckucksuhr. Sie zeigt elf Uhr, was unmöglich stimmen kann, sodass mir immerhin die Hoffnung bleibt, dass das Ungetüm nicht funktioniert …

»Sieht es bei dir auch so … o ja, tut es.« Theo steht im Türrahmen und wirkt einigermaßen verstört.

»Toll ausgewählt«, sage ich. »Eine echte Raritätensammlung – wäre jammerschade, von diesem Planeten abzutreten, ohne so etwas gesehen zu haben.«

Theo runzelt die Stirn. »Du sollst nicht so reden.«

»Das war ich nicht. Das war Horst.«

»Dann sag Horst, er soll die Klappe halten.«

»Wird ausgerichtet. Sonst noch eine Botschaft?«

»Ja. Er soll dich fragen, ob du Lust auf einen Spaziergang hast.«

Ich zögere. Eigentlich wäre ein bisschen Bewegung eine nette Abwechslung zum ewigen Rumsitzen. Aber ich bin irgendwie total geschafft. Auch wenn es noch recht früh ist, will ich mich lieber hinlegen.

»Eher nicht. Ich bin müde«, sage ich.

»Echt? Schon?«

»Schließlich muss ich mit meinen Kräften haushalten und sie für Berlin aufsparen.« Ich mache ein paar Tanzschritte, um zu verdeutlichen, wofür genau.

»Na ja. Dann schlaf mal gut«, erwidert Theo. »Wenn du mich brauchst, ich bin gleich nebenan.«

»Klar. Danke. Aber ich komm schon zurecht.«

Leider gibt es keine Rollläden, aber mit den dicht gewebten dunkelbraunen Vorhängen lässt sich der Raum einigermaßen abdunkeln.

Ich nehme eine heiße Dusche und lege mich dann, nur in Unterhose und T-Shirt, aufs Bett. Die Daunendecke habe ich am Fußende zusammengerollt – viel zu warm für diese Jahreszeit. Hier oben unterm Dach staut sich ohnehin die Hitze – mit etwas Glück kühlt es vielleicht nach Einbruch der Dunkelheit ab.

Vielleicht hätten wir doch lieber unser Zelt aufschlagen sollen? Irgendwo im kühlen Wald, am besten an einem See …

Egal. Wir sind nun mal hier, und irgendwie werden wir diese Nacht schon überstehen.

Ich schließe die Augen. Sofort kreisen meine Gedanken wieder um die Bombe, die meine Mutter heute hat platzen lassen. Ich fühle mich klein, verstoßen, minderwertig.

Und ich empfinde noch etwas: nämlich Eifersucht. Auf diese verwöhnte Göre, die mir meine Mutter weggenommen hat – einfach nur, indem sie existiert.

Hör auf, Victoria. Die Kleine kann nichts dafür, versucht mir die Vernunft einzuflüstern.

Und was ist mit mir? Kann ich etwa irgendwas dafür? Und jetzt habe ich auch noch diesen Scheißhorst in meinem Kopf. Und vielleicht bloß noch drei Tage zu leben. Verdammt! Die hätte ich auch noch überstehen können, ohne von Valentina zu erfahren. Muss diese blöde Kuh mir noch den Rest meines Daseins vermiesen?

Aber das tut sie doch gar nicht. Sie hat dich nicht einmal getroffen. Vielleicht würdest du sie sogar mögen!

Nein, ich würde sie garantiert kein bisschen mögen, diese Arschlochprinzessin! Glaubt wohl, sie wäre was Besseres …

Ich denke an Paps und daran, wie er mich früher aufgemuntert hat, indem er mich Prinzessin Victoria genannt hat. So wie die schwedische Thronfolgerin. An meinen Geburtstagen gab es sogar immer schwedische Prinzessinnentorte mit jeder Menge Lebensmittelfarbe, Vanillecreme, Sahne und Marzipan. Supersüß und superlecker.

Apropos Paps: Vor lauter Aufregung habe ich heute ganz vergessen, ihm den versprochenen Statusbericht zu schicken. Ich greife nach meinem Handy, das auf dem Nachttisch liegt, und erstarre.

Kann es wirklich sein, dass Paps all die Jahre über nichts von Valentinas Existenz wusste?

Mein Verstand sagt: Die Wahrscheinlichkeit, dass das an ihm völlig vorbeigegangen ist, ist winzig. So verpeilt ist nicht mal Paps.

Mein Gefühl dagegen sagt: Es darf einfach nicht stimmen. Denn alles andere wäre Verrat.

Kapitel 15

Moduswechsel

Von wegen, ich komm schon zurecht. Fünf Minuten später stehe ich vor Theos Tür und klopfe an. Hoffentlich ist er da! Wenn er allein zu einem Abendspaziergang aufgebrochen ist, dreh ich durch. Theo ist der Einzige, der mein Gedankenkarussell möglicherweise bremsen kann.

Als sich der Schlüssel im Schloss dreht und die Tür aufschwingt, atme ich erleichtert auf.

»Theo, du musst ...«, will ich gerade loslegen, als ich erkenne, dass er telefoniert.

»Sorry, ich muss Schluss machen«, sagt er schnell.

»Hey, war das deine Freundin?«

Seine Ohren werden rot.

»Sollte ein Scherz sein. Geht mich ja auch nix an.«

»Na ja ...«, druckst er herum.

Jetzt bin ich neugierig. »Es geht mich *doch* etwas an?« Ich setze den strengen Blick auf, mit dem ich so gern unsere Mathelehrerin parodiere, und fixiere ihn damit.

»Okay, es war dein Vater«, gesteht er entnervt.

Damit hätte ich nun echt nicht gerechnet.

»D-d-du te-telefonierst mi-mit Paps?«, stammele ich.

Danke, Horst, dass du dich ausgerechnet jetzt wieder in den Vordergrund drängelst. Als hätte ich nicht schon genug Probleme. Nun haben sich auch noch Paps und Theo gegen mich verschworen.

»Ja, er hat mich angerufen. Du hast dich heute noch nicht bei ihm gemeldet, da hat er sich eben Sorgen gemacht.«

»Und warum meldet er sich bei dir? Wa-wa-war das abgesprochen?« So langsam komme ich in Fahrt. Ich fühle mich hintergangen – mal wieder. Scheint voll im Trend zu sein.

»Na ja, er hätte auch dich anrufen können, aber er wollte dich nicht nerven.« Theo bleibt ganz ruhig, was mich nur noch mehr aufbringt.

»Mit seinem Kontrollzwang, meinst du?«

»Mit seiner Sorge um dich«, korrigiert mich Theo.

»Ich kann deinen Oberlehrerton nicht leiden.«

Theo will etwas erwidern, dann beißt er sich auf die Unterlippe und schweigt. Will er mich etwa schonen, weil ich *so krank* bin? Verdammt, ich will nicht geschont werden!

»Behandele mich nicht wie ein Baby«, mache ich angriffslustig weiter. »Warum bist du nicht einfach ehrlich? Lass raus, was du eben runtergeschluckt hast.«

Es tut gut, ein bisschen Dampf abzulassen. Das Stottern ist jetzt auch verschwunden.

»Okay. Ich finde, du bist unfair. Dein Vater meint es doch nur gut mit dir. Und ich auch …«

Gut gemeint ist aber nicht gut gemacht. Sagt Paps doch selbst immer.

Verrückterweise werde ich immer wütender, je cooler Theo reagiert. Wenn er doch auch mal die Beherrschung verlieren würde!

»Und ich finde es unfair, dass du dich in mein Privatleben

einmischst«, stichele ich, um ihn zu provozieren. »Wer gibt dir das Recht dazu? Du bist schließlich kein Familienmitglied. Was ich meinem Vater schreibe oder nicht schreibe, ist ganz allein meine Sache. Du bist nichts weiter als … mein Nachhilfelehrer.«

Theo nickt. »Bin ich.«

O Mann. Seine verdammte Selbstbeherrschung ist so nervig! Aber na warte, die werde ich knacken!

»Weißt du, was ich besonders armselig finde? Dass du meine Krankheit ausgenutzt hast«, ätze ich. »Kein Mensch glaubt dir, dass du mich aus lauter Menschenfreundlichkeit nach Berlin kutschierst in deiner kotzgrünen Scheißkarre. Das war die Gelegenheit, dich in mein Leben zu drängen. Du bist ein … ein Leichenfledderer!«

»Du bist keine …«

Ich warte nicht ab, bis Theo ausgeredet hat, sondern verlasse türenknallend sein Zimmer.

Noch bevor ich mich auf mein Bett werfe, tut mir der dumme Streit leid, den ich gerade vom Zaun gebrochen habe. Wie kindisch von mir!

Wenn ich ehrlich bin, hat Theo mir wirklich nur geholfen, und zwar mehr, als jeder meiner sogenannten Freunde es je getan hätte. Und das auch noch völlig selbstlos. Er bedrängt mich nie, er nutzt mich nicht aus, er hat nicht den geringsten Vorteil dadurch, dass er Chauffeur und Babysitter in einem spielt. Im Gegenteil, er muss sich dafür auch noch blöd von mir anmachen lassen.

Ja, ich war das. Diesmal kann ich mein Verhalten nicht auf Horst schieben.

Erwachsen sein bedeutet, Verantwortung zu übernehmen, hat

150

Paps an meinem achtzehnten Geburtstag gesagt, bevor er mir seine Geschenke überreicht hat – den Ersatzschlüssel zu seinem Wagen und eine Haarspange aus echtem Bernstein, inklusive eingeschlossener Ameisenleiche aus dem Mesolithikum … Sogar in Sachen Schmuck geht bei Paps nun mal nichts ohne Fossilien.

Ich liebe diese Spange. Und ich liebe Paps. Seine Lebensweisheiten können zwar manchmal nerven, aber er hat ja völlig recht damit.

Ich schätze, es wird Zeit, über meinen Schatten zu springen und Theo um Entschuldigung zu bitten. Nicht gerade meine Stärke, so was. Aber da muss ich jetzt wohl durch.

Tief beschämt rolle ich mich vom Bett, stehe auf und mache mich erneut auf den Weg zu Theo.

Doch weit komme ich nicht, denn als ich meine Tür öffne, steht er schon vor mir.

»Sorry«, sagt er, »ich wollte dich nicht hintergehen.«

»Du spinnst wohl!«, erwidere ich. Dann wird mir klar, wie sich das anhört – als wollte ich weiterzanken. Deshalb fahre ich schnell fort. »Ich bin diejenige, die sich entschuldigen sollte. Tut mir echt leid, ich hab mich aufgeführt wie eine Furie. Völlig ungerecht dir und Paps gegenüber. Saublöd von mir. Großes Sorry.«

Theo winkt ab. »Schon gut.«

»Ernsthaft? Nach all den Gemeinheiten, die ich dir um die Ohren gehauen habe?«

»Ich hasse Streit«, sagt Theo. »Vermutlich, weil das bei meinen Eltern an der Tagesordnung ist. Die zoffen sich wie im Trash-TV. Im Vergleich bist du geradezu harmlos. Also – schon vergessen.«

Grenzenlos erleichtert falle ich ihm um den Hals.

Er tätschelt mir verlegen den Rücken. »Ähm – hast du vorhin eigentlich aus einem besonderen Grund angeklopft?«

Stimmt, das hab ich ja völlig vergessen …

»Komm rein«, sage ich, denn wir stehen immer noch zwischen Tür und Angel. »Du musst mir helfen, das Chaos in meinem Kopf zu sortieren.«

Mangels anderer Sitzgelegenheit lassen wir uns beide im Schneidersitz auf meinem Bett nieder.

»Schieß los«, sagt Theo, nachdem er seine langen Beine sortiert hat.

Ich weiß gar nicht, wo ich anfangen soll. Am besten bei Theos Telefonat mit Paps.

»Worüber genau habt ihr eben gesprochen? Auch über den Besuch bei meiner Mutter und meine … und Valentina?«

Theo schüttelt den Kopf. »Ehrlich nicht. Steht mir nicht zu, darüber zu reden. Es ging wirklich nur um deine Symptome. Ich habe bloß gesagt, dass dein Zustand sich im Vergleich zu den letzten Tagen nicht weiter verschlimmert hat.«

Ich schlucke. Nach meinem gestrigen Anfall ging es mir heute rein körperlich sogar blendend. Allerdings hab ich den ja verschwiegen. Paps hat also noch immer keine Ahnung davon – sehr gut. Auch wenn es sich mies anfühlt, ihn zu beschwindeln.

Okay. Zurück zum eigentlichen Thema.

»Ich … ich habe mich gefragt, ob Paps Bescheid weiß. Er hatte zwar seit der Trennung das alleinige Sorgerecht für mich, aber kann es wirklich sein, dass Valentinas Existenz völlig an ihm vorbeigegangen ist?«

Verdammt, jetzt kommen mir auch noch die Tränen. Heulsusen-Alarm! Ich schaffe es einfach nicht, sie zurückzuhalten.

»Und es wäre schlimm für dich, wenn er von ihr wüsste?«
Theo bleibt sachlich, wie immer. Mein Geschniefe ignoriert
er einfach.

»Es wäre furchtbar«, schluchze ich, und jetzt reicht er mir
endlich ein Taschentuch. »Wie oft soll meine Welt denn noch
zusammenbrechen? Ich halte es einfach nicht aus, dass sich
alles, worauf ich mich im Leben verlassen habe, als Illusion
entpuppt.«

»Lass uns lieber auf die Fakten schauen, statt Vermutungen
mit Tatsachen zu verwechseln und voreilig zu bewerten.« Das
ist mal wieder typisch Theo.

Fakten! Ich scheiße auf Fakten!

Ich will getröstet werden. Und Gewissheit haben. Und dass
mein Vater kein Verräter ist …

»Mönche eines Schweigeordens sind mit der Bahn unterwegs
zu einem Wallfahrtsort. Kaum hat sich der Zug in Bewegung
gesetzt, betritt der Abt das Abteil, schaut sich um und verkündet, mindestens einer der Mönche sei schmutzig im Gesicht.
Er verlangt, dass derjenige beziehungsweise diejenigen, die
betroffen sind, am nächsten Bahnhof aussteigen, um zurück
zum Kloster zu fahren und sich zu waschen. Aber sie dürfen
den Zug erst dann verlassen, wenn sie sich ihrer Sache absolut
sicher sind! Der nächste Halt kommt, doch keiner steigt aus.
Beim übernächsten auch nicht. Und auch nicht beim dritten
und vierten Halt. Erst am fünften Bahnhof tut sich etwas. Wie
viele Mönche verlassen dort den Zug – und woher wussten sie,
dass sie schmutzig sind?«

Ich starre Theo so entgeistert an, als hätte er gerade behauptet, die Erde sei eine Scheibe. Hat er den Verstand verloren?
Was soll das Gefasel von schmutzigen Mönchen?

Dann dämmert mir, dass das wohl eins seiner verfluchten Logikrätsel sein muss.

»Wirklich? Eine Denksportaufgabe?«

Theo grinst. »Ja, wirklich. Glaub mir. Es ist genau der richtige Moment dafür.«

»Mensch, Theo, hast du nicht zugehört? Ich mache mir Sorgen, dass mein Vater mich mein halbes Leben lang angelogen hat. Und du willst, dass ich über ungewaschene Mönche nachdenke?«

»Exakt. Das bringt dein Gehirn vom emotional aufgebrachten Modus zurück in den Logikmodus. Und nur in dem Zustand wirst du Antworten auf deine Fragen finden.«

»Das klingt ...« *Absolut irre. Total schräg. Irgendwie ...* »vernünftig. Versuchen wir es«, gebe ich nach. »Wie war noch gleich die Frage?«

Mit Engelsgeduld wiederholt Theo die Aufgabenstellung.

»Sie sehen es im Spiegel«, rate ich drauflos.

»Es gibt keine Spiegel. Auch in den Fensterscheiben oder den Brillen der anderen spiegelt sich nichts«, erklärt Theo.

»Hm. Und sie dürfen nicht reden?«

»Keinen Ton. Ist ja ein Schweigeorden.«

»Dann geben sie sich irgendwelche Zeichen.« So muss es sein.

»Ist ebenfalls verboten. Auch Zeichensprache zählt als Kommunikation. Es handelt sich um einen extrem strengen Schweigeorden.« Theo scheint sich diebisch darüber zu amüsieren, dass ich im Dunkeln tappe.

»Kann man den Schmutz ertasten? Oder färbt er auf die Hände ab, wenn man ihn berührt?«

»Nein«, schmettert Theo auch diesen an sich klugen Vorschlag ab.

»Wenn du so weitermachst, komme ich nie in irgendeinen Logikmodus«, sage ich. »Gib mir wenigstens einen Tipp.«

»Okay«, erwidert Theo. »Angenommen, du bist einer der Mönche. Du schaust dich um. Kein anderer ist dreckig im Gesicht. Was schließt du daraus?«

»Das ist easy. Ich weiß dann, dass ich als Einzige betroffen bin, und steige am nächsten Bahnhof aus.«

»Sehr gut. Nun stell dir vor, du entdeckst unter den anderen Mönchen einen schmutzigen. Was ändert das?«

»Nun ja, dann weiß ich, dass er es ist.«

»Aber bedeutet das im Umkehrschluss, du bist sauber?«

Ich zögere. »Na ja, nicht unbedingt. Der Abt hat ja gesagt, dass *mindestens* einer betroffen ist. Es könnten auch mehrere sein. Theoretisch könnte ich also ebenfalls ein dreckiges Gesicht haben.«

Begeistert macht Theo das Daumen-hoch-Zeichen. Offenbar komme ich der Lösung immer näher. Allerdings habe ich noch immer keine Ahnung, worauf das hier hinausläuft.

»Angenommen, du bist sauber. Was tut der dreckige Mönch am nächsten Bahnhof?«

Ich komme mir vor wie in der Grundschule. Die Fragen, die Theo stellt, sind kinderleicht. Warum komme ich also nicht von selbst auf die Lösung des Rätsels? Ich muss mich konzentrieren!

»Okay, warte: Wenn ich sauber bin, weiß er, dass er als Einziger betroffen ist, und steigt aus. Das bedeutet … Ja, klar: Wenn ich dreckig bin, geht es ihm genauso wie mir. Er weiß nicht, ob ich die Einzige bin oder er auch betroffen ist. Also – steigt er nicht aus. Und ich bleibe ebenfalls sitzen.«

»Ganz genau. Nun versetz dich mal in die anderen Mönche. Was sehen sie?«

»Sie sehen zwei schmutzige Kollegen, wissen aber nicht, ob sie selbst sauber sind. Und sie sehen, dass wir nicht aussteigen.«

Mir schwirrt der Kopf. Ich könnte mich mit Horst herausreden und behaupten, mir würde schwindelig vom Grübeln. Aber irgendwie hat mich der Rateehrgeiz gepackt.

»Nachdem der andere schmutzige Mönch sitzen geblieben ist, weiß ich, dass ich auch betroffen bin. Er weiß das auch. Das heißt, wir steigen beide beim nächsten Halt aus. Dann wissen die anderen, dass sie sauber sind, und können weiterfahren. Rätsel gelöst!«

»Nicht ganz«, sagt Theo, »aber fast. An den ersten vier Bahnhöfen steigt ja niemand aus. Die Frage war, wie viele am fünften Bahnhof aussteigen. Aber da kommst du jetzt von allein drauf. Denk einfach so weiter.«

Puh. Echt jetzt? Alles klar.

»Angenommen, drei Mönche sind betroffen. Die saubereren Mönche sehen also drei schmutzige, diese allerdings sehen nur jeweils zwei Kollegen mit Dreck im Gesicht. Keiner steigt am zweiten Halt aus, weil sie ja nicht sicher sein können, ob sie betroffen sind oder nicht. Steigt keiner von denen, die zwei schmutzige Kollegen sehen, am zweiten Halt aus, wissen alle drei, dass sie betroffen sind, und verlassen den Halt am dritten Bahnhof. Und so weiter. Wenn also an den ersten vier Haltestellen alle sitzen bleiben, steigen am fünften Bahnhof logischerweise fünf schmutzige Mönche aus. Stimmt's?«

Ich bin superstolz, als Theo das bestätigt. Mit seiner Hilfe habe ich das Mönchsrätsel tatsächlich gelöst. Und das war extrem schwierig, das muss selbst Theo zugeben.

»Und es hat funktioniert«, fügt er hinzu. »Du weinst nicht mehr, du bist ruhig und konzentriert. Jetzt können wir uns deinem Logikrätsel widmen.«

Nun ja, ich würde mein Problem nicht gerade als Logikrätsel bezeichnen, aber vielleicht ist es ja doch eins?

In diesem Moment meldet sich Theos Magen mit einem epischen Knurren, und wir prusten beide los.

Ich stehe auf und krame ein Päckchen Chips aus meinem Rucksack hervor. Theo holt aus seinem Zimmer einen Apfel, sein Taschenmesser und sein Zahnputzglas.

»Wir haben Obst, wir haben Knabberzeug, und wir haben Leitungswasser«, verkündet er. »Party!«

Nachdem wir unseren Appetit gestillt haben, macht Theo aus der Frage, ob Paps Bescheid wusste oder nicht, tatsächlich ein Logikrätsel.

»Du fragst dich, warum er nie mit dir über Valentina gesprochen hat, oder?«

Ich nicke.

»Also: Angenommen, er wusste – aus welchen Gründen auch immer – nichts von ihrer Existenz.«

»Dann hätte er mich auch nicht darauf ansprechen können«, sage ich. »Das ist einfach. Aber was, wenn er von ihr wusste?«

»Okay, nehmen wir an, er hatte regelmäßigen Kontakt mit deiner Mutter oder jedenfalls so viel, dass sie ihm von ihrer zweiten Tochter erzählt hat. Wie groß ist die Wahrscheinlichkeit, dass er dann auch von ihren Briefen an dich wusste?«

Ich stutze. »Na ja. Ziemlich groß, nehme ich an. Er hat die Post ja gesehen. Dass sie mir geschrieben hat, war ihm klar.«

»Genau«, sagt Theo, »sehe ich auch so. Es könnte sogar sein, dass sie ihn darum gebeten hat, dir nichts von Valentina zu sagen, sondern es ihr zu überlassen.«

»Hm«, mache ich und fühle mich wie ein bahnfahrender Mönch, der nicht weiß, ob er schmutzig ist oder nicht.

»Angenommen, dein Vater wusste davon, dass ihre Briefe an dich auch Fotos und Informationen über Valentina enthielten. Was muss er also gedacht haben?«

Ich stutze. »Vermutlich, dass ich Bescheid weiß«, erkenne ich. »Ich glaube, ich habe Paps gegenüber nie erwähnt, dass ich all ihre Briefe ungeöffnet in einen Schuhkarton gestopft habe, der ganz unten in meinem Kleiderschrank versteckt ist.«

»Dachte ich mir«, sagt Theo. »Angenommen, er wusste vom Inhalt der Briefe und ging davon aus, dass du sie geöffnet hattest. Was musste er also annehmen, als du nie über Valentina gesprochen hast?«

Mir wird für einen Moment schwindelig. Als wäre mein Bett ein Boot auf stürmischer See. Ich schließe die Augen, bis das Schwanken aufhört.

Wo waren wir gleich? Ach ja, was musste er annehmen.

»Dass … dass ich nicht über sie reden will«, flüstere ich.

O Mann! Was für eine Verkettung von Missverständnissen!

»Das bedeutet, in jedem Fall ist das Verhalten deines Vaters logisch«, fasst Theo das zusammen, was mir auch gerade klar geworden ist. »Entweder er wusste nichts von Valentina, also konnte er sie nicht erwähnen. Oder er dachte, du willst nicht über sie reden, dann hat er einfach nur deine vermeintlich unausgesprochenen Wünsche akzeptiert.«

Mein Verstand sagt, dass es genau so gewesen sein muss.

Doch mein Herz ist und bleibt verwirrt.

Kann man Gefühle wirklich logisch erklären?

Unvermittelt denke ich an Marek Carter und daran, dass meine Gefühle für ihn absolut nichts mit Logik zu tun haben. Dennoch sind sie stärker denn je. Morgen werde ich ihn endlich treffen – spätestens übermorgen. Ich kann es kaum erwarten …

Kapitel 16

Vier-Sterne-Schmiergeld

Vielleicht hätten wir uns anschließend gleich hinlegen sollen. Haben wir aber nicht. Ich war irgendwie zu erleichtert und zu aufgekratzt, um auch nur an Schlaf zu denken, und Theo … Keine Ahnung, vielleicht wollte er mich mit meinen Stimmungsschwankungen einfach nicht allein lassen?

Jedenfalls haben wir die ganze Nacht durchgequatscht, und jetzt wird es schon langsam hell. Theo hat mir von seinen ständig streitenden Eltern und seinen beiden Schwestern erzählt – der großen mit den epileptischen Anfällen und der kleinen, dem Geige spielenden Wunderkind.

»Das einzig Gute daran ist, dass ich meistens in Ruhe gelassen werde, weil sich alles entweder um Noras Krankheit oder um Tabeas Musik dreht.«

Das soll wohl ironisch oder zumindest lässig klingen, aber ich höre eindeutig heraus, dass Theo sich ganz schön allein fühlt. Einsam in einer großen Familie – das gibt's also auch.

»Ich glaube, nicht nur meine Familie ist ganz schön verrückt – deine kann es locker mit uns aufnehmen«, erwidere ich.

»Sind das nicht alle Familien? Nur eben ein bisschen anders verrückt«, gibt Theo zurück.

Ich muss lachen. »Da könntest du recht haben.«

»Das Anna-Karenina-Prinzip.«

»Echt jetzt – für verrückte Familien gibt es eine mathematische Formel?«

»Nein, das ist von Leo Tolstoi. Der erste Satz seines Romans *Anna Karenina* lautet: *Alle glücklichen Familien gleichen einander, jede unglückliche Familie ist auf ihre eigene Weise unglücklich.*«

Dem ist nichts hinzuzufügen.

Unser Schweigen wird vom Krähen eines Hahns unterbrochen.

»Puh, ganz schön ländlich hier«, stelle ich fest. »Wie spät ist es eigentlich?«

»Zehn nach sechs. Das heißt: Frühstückszeit!«

Obwohl wir inzwischen total leer gequatscht und müde sind, beschließen wir, dass es sinnvoller ist, jetzt zu essen und uns anschließend etwas auszuruhen. Notfalls im Auto oder irgendwo an einem See. In dem übermüdeten Zustand kann Theo jedenfalls nicht weiterfahren.

Es gibt frisches Bauernbrot, selbst gemachte Erdbeermarmelade und Rühreier von glücklichen Hühnern. Vermutlich vom Harem des Hahns, der vorhin seinen Morgenalarm geschlagen hat.

»Na, euch schmeckt's aber!«, stellt die Wirtin zufrieden fest. Heute trägt sie Plüschpantoffeln statt der Gummistiefel und eine frische Kittelschürze – gestreift, nicht geblümt.

»Superlecker!«, bestätige ich. Zum Glück lässt Horst mich in Ruhe und sorgt nicht dafür, dass die Marmelade nach Mundwasser schmeckt.

»Ist ja auch alles aus eigener Herstellung.« Ihr Stolz ist nicht zu überhören.

Vielleicht ist das jetzt der ideale Augenblick für einen kleinen Anschlag durch die Hintertür?

»Also, ähm, wir haben uns gefragt, ob wir vielleicht später auschecken dürfen. Ich weiß, eigentlich müssen wir bis zehn Uhr die Zimmer geräumt haben, aber wäre vielleicht, sagen wir, vierzehn Uhr auch okay?«

Das Grinsen der Wirtin wird mit jedem meiner Worte breiter, und schließlich strahlt sie über das ganze Gesicht, als hätte ich ihr ein Kompliment gemacht. Ist ja nicht so, als wollten wir wegen der herrlichen Innenausstattung noch länger bleiben.

»Aber natürlich, Kindchen, ich war schließlich auch mal jung und frisch verliebt«, sagt sie und zwinkert uns zu.

»Ähm, aber wir …«, will ich den Irrtum aufklären. *Wir sind kein Paar! Wir brauchen einfach nur eine Mütze Schlaf!*

Doch dann wird mir klar, dass sie das sicher wahnsinnig enttäuschen würde. Und wer weiß, ob sie dann immer noch so großzügig wäre.

»Danke«, sage ich stattdessen. »Das ist echt nett von Ihnen.«

Ich träume von Valentina. Sie sieht aus wie ich und sitzt seltsamerweise neben mir auf der abgewetzten Ledercouch mit den gestreiften XXL-Leinenkissen, in die ich als Kind so viele Tränen vergossen habe. Seltsamerweise ist mir bewusst, dass das alles nur ein Traum ist. Aber ich lasse es mir nicht anmerken.

Wir haben Blöcke und Kugelschreiber vor uns.

»A«, sagt Valentina. Ihre Lippen bewegen sich weiter, und mir wird klar, dass sie stumm das Alphabet aufsagt. Offenbar spielen wir *Stadt, Land, Fluss*.

»Stopp!«, rufe ich.

»V – wie Victoria und Valentina.« Sie scheint sich darüber zu freuen, dass es ausgerechnet dieser Buchstabe geworden ist. Dabei ist V echt schwierig. Wobei – Venedig, Vereinigte Arabische Emirate ... und ist Volta nicht ein Fluss in Afrika?

Ich will anfangen zu schreiben, da stelle ich fest, dass unser Spiel völlig andere Kategorien hat: »Pizzabelag mit V?« *Vier Käsesorten*, schreibe ich. »Krankheit?« *Vogelgrippe*. »Ausrede fürs Zuspätkommen?« *Verschlafen*. »Schimpfwort?« *Vollhorst* ...

Und schon hat sich Horst wieder in meine Gedanken eingeschlichen. Ich schüttele den Kopf, um ihn zu vertreiben, woraufhin mir schwindelig wird.

»Warum schreibst du denn nichts? Fällt dir nichts ein?«, fragt Valentina, während sie munter weiterkritzelt.

Ich reiße mich zusammen. Die nächste Kategorie heißt: »Was mich wütend macht.« *Vollhorst*, schreibe ich erneut.

»Stopp!«, ruft Valentina. »Bin fertig.«

Wir vergleichen unsere Ergebnisse. Sie hat tatsächlich auch pfiffige Antworten in den Kategorien »Z-Promis« (Verona Poth), »TV-Serie« (Vampire Diaries) und »Gewürz« (Vanille) gefunden. Bei »Pizzabelag« triumphiert sie mit Venusmuscheln und rümpft ein wenig die Nase über meine einfallslosen vier Käsesorten, lässt sie aber gelten. Bei den übrigen Kategorien hat sie dasselbe geschrieben wie ich. Außer bei der letzten.

»›Was mich wütend macht?‹ Das sind eindeutig *Verbote von Mama*«, sagt sie und zieht einen Flunsch, mit dem sie mich zum Lachen bringt. Doch dann wird mir bewusst, dass es ihr bitterernst ist.

»Warum macht dich das so wütend? Was verbietet sie dir denn?«

»Einfach alles! Ich darf nicht Fußball spielen, sondern muss zum Ballett gehen. Ich darf keine Sneakers anziehen, sondern nur Ballerinas. Ich darf mir die Haare nicht abschneiden lassen, sondern muss sie lang tragen. Ach, du weißt doch, wie sie ist!«

O ja, das weiß ich nur zu gut.

»Du musst dich durchsetzen«, sage ich. »Sie darf nicht gewinnen! Sie darf auf keinen Fall immer gewinnen …«

Nicht gewinnen. Sie darf nicht …

»O-oh, o-oh, o-oh, you need to calm down«, singt Valentina mit der Stimme von Taylor Swift.

Ich reiße die Augen auf – aber da ist keine Valentina. Und auch keine Taylor Swift, sondern nur mein Handy, das auf dem Zierdeckchen des Nachttisches liegt und mich weckt.

Ich brauche einen Moment, um zu mir zu kommen und mir bewusst zu machen, dass das eben nur ein Traum war.

Unter der Dusche denke ich an Valentina. Wie sie wohl wirklich ist? Steht sie tatsächlich auf Ballett, oder macht sie das nur ihrer – genauer gesagt: unserer – Mutter zuliebe? Wie lange weiß sie schon von meiner Existenz? Wie hat man ihr erklärt, dass ich mich nie blicken lasse?

Während ich leicht taumelnd die Dusche verlasse, um mich abzutrocknen, begreife ich zum ersten Mal so richtig, dass dieses kleine blonde Mädchen mit der Einhorn-Schultüte tatsächlich meine Schwester ist. Und dass sie ebenso wenig etwas dafürkann, die Tochter dieser Mutter zu sein, wie ich selbst.

Allerdings habe ich keine Ahnung, welche Schlüsse ich aus dieser Erkenntnis ziehen soll. Ich weiß nur, dass meine Wut auf Valentina verraucht ist. Und zurück bleibt … Neugier.

»Ich habe von Valentina geträumt«, verkünde ich, als ich in Theos Rostlaube einsteige.

»Sie scheint dich zu beschäftigen«, erwidert er. Dazu muss man nun wirklich kein Logik-Freak sein – auf diese Schlussfolgerung hätte ich von selbst kommen können. Bin ich aber nicht. Vielmehr bin ich verwirrt.

»Keine Ahnung«, sage ich wahrheitsgemäß. »Spielt auch keine Rolle – jedenfalls nicht vor der OP. Und falls die schiefgeht, hat sich das Thema von selbst erledigt.«

»Du sollst positiv denken!«, ermahnt er mich.

»Warum – erhöht das etwa die Lebenserwartung?«

»Das tut es tatsächlich«, referiert Theo, der gar nicht merkt, dass ich das eben ironisch gemeint habe. »Es senkt das Stresslevel, stärkt die Immunabwehr, verringert das Risiko für Depressionen und Herz-Kreislauf-Erkrankungen und verbessert das Wohlbefinden.«

Aha. Das ist ja schön für alle anderen.

»Und lässt es zufällig auch Gehirntumore verschwinden?«

»Ähm – nein, sorry, natürlich nicht. Ich wollte dich bloß aufmuntern«, murmelt Theo verlegen.

Wir sind nun wieder auf der Landstraße, irgendwo zwischen Thüringen und Leipzig. Ganz schön einsam hier – höchste Zeit, dass wir in eine richtige Stadt kommen.

»Hast du eigentlich schon eine Unterkunft in Berlin klargemacht?«, fällt mir plötzlich ein.

»Jepp. Und zwar in einem schicken Hotel. Vier Sterne.«

»Bist du verrückt? Das können wir uns doch gar nicht leisten!«

Die Kohle, die Paps mir mitgegeben hat, ist fast aufgebraucht. Ich habe zwar noch eine EC-Karte dabei, aber sehr viel ist nicht mehr auf meinem Konto. Vielleicht sollte ich Paps anrufen, damit er mir schnell noch was überweist?

»Na ja, wir haben mehr, als du vielleicht denkst«, erwidert Theo, und etwas an seinem Tonfall lässt mich aufhorchen. Denn er klingt schuldbewusst. Und das wäre er nicht, wenn wir sparsamer gelebt hätten, als ich dachte, oder ich mich einfach nur verrechnet hätte.

»Du hast doch nicht etwa …«, poltere ich los, doch er legt mir sanft die Hand auf den Arm, und ich verstumme.

»Sie hat es mir einfach in die Hand gedrückt. Zusammen mit einer Visitenkarte, auf der sie auch Valentinas Handynummer notiert hat. Falls du – na ja, du weißt schon.«

Es ist nicht zu fassen. Er hat sich kaufen lassen!

Für geschlagene zehn Sekunden bleibt mir der Mund offen stehen, und ich kann mich nicht bewegen, noch viel weniger etwas erwidern. Dabei will ich nichts dringender, als ihm einen gepfefferten Kommentar um die Ohren hauen! Was hat er sich bloß dabei gedacht? Er weiß doch, dass ich von meiner Mutter nichts annehmen will. Und jetzt das …

»Wenn du glaubst, dass ich die vielleicht letzten Nächte meines Lebens in einem Bett verbringe, das diese Frau bezahlt hat, dann befindest du dich im Irrgarten!«

Moment – Irrgarten? Nein, Irrgarten heißt das nicht. Irrenhaus? Irrweg? Nein, auch nicht. »Ich meine: Irrlicht«, stammele ich, aber das ist genauso falsch. *Horst, du Arsch! Hilf mir doch mal …*

Aber es ist Theo, der mir auf die Sprünge hilft. »Du meinst Irrtum. Aber Irrgarten passt eigentlich auch ganz gut. So oft, wie du die Richtung wechselst in dem, was du denkst und fühlst. Hast du nicht eben noch von deiner kleinen Schwester geträumt? Und jetzt findest du es blöd, dass ich für dich ihre Nummer besorgt habe. Nur für den Fall, dass du dich mit ihr in Verbindung setzen willst, bevor …«

Er verstummt. Ich möchte wetten, er traut sich wieder nicht, es auszusprechen.

Ich versuche, ihn zu provozieren. »Bevor *was*?«

»Na ja, bevor es vielleicht zu spät ist. Für sie – aber auch für dich.«

Bäm! Es fühlt sich an, als hätte er mir mit dem Hammer eins über den Schädel gezogen. Natürlich ist mir klar, dass es mit mir bald zu Ende sein kann. Aber es zu hören, ist einfach krass. Mein Hals wird eng.

»Sorry, war nicht so gemeint.« Theos schlechtes Gewissen ist nicht zu überhören. Recht so. Was bildet er sich eigentlich ein? Nur weil er den Chauffeur für mich spielt, steht es ihm noch lange nicht zu, mir irgendwelche Vorschriften zu machen. Ich weiß ja noch nicht mal, ob ich nach der OP Kontakt zu Valentina aufbauen will – viel weniger vorher … Und das mit dem Hotel kann er vergessen. Lieber übernachte ich unter einer Brücke.

Meine Worte aus dem Traum fallen mir wieder ein: *Meine Mutter darf nicht gewinnen! Sie darf auf keinen Fall immer gewinnen …*

Theo schaut kurz zu mir rüber. Offenbar wartet er auf ein »Schon gut«. Aber ich schweige. So leicht will ich ihn nicht davonkommen lassen.

Stattdessen zücke ich mein Handy und vertiefe mich in Marek Carters Instagram-Account. Schmachte jedes einzelne seiner Fotos an. Diese neue Sonnenbrille steht ihm wirklich fantastisch, auch wenn sie seine tollen Augen verdeckt. Hey, wo ist er da überhaupt? Die neuesten Beiträge sind vor allem Strandfotos.

Ibiza? Also – ist er gar nicht in Berlin?

Panik macht sich in mir breit. Das darf nicht sein! Ich habe alle meine Hoffnungen daraufgesetzt, ihn zu treffen. Und zu küssen! Das wird mir die Kraft geben, am Montagmorgen diese verdammte Klinik zu betreten und mir den Schädel aufschneiden zu lassen …

Nervös lese ich die Kommentare.

»Hey, cool, genieße deinen Urlaub«, schreibt ein Fan.

Pah! Er kann Urlaub machen, wann immer er will, aber doch bitte nicht gerade jetzt!

Da ploppt ein neues Foto auf. Marek Carter am Flughafen. *»Und morgen wieder abfeiern in der großartigsten Stadt der Welt. #heimflug, #byebyeibiza, #berlinichkomme #krassemuräne«*, schreibt er darunter.

Ich atme auf. Morgen also. Mein letzter Abend in Freiheit. Er wird da sein. Alles wird gut.

Ich fahre hoch, als Theo bremst. Wir halten an einer roten Ampel – mitten in Berlin. Ich muss geschlafen haben.

»Hey, sind wir etwa schon da?« Ich rekele mich.

»Oh, du sprichst wieder mit mir. Sind drei Stunden Schweigen also Strafe genug?«, gibt er zurück. Er klingt weder angepisst noch reumütig, sondern ruhig und freundlich, so wie meistens. Mit Theo kann man sich einfach nicht streiten! Jedenfalls nicht lange. Nicht mal ich schaffe das … Dabei war ich vorhin wirklich stinksauer auf ihn.

Jetzt horche ich in mich hinein und stelle fest, dass sich meine Wut in Luft aufgelöst hat.

»Tut mir echt leid«, murmele ich. »Du weißt, wenn es um meine Mutter geht, reagiere ich hochgradig allergisch.«

»Und du fühlst dich verraten und verkauft, weil ich von ihr Geld angenommen habe. Als würde mich das zu einem gegnerischen Spion machen.«

Ich nicke beschämt. Denn ich weiß ja, Theo ist eindeutig auf meiner Seite. Warum sonst würde er sich diesen Trip antun? So launisch, wie ich bin, ist das ja nicht unbedingt Spaß pur.

»Also, was machen wir: Fahren wir zum Vier-Sterne-Hotel oder in die Jugendherberge?«

Ich übersetze: Frühstück im Luxusbett, Wellnessdusche und Hotelbar – oder aber Mehrbettzimmer, Bad auf dem Flur und Massenabfertigung im Herbergsspeisesaal?

»Lassen wir's krachen!«, entscheide ich spontan. Was habe ich schon zu verlieren?

Kapitel 17

Lachflash mit abruptem Ende

Das *Princess Inn* sieht von außen wenig feudal aus – ein graues Gemäuer in schlichter Architektur, das mir beim Vorbeifahren sicher nicht aufgefallen wäre. Das Einzige, was ich daran toll finde, ist der Name, der in verschnörkelten Buchstaben über dem Eingang prangt. Sofort denke ich wieder an Paps und daran, wie er mich früher immer Prinzessin Victoria genannt hat. Und mir fällt ein, dass ich ihm noch einen Statusbericht schuldig bin.

Theo parkt in der hoteleigenen Tiefgarage. Als wir aussteigen, mache ich ein Foto von seiner kotzgrünen Rostlaube, wie sie zwischen all den Bonzenautos steht – sie sieht aus wie ein Esel unter lauter Rennpferden.

Natürlich kann ich mir die entsprechende Bemerkung nicht verkneifen. Doch Theo ist wegen dieses Vergleichs kein bisschen beleidigt – er steht über den Dingen. Von Statussymbolen lässt er sich nicht beeindrucken, und das finde ich ziemlich cool an ihm.

Umso erstaunlicher, dass ausgerechnet er sich von meiner Mutter hat um den Finger wickeln lassen …

Mit dem Fahrstuhl fahren wir hinauf in die Lobby, deren Anblick mich schier umhaut. Damit hätte ich nun wirklich nicht gerechnet: überall Marmor und Spiegel in goldenen, verschnörkelten Rahmen, edle Sofas und prachtvolle Kunstwerke an der Wand. Man könnte fast glauben, man wäre in einem Märchenschloss gelandet!

»Bisschen kitschig vielleicht«, meint Theo.

»Genau richtig«, grinse ich. Das hier ist zwar ganz und gar nicht mein Geschmack, aber es erscheint mir angemessen, meine vielleicht letzten Tage in prunkvoller Umgebung zu verbringen. Schließlich habe ich vor, das Leben zu feiern! Für die nächsten zwei Tage bin ich Prinzessin Victoria.

Weil ich lieber gar nicht wissen will, wie viel dieser Spaß hier kostet und welchen Betrag meine Mutter Theo zugesteckt hat, überlasse ich ihm das Einchecken und verkrümele mich auf eins der schicken Sofas.

Sofort taucht wie aus dem Nichts ein Kellner in schwarzem Anzug auf, der mich nach meinen Wünschen fragt.

Ich wünsche, dass Horst sofort verschwindet und ich mein altes Leben wiederbekomme.

Wobei – nein, eigentlich war mein altes Leben gar nicht so toll. Mit Lennox, Joshua, Lexie, Janine und den anderen Mädels aus dem Club will ich nichts mehr zu tun haben. Das waren keine echten Freunde. Sonst hätten sie sich längst mal bei mir gemeldet – und nicht nur, um, wie Joshua, ein Date abzusagen. Das eigentlich heute stattgefunden hätte, wie mir gerade klar wird.

Der Kellner räuspert sich. »Was darf ich Ihnen bringen, gnädige Frau?«

Ich muss ein Lachen unterdrücken. Gnädige Frau? Also

ehrlich. So hat mich ja noch niemand genannt. Ich sitze hier in zerrissenen Jeans und einem verschwitzten Top und lasse mich behandeln wie eine echte Hoheit. Okay, dann muss ich wohl auch entsprechend reagieren.

»Einen doppelten Espresso mit etwas Wasser, bitte«, erwidere ich würdevoll.

»Sehr wohl, gerne«, säuselt der Kellner und schwirrt ab.

Ich schaue mich nach Theo um. Er ist gerade dabei, irgendwelche Formulare auszufüllen. Das scheint also noch zu dauern. Genug Zeit, mich bei Paps zu melden.

Erst will ich ihm einfach nur eine Nachricht schreiben, dann entscheide ich spontan, ihn anzurufen. Wenn es gerade nicht passt, weil er mitten in einem Vortrag ist, kann er mich ja später zurückrufen.

Aber er drückt mich nicht weg, sondern geht sofort ran.

»Hallo, meine Große. Alles okay bei dir? Ist was passiert?«

Ja. Ich habe einen Hirntumor. Und eine Schwester. Ich bin verwirrt. Und habe Angst!

»Hi, Paps. Alles bestens. Ich wollte nur mal deine Stimme hören. Ist doch besser, als immer nur zu schreiben.«

Paps atmet hörbar auf. Auch wenn ihm ebenso bewusst sein muss wie mir, dass dieses Nur-mal-deine-Stimme-Hören eindeutig Horst geschuldet ist. Früher haben uns knappe WhatsApp-Nachrichten definitiv genügt.

»Wo seid ihr?«, will er wissen.

»Eben in Berlin angekommen. Wir machen uns hier jetzt noch eine schöne Zeit.«

Schweigen in der Leitung. Ich schlucke. Wir denken beide dasselbe. Und dieser Gedanke beginnt mit »bevor« …

»Und bei dir so?«, wechsele ich schnell das Thema.

Paps berichtet, dass er einen japanischen Kollegen getroffen hat, mit dem er einst in grauer Vorzeit studiert hat. Und von dessen Vortrag über Paläopathologie.

»Pathologen untersuchen Leichen«, sage ich. »Aber sind Fossilien nicht toter als tot?«

Das sollte ein morbider Scherz sein, doch Paps lacht nicht. Dafür nimmt er sein Fachgebiet viel zu ernst.

»Dabei geht es um Krankheiten und Verletzungen von fossilen Organismen. Zum Beispiel Zahnkaries, verheilte Bissspuren oder Knochenbrüche, aber auch Parasitenbefall.«

Na, das klingt ja ganz schön igitt!

»Interessant«, sage ich.

»Absolut«, fährt Paps begeistert fort, »zumal es mit meinem Thema verwandt ist, der Paläoneurologie.«

Was es damit auf sich hat, weiß ich natürlich – Paps erforscht das Nervensystem ausgestorbener Wirbeltiere.

Aber ich will jetzt nicht daran denken, dass er fossile Schädel untersucht – überhaupt nicht an Schädel, die von Krankheiten befallen sind, schon gar nicht an meinen.

»Und wann steigt die Preisverleihung? Bist du schon aufgeregt?«

»Morgen Abend«, erwidert er und klingt tatsächlich ziemlich aufgekratzt, auch wenn er gleich anschließend behauptet, völlig entspannt zu sein.

»Montag früh steige ich in den Flieger und bin spätestens am frühen Nachmittag bei dir.«

»Cool«, sage ich. Es tröstet mich zu wissen, dass er bei mir sein wird, wenn es ernst wird.

Ich überlege, ob ich ihm von dem Besuch bei meiner Mutter erzählen soll, doch da meint er, es würde Zeit für seinen nächsten Vortrag, und ich lasse es bleiben. Ist wohl auch besser so. Wir reden ein andermal darüber. Vielleicht.

Als ich das Handy wegstecke, fällt mir auf, dass der Espresso längst vor mir steht. Ich habe überhaupt nicht bemerkt, wie er serviert wurde. Er ist nur noch lauwarm, und ich trinke das winzige Goldrandtässchen in wenigen Schlucken leer, bevor der Kaffee noch kälter wird. Das Wasser gleich hinterher.

Theo taucht zeitgleich mit dem Kellner auf, der das Geschirr abräumt.

»Ähm, soll ich gleich bezahlen?«

»Sie können es auch aufs Zimmer buchen.«

»Nummer siebenhundertzweiundvierzig«, sagt Theo und hält die Schlüsselkarte hoch.

Erst als wir schon im Aufzug stehen, fällt mir auf, dass es nur eine Schlüsselkarte ist.

»Was ist mit dem zweiten Zimmer?«

Theo druckst herum. »Na ja, es gab da wohl ein Missverständnis bei der Buchung. Und nun hatten sie keine zwei Einzelzimmer mehr frei.«

»Du meinst, wir haben ein Doppelzimmer?«

»Sorry, ja, ist leider nicht zu ändern. Es sei denn, wir suchen noch schnell ein anderes Hotel ...«

Ich überlege kurz. Eigentlich hätte ich lieber ein bisschen mehr Privatsphäre gehabt.

Andererseits haben wir im Zelt auch nebeneinander gepennt, also was soll's? Schließlich ist das zwischen uns völlig harmlos. Reine Freundschaft. Ich muss keine Angst haben, er könnte über mich herfallen.

»Kein Problem«, sage ich, während er die Karte an das Schloss unserer Zimmertür hält, das daraufhin grün blinkt und leise piepst. Theo lässt die Tür aufschwingen und gibt mir mit einer galanten Geste, die er dem beflissenen Kellner abgeschaut haben muss, den Vortritt.

»Wow!« Ich bin echt beeindruckt. Was unten in der Lobby noch prunkvoll bis kitschig war, ist hier einfach nur Design vom Feinsten. Schieferböden, edle Tapeten in Weiß, Bordeaux und Schilfgrün, eine riesige Fensterfront mit Ausblick über halb Berlin …

»Und schau erst mal das Bad!« Theo hat seinen Rucksack in die Ecke geworfen und erforscht jetzt jeden Winkel unserer Luxus-Unterkunft.

»Eine Sprudelwanne«, rufe ich begeistert. »Die muss ich gleich ausprobieren.«

Eigentlich ist das Ding schon fast ein Whirlpool, so groß ist es. Da würden locker vier Leute reinpassen.

Hoffentlich denkt Theo jetzt nicht, das wäre eine Einladung zum gemeinsamen Planschen …

»Gute Idee. Ich teste währenddessen den Fernseher. Oh, cool, man kann auch Filme streamen!«

Mit der Fernbedienung in der Hand pflanzt er sich aufs Kingsize-Bett, in dem wirklich mehr als genug Platz für uns beide ist, ohne dass wir einander ins Gehege kommen.

»*Die Sittenstrolche*, perfekt!«, ruft Theo.

Es dauert einen Moment, bevor ich kapiere, dass er den Film meint, den er ausgesucht hat.

»Ernsthaft? Klingt nicht gerade reizvoll.«

»Vielleicht gefällt dir der Originaltitel besser: *The Devil's Brother*«, doziert Theo sofort, wie immer, wenn es um eins seiner Lieblingsthemen geht – also Mathe, Logikrätsel oder alte Slapstick-Filme. »Oder der deutsche Alternativtitel *Hände hoch – oder nicht*. Der bezieht sich darauf, dass Stan Laurel in seiner Rolle ständig irgendwelche Redewendungen verdreht.«

»Interessant«, sage ich, genau wie vorhin zu Paps, als er über Paläopathologie sprach. Er und Theo haben einiges gemeinsam in ihrer Verschrobenheit.

Bevor Theo seinen Vortrag über Slapstick-Filme der Dreißigerjahre fortsetzen kann, verschwinde ich im Badezimmer und lasse die Riesenwanne volllaufen.

Es ist herrlich, im warmen Wasser zu entspannen! Natürlich schalte ich die Whirlpool-Funktion ein und habe sofort das Gefühl zu schweben, weil mich die aufsteigenden Blubberblasen tragen. Aus den Badezimmerlautsprechern kommt sanfte Gitarrenmusik, die indirekte Beleuchtung taucht den ganzen Raum in ein warmes Licht, der exotisch duftende Badeschaum hüllt mich ein wie fluffige, wohlriechende Wolken.

Fehlt nur noch ein Cocktail ...

Natürlich ein alkoholfreier. Mein Oberstübchen spielt mir auch ohne Umdrehungen schon genug Streiche, wer weiß, wie es auf einen echten Longdrink reagieren würde.

Ich seufze. Schon wieder hat sich Horst in den Mittelpunkt gedrängt! Dabei wollte ich einfach mal eine halbe Stunde lang an gar nichts denken – schon gar nicht an meinen Gehirntumor.

Die Lust am Baden ist mir vergangen. Entnervt lasse ich das Wasser ab, steige aus der Wanne und trockne mich ab. Blöderweise habe ich vergessen, mir frische Klamotten mit ins Bad zu nehmen, doch zum Glück hängen hier zwei flauschige Bademäntel in königlichem Blau mit in goldfarbenem Glitzergarn aufgesticktem Princess-Inn-Logo.

Während ich meine Sachen aus dem Koffer krame, lacht sich Theo gerade scheckig.

»Die Szene musst du dir anschauen, die ist einfach zu gut«, gackert er.

»Kann jetzt nicht, muss mir erst die Haare föhnen«, sage ich, denn eigentlich habe ich überhaupt keine Lust auf Stan Laurel und Oliver Hardy, auch bekannt als Dick und Doof – ein ziemlich blöder Name, der meiner Meinung nach allerdings echt gut auf die beiden passt.

Nachdem ich die Badezimmertür wieder hinter mir verschlossen habe, schlüpfe ich in frische Unterwäsche, eine hellblaue Jeans und eine rote ärmellose Baumwollbluse mit V-Ausschnitt, die locker darüberhängt und perfekt zu meinen roten Sneakers passt.

Irgendwie gelingt es mir nicht, meine Haare glatt zu bürsten. Am Hinterkopf müssen sich ein paar Strähnen verknotet haben, und das, obwohl ich wie immer einen Conditioner benutzt habe.

Ich denke wieder an den unfassbar dämlichen Vorschlag meiner Mutter, mir Strähnchen machen zu lassen. Selbst wenn ich die Idee gut fände, es würde sich kaum lohnen. Bald fällt meine Haarpracht ohnehin dem Rasierer zum Opfer …

Ungeduldig bearbeite ich meinen Hinterkopf mit der Bürste, doch da ist kein Durchkommen. Stattdessen ziept es nur fies. *Autsch!*

Kurz entschlossen durchwühle ich meinen Kulturbeutel nach der Nagelschere und säbele den dummen Haarknoten einfach raus.

Als ich ihn dann in der Hand halte, wird mir klar, dass das nicht nur eine kleine Strähne war, sondern ein fettes Haarbüschel.

Egal. Ist jetzt nicht zu ändern.

Theo hat doch tatsächlich den Film angehalten, um mir seine Lieblingsstelle zu zeigen. Na gut, dann will ich mal nicht so sein. Ich setze mich neben ihn auf die Kante des Bettes. Das Standbild zeigt Stan Laurel und Oliver Hardy in lächerlich altmodischen Kostümen mit noch lächerlicheren Perücken.

»Kennst du *Kniechen, Näschen, Öhrchen*?«, fragt er breit grinsend.

»Ob ich *waaas* kenne?«

»Na, dann sieh's dir mal an.«

Er tippt auf die Fernbedienung, und der Film geht weiter. Stan Laurel klopft sich mit beiden Handflächen auf die Knie und fasst sich dann über Kreuz an Nase und Ohr. Dann wieder auf die Knie und erneut über Kreuz, diesmal seitenverkehrt – er berührt die Nase und das andere Ohr. Und immer so weiter. Das Ganze mit extrem dümmlichem Gesichtsausdruck.

Es entspinnt sich ein Dialog darüber, was das Ganze soll. Oliver Hardy behauptet, dieses Spiel müsse er gar nicht erst versuchen, das könne schließlich jeder Affe, wenn er nur wolle.

Ungerührt macht Stan weiter, und während sich Theo fast nicht mehr einkriegt vor Lachen, frage ich mich, was daran so lustig sein soll.

Dann probiert es Oliver Hardy selbst und kriegt es nicht hin. Von wegen, jeder Affe …

Okay, ich muss zugeben, das ist doch irgendwie komisch, vor allem seine wachsende Verzweiflung bei jedem misslungenen Versuch.

Jetzt fängt Theo selbst an, *Kniechen, Näschen, Öhrchen* zu spielen.

»Na los, probier's doch auch mal«, animiert er mich.

Ich bin sicher, dass Olli sich im Film extra blöd anstellt. Bei Theo sieht das wirklich babyleicht aus.

Aber natürlich klappt es bei mir rein gar nicht! Statt Nase und Ohr zu berühren, grapsche ich mir selbst fast in die Augen.

»Halt, Moment. Da gibt's doch einen Trick!«

»Kein Trick. Reine Übungssache«, behauptet Theo.

Ich kriege es nicht hin. »Horst ist schuld!«, klage ich.

»Mach es einfach mal ganz langsam.«

Und tatsächlich: Im Zeitlupentempo gelingt es halbwegs. Doch als ich versuche, etwas schneller zu werden, geht es wieder schief, und ich halte mir mit beiden Händen die Nase zu.

»Wie du aussiehst!«, johlt Theo, und irgendwie ist sein Lachen furchtbar ansteckend. Und dieses blöde Spiel ebenso …

Ich bin infiziert und probiere es immer weiter, manchmal gelingt es, manchmal nicht, und immer, wenn es schiefgeht, prusten wir beide erneut los, bis mir Lachtränen über die Wangen laufen.

»Ich wusste doch, das ist ganz dein Humor«, japst Theo.

»Eigentlich gar nicht, aber jetzt hab ich einen Lachflash!«

Erschöpft lasse ich meinen Kopf in beide Hände sinken. Als ich mich wieder aufrichte, ist Theos Lachen verstummt. Entsetzt schaut er mich an.

»Wie siehst du denn aus?«, fragt er. »Was hast du bloß mit deinen Haaren gemacht?«

Kapitel 18

Pretty Woman

Ich renne ins Bad und versuche, mithilfe eines winzigen Kosmetikspiegels und des großen Wandspiegels meinen Hinterkopf zu begutachten. Klappt nicht so wirklich. Aber das bisschen, was ich sehe, sieht nicht gut aus.

Theo schafft Klarheit, indem er mich kurzerhand von hinten fotografiert und mir das Beweisfoto vor die Nase hält.

»Wie ein gerupftes Huhn«, kommentiert er.

»Eher wie unter den Mähdrescher geraten«, erwidere ich mit Grabesstimme.

O Mann, das sieht ja wirklich schlimm aus!

»Ist doch egal. Übermorgen komm ich sowieso unters Messer«, spiele ich die Sache herunter, auch wenn ich in Wahrheit ganz schön erschrocken bin. *Was hab ich mir da bloß angetan?*

»Aber bis dahin willst du es doch krachen lassen. Etwa mit dieser Frisur?«

»Na ja, eine Frisur kann man es nicht gerade nennen.« Ich ziehe eine Grimasse. *Jetzt bloß nicht heulen. Ich bin cool, ich bin stark, ich verliere nie meinen Humor!*

Doch dann fällt mir Marek Carter ein.

Shit! So werde ich ihn garantiert nicht beeindrucken. Aber wenn

*mir das morgen nicht gelingt, dann wird es niemals passieren. Es
ist meine einzige und letzte Chance!*

Das war's dann wohl mit der Coolness. Ich kann nicht ver-
hindern, dass mir heiße Tränen in die Augen steigen. Und auf
einmal weine ich gar nicht mehr wegen Marek Carter, sondern
um all die Möglichkeiten, die Horst mir raubt.

Sie werden mir den Kopf aufschneiden!

Plötzlich wird mir das, was ich im Grunde längst weiß, so
richtig bewusst. Mit allen Konsequenzen:

Vielleicht werde ich niemals wieder Geburtstag feiern.
Oder Weihnachten. Oder überhaupt irgendetwas.

Nie mehr Siegerpodest. Nie mehr barfuß am Strand. Nie
mehr Schnee. Oder Pollenallergie im Frühjahr … Ich hätte
nie gedacht, dass mir sogar das jemals fehlen könnte. Völlig
verrückt!

Schnell lässt Theo sein Handy in der Hosentasche verschwinden – als wäre die Sache weniger schlimm, wenn das
Dokument meiner beklagenswerten Optik außer Sichtweite
ist.

»Ich bin so doof!«, beschimpfe ich mich selbst.

»Das bringt jetzt auch nichts.«

Theo mal wieder. Immer so vernünftig. Gleich kommt er
mir bestimmt mit einem beschissenen Logikrätsel!

»Hast du einen besseren Vorschlag? Irgendeine Weltfor-
mel, mit der ich die Zeit um eine Viertelstunde zurückdrehen
kann?«

»Na ja, das nicht gerade. Aber vielleicht ein paar Ideen.«

Ich lasse mich aufs Bett fallen. »Schieß los!«

»Also. Möglichkeit Nummer eins: Du ignorierst das Ganze.
Bindest dir einen Pferdeschwanz oder so, damit es nicht ganz
so auffällt.«

»Hm.« Das ist zwar keine perfekte Lösung, aber immerhin nicht superblöd.

»Möglichkeit zwei: Du gehst zum Friseur und lässt dir einen Zottelschnitt verpassen. Wie heißt das noch gleich? Meine Schwester hat so eine Frisur. Einen Billy.«

»Einen Bob«, korrigiere ich ihn und muss grinsen. Typisch Theo, dass er ausgerechnet so was nicht weiß. »Ich mag diesen Schnitt. Aber es lohnt sich nicht wirklich – wie gesagt, übermorgen kommen die Haare ohnehin ab. Da wäre ich ja bescheuert, jetzt noch in eine neue Frisur zu investieren.«

Obwohl – wenn ich Marek Carter gegenüberstehe, will ich gut aussehen. Richtig gut! Vielleicht sollte ich doch …?

»Und Möglichkeit drei: Wir machen kurzen Prozess und schneiden den Rest auch ab«, fährt Theo ungerührt fort.

»Bist du wahnsinnig? Du meinst, ich soll mir allen Ernstes eine Glatze rasieren?«

»Würde dir sicher gut stehen.«

Theo muss verrückt geworden sein. Andererseits …

»Na ja, vor der OP werde ich vermutlich eh kahl geschoren.«

Eigentlich wäre es also bloß vernünftig, die ganze Sache jetzt schon zu erledigen.

Aber Marek Carter … Was würde er von mir denken, wenn ich aussehe wie Britney Spears nach ihrem Nervenzusammenbruch? Vermutlich, dass ich ein Freak bin. Und ich glaube kaum, dass er Freaks küsst. Nein, es muss eine andere Lösung geben!

»Manchen Frauen steht eine Glatze richtig gut. Denk nur an Stefanie Heinzmann. Oder Alina Süggeler von *Frida Gold*. Ich wette, du siehst damit auch klasse aus. Du siehst garantiert mit jeder Frisur oder Nichtfrisur super aus.«

Süß, wie Theo versucht, mich zu trösten. Und erstaunlich, dass er Stefanie Heinzmann und *Frida Gold* überhaupt kennt.

Dieser Typ ist immer wieder für eine Überraschung gut. Eben kichert er noch über Dick und Doof, und dann …

Moment. Ich denke an die Szene, die wir uns vorhin angeschaut haben.

»Das ist die Lösung! Oliver Hardy trug auch eine.«

»Eine was?« Diesmal ist Theo derjenige, der auf der Leitung steht.

»Na, eine Perücke!«

Wortlos zückt Theo sein Handy.

»Was hast du vor?«

»Na, googeln, wo es hier den nächsten Perückenladen gibt – und wann der schließt …«

Wir stürmen das *Zweithaarparadies* exakt zehn Minuten vor Ende der Öffnungszeit. Es sieht allerdings schon ziemlich verlassen aus, auch die Lichter sind bereits gedimmt.

Als die Tür hinter uns mit einem silbrigen Glockenspiel zufällt, taucht aus dem Hinterzimmer eine Verkäuferin auf. Sie trägt ein langes lilafarbenes Wallegewand, eine hüftlange schwarze Perücke (diese Mähne kann unmöglich echt sein!) und eine übergroße Armbanduhr in Roségold, auf die sie einen mehr als auffälligen Blick wirft.

»Wir haben schon so gut wie geschlossen«, verkündet sie knapp. Nein, die Perückenfrau erweckt definitiv nicht den Eindruck, unseretwegen Überstunden machen zu wollen.

»Okay, wir beeilen uns«, sage ich schnell und wende mich den ausgestellten Modellen zu. Blonder Kurzhaarschnitt – och nö. Rote Mähne – auch nicht mein Ding. Schwarz – geht gar nicht. Nicht so leicht, sich so schnell zu entscheiden.

»Da ist dir wohl ein Malheur passiert«, stellt die Verkäuferin fest, die mich jetzt von hinten sieht.

»Allerdings«, erwidere ich. »Und so kann ich schlecht unter die Leute.«

»Hm«, macht sie vielsagend. Soll wohl bedeuten: *Na, dann bleibst du eben mal zu Hause, Mädel. Selbst schuld.*

Theo räuspert sich. »Victoria hat einen Gehirntumor und muss am Montag in die Klinik gehen, um ihn rausoperieren zu lassen. Ein gefährlicher Eingriff. Das ist ihr letztes Wochenende vor der OP.«

Ich funkele ihn wütend an. *Das geht diese unfreundliche Kuh ja wohl nicht das Geringste an!* Warum muss er ausgerechnet jetzt Horst erwähnen? Das kostet uns nur wertvolle Zeit.

Doch dann geschieht etwas ganz und gar Unerwartetes: Die Verkäuferin geht zur Tür, um sie abzuschließen.

»Damit wir unter uns sind«, erklärt sie und lächelt verständnisvoll. »Nimm dir alle Zeit der Welt.«

Dann zieht sie sich die Perücke vom Kopf.

Vom kahlen Kopf, wohlgemerkt. Es ist lediglich ein leichter Flaum zu sehen. Und eine Narbe.

»Ich bin Elinor«, sagt sie, »und ich habe es überlebt. Das wirst du auch. Und du wirst die schönste Perücke tragen, die du im *Zweithaarparadies* findest!«

Elinor entpuppt sich als wahnsinnig herzlich, kompetent und geduldig. Wie ich sie im ersten Moment für eine unfreundliche Kuh halten konnte, weiß ich selbst nicht mehr. So kann man sich täuschen.

»Du solltest einen Pony tragen – das steht nicht jedem, aber zu deiner Gesichtsform würde er ganz entzückend aussehen«, findet Elinor.

»Ich weiß nicht – das würde mich zu sehr an meine Mutter erinnern. Und das ist das Letzte, was ich möchte!«

»Okay. Dann vielleicht Locken?«

Interessante Idee. »Ja, warum nicht. Wie kommst du darauf?«

»Erfahrung.« Elinor schmunzelt. »Wer glatte Haare hat, wünscht sich Locken – und umgekehrt. All meine Freundinnen mit Naturlocken bearbeiten ihre Haare regelmäßig mit dem Glätteisen. Schon verrückt, oder?«

Theo murmelt irgendwas von Schrödingers Katze. Das hilft mir jetzt nicht weiter.

»Also Locken. Und lang, nur nicht ganz so lang wie deine. Fragt sich nur, welche Farbe. Mein Naturton ist Aschblond. Hast du so was da?«

Elinor nickt. »Hab ich. Aber ich habe auch Schokobraun da und Kastanie, das würde dir ganz großartig stehen. Wenn du schon deinen Typ veränderst, warum dann nicht gleich richtig?«

Ich spüre, wie mein Herz schneller schlägt. Irgendwie ist das hier ganz schön aufregend. Ein unerwartetes Umstyling – und alles nur, weil ich vorhin so unbedacht mit der Nagelschere herumhantiert habe.

»Darf ich mal eine aufprobieren?«

»Aber klar. Momentchen, bin kurz im Lager.«

Ich schaue ihr hinterher, und plötzlich wird mir für einen Augenblick schwarz vor Augen. Höchstens für zwei, drei Sekunden, danach ist es gleich wieder gut, aber natürlich hat Theo etwas mitgekriegt. Wahrscheinlich habe ich kurz geschwankt.

»Ist dir schwindelig?«

»Nein, alles gut.« Okay, das war geschwindelt. Ein bisschen. Elinor kommt mit zwei Perücken aus dem Lager.

»Die ist mir zu dunkel und zu lang.«

»Okay, damit scheidet die schokobraune schon mal aus.«
Elinor legt sie zur Seite. »Wie gefällt dir diese?«

Ich betrachte sie von allen Seiten, dann hilft mir Elinor, sie aufzusetzen.

»Du siehst aus wie Julia Roberts in *Pretty Woman*«, ruft sie überschwänglich aus.

Ich habe *Pretty Woman* nie gesehen, schätze aber mal, das soll ein Kompliment sein.

»Nicht übel«, stelle ich fest, während ich mich kritisch im Spiegel beäuge. »Ein bisschen ungewohnt vielleicht.«

»Das ist doch Sinn der Sache bei einer Typveränderung.«

Okay, da hat sie auch wieder recht. Oder sollte ich mir vielleicht doch etwas Natürlicheres aussuchen? Aschblond, schulterlang und spaghettiglatt, so wie im wirklichen Leben …

»Fragen wir doch mal deinen Freund, wie ihm dein neuer Look gefällt«, schlägt Elinor vor.

»Er ist …«, *nicht mein Freund*, will ich sagen, aber das ist ja nicht richtig. Ein Freund ist er durchaus. Bloß eben nicht so einer, wie sie denkt. Momentan gibt es niemanden, dessen Urteil mir wichtiger sein könnte als Theos.

»Er ist nicht gerade ein Frisurenspezialist«, beende ich meinen angefangenen Satz, und das stimmt schließlich auch – ich sag nur *Billy* …

»Wie gesagt – ich finde dich mit jeder Frisur schön. Auch mit deinem verkorksten Schnitt. Und mit Glatze garantiert auch. Aber du musst dir gefallen«, erklärt Theo todernst und sehr zu Elinors Begeisterung.

»Was für ein Goldstück! Männer wie diesen darf man niemals loslassen – so einen kannste dir nicht backen«, strahlt sie.

Ähm. Ja, genau. Wenn sie meint.

»Also gut, ich nehme die Julia-Roberts-Perücke«, erkläre

ich, um das Thema zu wechseln und endlich hier rauszukommen. Irgendwie ist die Luft im Perückenparadies ziemlich unparadiesisch, ich fühle mich schon leicht benebelt.

»Ich zahle«, erklärt Theo.

»Hach! Wirklich ein Goldstück«, flüstert Elinor mir verschwörerisch zu.

Ich grinse gequält. Mir ist ein bisschen übel. Und ich will nur noch eins: endlich raus hier!

Die frische Luft tut mir gut. Zum Glück spricht mich Theo nicht auf Elinors anzügliche Bemerkungen an. Sicher ist es ihm ebenso unangenehm wie mir, dass wir in letzter Zeit ständig für ein Paar gehalten werden.

Zurück im Hotelzimmer, bin ich etwas unsicher. Was nun? Soll ich mir die übrigen Zotteln unter die Perücke stopfen oder einfach abschneiden? Wir hätten noch eine vernünftige Friseurschere kaufen sollen …

»Wenn du willst, kann ich das mit meinem Rasierer machen«, schlägt Theo vor.

Jetzt wird es also ernst.

»Okay«, sage ich, »bringen wir es hinter uns, bevor ich es mir anders überlege.«

Wir gehen ins Bad, wo ich mich auf den Wannenrand setze. Theo stöpselt den Rasierer in die Steckdose und schaltet ihn ein. Das Brummen klingt bedrohlich und beruhigend zugleich. Merkwürdige Kombination.

»Halt!«, rufe ich noch gerade rechtzeitig, bevor er loslegen kann. »Erst noch ein Vorher-Foto!«

Theo nickt. »Okay, lässt sich machen.«

Von vorne sieht man zum Glück nichts von meinem Geschnipsel. Theo macht mehrere Aufnahmen mit seinem und dann noch mal welche mit meinem Handy. Ich checke kurz, ob ich zufrieden mit dem Resultat bin. Mein Gesichtsausdruck ist zwar ernst, aber ich sehe okay aus.

»Alles klar. Jetzt bin ich bereit.«

Wieder schaltet Theo den Rasierer ein, und wieder stoppe ich ihn in letzter Sekunde.

»Warte eben. Ich flechte mir einen Zopf, den kannst du erst einmal absäbeln. Dann geht es mit dem Rasieren leichter. Und ich kann ihn aufbewahren …«

Vielleicht ist es albern oder sentimental, aber ich möchte diesen Zopf als Andenken. Und wenn ich bei der OP draufgehe, bekommt ihn Paps.

»Wie du willst.« Zum Glück legt Theo mal wieder eine Engelsgeduld an den Tag.

Ich kämme meine Haare glatt, nehme sie am Hinterkopf zusammen und teile sie in drei gleich große Strähnen, um sie zu flechten.

Unzählige Male habe ich das schon getan. Es sind vertraute Handgriffe, die mir in Fleisch und Blut übergegangen sind – wie der Bewegungsablauf beim Hochsprung.

Ich versuche auszublenden, dass es vielleicht das allerletzte Mal ist. Aber es ist wie mit dem rosa Elefanten – man kann nicht *nicht* daran denken. Und so spukt dieses blöde *Nie wieder* jetzt die ganze Zeit in meinem Kopf herum.

Als ich fertig bin und den Zopf mit einem Gummi befestigt habe, nicke ich Theo zu. Er nimmt die unselige Nagelschere und schnippelt ihn ab.

Zum dritten Mal schaltet er den Rasierer ein, und diesmal halte ich ihn nicht davon ab, das zu tun, was ich allein niemals geschafft hätte. Allein schon wegen der Tränen, die mir über die Wangen laufen und deretwegen ich halb blind bin.

Es dauert länger, als ich erwartet hätte. Das Gerät brummt, Theo atmet angestrengt, ich presse die Lippen aufeinander.

Es kitzelt auf meiner Kopfhaut, wenn Theo mit dem Rasierer drüberfährt. Schließlich streichelt er mir mit der Hand über den kahlen Schädel.

»Fertig«, schnieft er.

Und erst da merke ich, dass er ebenfalls weint. Schluchzend fallen wir uns um den Hals.

Kapitel 19

Kanpai!

»O Mann, wir sind vielleicht zwei Heulsusen«, sagt Theo, während er eine Packung Papiertaschentücher aufreißt.

Ich nehme dankbar eins an und schnäuze mich kräftig. Dann drehe ich den Designer-Wasserhahn am Waschbecken auf und halte meinen Kopf unter den eiskalten Strahl.

Das tut gut!

»Was tust du da? Hast du nicht vorhin erst gebadet?«

Theo begreift mal wieder gar nichts.

»Ich wasche mich nicht, ich kühle mein aufgequollenes Gesicht, damit ich nicht ganz so verheult aussehe«, erkläre ich ungeduldig. Warum fällt es mir so schwer, gelassen und nachsichtig zu sein, während Theo es umgekehrt mühelos schafft? Ist Horst daran schuld – oder bin ich es selbst, weil ich schon immer so war? Oder weil ich – im Gegensatz zu Theo – keine Geschwister habe? Von Valentina einmal abgesehen …

Ich wische den Gedanken an meine komplizierte Familie beiseite und konzentriere mich wieder auf das Hier und Jetzt. Sprich: auf mein verheultes Gesicht. Prüfend betrachte ich es im Spiegel. Na ja, so richtig viel hat das mit dem kalten Wasser nicht gebracht.

189

»Ich brauche Gurkenscheiben. Oder Teebeutel.«

»Teebeutel gibt es dort drüben auf der Anrichte, neben den Tassen und dem Wasserkocher«, sagt Theo. »Aber meinetwegen musst du dir nicht so viel Mühe machen. Ich seh doch selbst so aus.«

Allerdings: Auch er hat rote Augen und eine geschwollene Nase – das sind eindeutige Symptome.

Ich muss lachen. »Du hast recht – wir sind echt zwei komische Gestalten. Dick und Doof können einpacken.«

»Genau. Wir könnten sogar heulend *Kniechen, Näschen, Öhrchen* spielen, und das im Duett …«

Das ist mein Stichwort.

»Apropos Duett, du bist mir noch eine Solo-Einlage schuldig. Glaub bloß nicht, nur wegen des Glatzendramas hätte ich das vergessen!«

Theo starrt mich so verblüfft an, dass ich ihm seine Ahnungslosigkeit glatt abnehme. Er weiß tatsächlich nicht, wovon ich rede!

»Denk an deine Bucket List«, helfe ich ihm auf die Sprünge.

»Du meinst … ich soll tanzen gehen?«

Ich schüttele den Kopf. »Nein, das heben wir uns für das große Finale auf. Heute ist Karaoke dran!«

Theo wirkt nicht besonders glücklich. »Bist du sicher, dass du heute noch ausgehen willst?«

»Aber so was von! Lass uns die Stadt unsicher machen!«

Ich gehe hinüber zur Anrichte und schalte den Wasserkocher ein. Dann prüfe ich die Teeauswahl. Kräuter, Pfefferminz, Rooibos – wollte ich ihn trinken, wären das die Sorten meiner Wahl. So aber entscheide ich mich für schwarzen Tee.

»Tadaaaa – das perfekte Zaubermittel. Gib mir zwanzig Minuten, und ich bin ausgehfertig.«

Theo nickt ergeben. »Okay. Na gut. Aber können wir wenigstens vorher noch was essen? Ich schaffe das mit dem Karaoke nicht, ohne mir Mut anzutrinken. Und das wiederum klappt nur, wenn ich eine ordentliche Grundlage habe. Sonst kannst du mir nach dem ersten Glas ein Taxi rufen, und der Spaß ist vorbei, bevor er angefangen hat.«

Klingt logisch. Ich bin einverstanden, zumal mir selbst ganz schön der Magen knurrt, wie ich gerade feststelle.

»Wähle du aus, mir ist alles recht«, sage ich und werfe ihm die hauseigene Speisekarte zu.

Während er sie durchblättert, gieße ich den Tee auf. Altes Hausmittel – hab ich jedenfalls irgendwo gelesen. Andere wissen so etwas von ihrer Mutter, ich kenne derartige Tricks von Tante Google.

Theo bestellt telefonisch zwei Portionen Omelette mit Champignons und Schafskäse, dazu Kräuterbaguette und Sommersalat. Sehr gute Wahl. Ich liebe Omelette!

Okay, der Tee hat lange genug gezogen. Ich nehme die Beutel aus der Tasse und lege sie kurz ins Eisfach der Minibar, damit sie abkühlen. Schon wenig später kann ich sie als Erste-Hilfe-Augenmasken verwenden.

Aaaaah, herrlich! Man spürt richtig, wie die Haut sich regeneriert. Ich weiß, eigentlich sollte man die kalten Teebeutel eine halbe Stunde lang einwirken lassen, aber meine Zeit ist einfach zu knapp und zu wertvoll, um sie auf diese Weise zu vergeuden. Also weg mit den Dingern!

Anschließend lege ich ein wenig Puder, Rouge und Lipgloss auf, das muss für heute Abend genügen.

Früher als erwartet klopft es an der Tür. Obwohl Theo noch nicht fertig angezogen ist, bittet er den Kellner so selbstbewusst herein, als trüge er einen eleganten Smoking statt Boxershorts und T-Shirt.

Es gehört vermutlich zur Grundausbildung für alle, die in einem Vier-Sterne-Haus arbeiten, sich nichts anmerken zu lassen, egal, wie bizarr sich die Gäste verhalten. Mit unbewegter Miene schiebt der Kellner den chromfarbenen Servierwagen herein, als gäbe es hier nichts Ungewöhnliches zu sehen. Weder eine Glatzenfrau noch einen Nerd in Boxershorts, die mit der Zahl Pi bedruckt sind – und das mit mindestens hundert Nachkommastellen …

»Danke, das sieht wunderbar aus. Stellen Sie es einfach da drüben ab. Das hier ist für Sie«, sagt Theo lässig und überreicht dem Kellner ein großzügiges Trinkgeld.

Ich an seiner Stelle hätte mich verlegen im Badezimmer versteckt, doch ihm scheint sein Aufzug nichts auszumachen.

»Meine Unterhose ist schließlich sauber, und ich befinde mich in einem Schlafzimmer, warum sollte ich mich schämen?«, schmettert er meinen diesbezüglichen Kommentar ab. »Außerdem: Klamotten können gar nicht vulgär sein, nur die Person, die sie trägt, hat meine Oma immer gesagt.«

Scheint ganz schön clever gewesen zu sein, die alte Lady.

»Jedenfalls hast du reagiert wie ein echter Gentleman«, sage ich anerkennend.

»Dann lasst uns speisen, Mylady«, sagt Theo mit pseudobritischem Akzent und deutet eine Verbeugung an.

»Aber mit dem größten Vergnügen, mein Teuerster«, flöte ich gespielt affektiert und strecke ihm gleich darauf die Zunge heraus.

Es ist schon halb zehn, als wir endlich zum Aufbruch bereit sind. Theo findet das ein bisschen zu spät, um noch auszugehen. Ganz offensichtlich hat er vom Nachtleben nicht die geringste Ahnung.

»Im Gegenteil – das ist voll früh«, kläre ich ihn auf. »In den angesagten Clubs ist um diese Zeit noch kaum was los. Aber wir werden bestimmt eine Karaokebar finden, in der wir uns vor ein paar Zuschauern gepflegt lächerlich machen können.«

Theo verzieht das Gesicht, als hätte er Zahnschmerzen.

»Hast du nicht was vergessen?«, fragt er, als ich auf die Tür zusteuere.

Ich checke kurz meine Hosentaschen: Kreditkarte, etwas Bargeld, Lipgloss, Handy – alles da. Die Zimmerkarte nimmt Theo an sich. Was sollte da noch fehlen?

Als er sich verlegen durch seine Wuschelmähne fährt, macht es klick.

»Meine Haare!«, rufe ich entsetzt aus. Beinahe wäre ich oben ohne aufgebrochen. Geht ja gar nicht!

Theo hilft mir, die Perücke aufzusetzen. Ich zupfe an den ungewohnten Locken herum und werfe einen letzten Kont-rollblick in den Spiegel.

»Ich erkenne mich selbst kaum wieder«, jammere ich.

»Keine Sorge, falls du mal vergisst, wer du bist, hast du ja mich dabei.«

Scherzkeks. Oder hat er das etwa ernst gemeint?

Egal. Hauptsache, eine unvergessliche Nacht liegt vor uns. Karaokebar, wir kommen!

Das *Big in Japan* liegt gerade mal vier Querstraßen entfernt.

»Cool, hier kann man einen separaten Raum mieten. Das heißt, ich mache mich allerhöchstens vor dir zum Idioten, nicht vor großem Publikum«, freut sich Theo, nachdem er die Preistafel studiert hat. »Und allzu teuer ist es auch nicht.«

Ich ziehe einen Flunsch. So hab ich mir das nicht vorgestellt. »Das ist dann aber keine echte Mutprobe«, finde ich. »Ich meine – ich kenne dich in sonderbaren Unterhosen. Dein Gesang kann auch nicht schockierender sein.«

»Hey, ihr wollt Karaoke singen? Wir haben noch Plätze frei in unserer Kabine. Möchtet ihr mitmachen?«

Dieser Vorschlag kommt von einer jungen Frau, die aussieht, als wäre sie direkt einem Manga entsprungen. Lange mintfarbene Schulmädchen-Zöpfe, riesig geschminkte Augen, Glitzer-Rouge, bauchfreie Korsage, Minifaltenrock und hohe rote Stiefel. Ihr hübsches Gesicht hat asiatische Züge, genau wie das ihrer Begleiter.

»Kommt ihr … aus Japan?«, frage ich und beiße mir gleich darauf auf die Lippen. Statt mich für ihr nettes Angebot zu bedanken, reagiere ich mit einer indiskreten Frage, die man durchaus als rassistisch bewerten könnte. »Sorry, ich wollte nicht unhöflich sein. Cool, dass ihr uns mitmachen lasst«, schiebe ich gleich danach hinterher.

Die Manga-Frau lacht. »Kein Problem. Wir stammen tatsächlich alle aus Tokio, haben uns aber erst hier in Berlin an der Uni kennengelernt. Ich bin Yuna, und das sind Saki, Naturo und Riku.«

Die anderen nicken uns freundlich zu. Sie scheinen nett zu sein.

»Theo, yoroshiku onegaishimasu«, sagt Theo und verbeugt sich.

»Oh, du sprichst Japanisch?«, staunt Yunas Freundin Saki. Sie trägt eine stinknormale Jeans und ein schwarzes Shirt. Die beiden Jungs sind ebenfalls unauffällig gekleidet – Yuna fällt als Einzige aus dem Rahmen.

»Nur ein bisschen.« Theo kratzt sich verlegen am Kopf.

»Offen gestanden beschränken sich meine Japanischkenntnisse auf diesen einen Satz. Ich wollte schon immer mal ausprobieren, ob er funktioniert.«

»Tut er«, bestätigt einer der jungen Männer. »Ich bin Riku, und ich freue mich ebenfalls, euch kennenzulernen. Also, was ist: Seid ihr dabei? Je größer die Gruppe, desto mehr Spaß macht Karaoke.«

Da muss ich nicht lang überlegen. »Wir sind so was von dabei!«

Wir buchen die Kabine erst mal für zwei Stunden. »Verlängern können wir immer noch, wenn wir Lust haben«, erklärt Yuna. Ich kann meine Augen nicht von ihr abwenden. Ihr Styling ist einfach zu ungewöhnlich.

Sie bemerkt meinen Blick. »Glaub bitte nicht, dass ich immer so rumlaufe«, kichert sie. »Ich komme direkt von einem Cosplay-Event und hatte keine Zeit mehr, mich umzuziehen. Sonst kleide ich mich mindestens so langweilig wie meine Freunde. Und das hier« – sie deutet auf die mintfarbenen Zöpfe – »ist eine Perücke.«

Ich bin versucht, ihr zu gestehen, dass meine kastanienbraunen Locken ebenfalls unecht sind, aber dann lasse ich es doch. Hey, das hier soll ein lustiger, unbeschwerter Abend werden. Horst und alles, was mit ihm zu tun hat, soll bitte draußen bleiben.

Unsere Karaoke-Kabine sieht aus wie eine Bowlingbahn ohne Bowlingbahn – dort, wo man sonst die Kugeln abwirft, befindet sich ein riesiger Flachbildschirm, davor stehen drei Mikros. Wir lümmeln uns auf die Sitzgruppe aus knallrotem Kunstleder. Auf dem runden Tisch liegt ein Tablet, über das man die Getränke ordern kann.

»Bier? Du auch eins? Du auch?«, nimmt Naturo die Sache mit der Bestellung in die Hand.

»Schaut euch Naturo an«, stichelt sein Kumpel Riku. »Immer muss er alles managen. Typisch BWL-Student.«

»Ha, du kannst ja ein Gedicht darüber schreiben, du typischer Literaturwissenschaftler«, pariert Naturo.

Alle lachen.

»Für mich ein alkoholfreies«, melde ich mich zu Wort.

»Ernsthaft? Bist du sicher?« Yuna kann es kaum glauben.

»Keine Sorge, Victoria kann es auch ohne Alkohol ganz schön krachen lassen«, mischt sich Theo ein. »Aber ich nehme unbedingt ein echtes Bier. Am besten gleich zwei – sonst trau ich mich nicht, zu singen.«

»Warum bist du dann überhaupt hier?«, will Saki wissen.

»Das ist eine lange Geschichte«, behauptet Theo.

Die anderen sehen aus, als wären sie durchaus daran interessiert, sie in aller Ausführlichkeit zu hören. Doch da kommen zum Glück schon unsere Getränke, und das Thema ist vorbei.

»Prost«, sagt Theo und hebt seine Flasche.

»Kanpai!«, erwidern unsere neuen japanischen Freunde.

»Kanpai!«, wiederholen wir.

Ich prüfe das Etikett meiner Flasche drei Mal – tatsächlich alkoholfrei. Irgendwie fühle ich mich ganz beschwipst. Und ich weiß genau, dass eine lange Nacht vor uns liegt. Sie wird unvergesslich und lustig, darauf möchte ich wetten!

»*Neunundneunzig Luftballons*«, jubelt Naturo. »Super, dass dieser Song auf der Playlist steht. Den nehme ich als Erstes!« Er beugt sich über eine Maschine, die ich bisher noch gar nicht beachtet habe. Sie ähnelt ein bisschen einer altmodischen Musikbox und enthält offensichtlich alle Titel, die zur Auswahl stehen.

»Och Mann, das wollte ich doch singen!« Yuna schiebt beleidigt die Unterlippe vor, aber ihre Enttäuschung ist bloß gespielt. »Na gut, dann nehme ich *New York, New York*.«

»Puh, das ist aber ein schwieriger Song!« Theo ist ziemlich beeindruckt.

Riku schüttelt den Kopf. »Junge, weißt du eigentlich, worum es bei Karaoke geht?«

»Um Gesang?«

»Nur vordergründig«, klärt Riku ihn auf. »In Wahrheit geht es darum, wild zu sein. Über den eigenen Schatten zu springen. Sich notfalls auch unsterblich zu blamieren – und es auszuhalten. Über sich selbst zu lachen. Stärker zu werden.«

»Hör nicht auf diesen Klugscheißer«, unterbricht ihn Yuna. »So war es vielleicht früher mal. Heute ist es einfach nur ein Partyspiel.« Sie überfliegt noch mal die Playlist. »Ah, *I Will Survive* von Gloria Gaynor. Das singe ich dann auch gleich noch!«

Mir bleibt das Lachen im Halse stecken.

Jetzt hat sich Horst durch die Hintertür doch in unsere Karaoke-Kabine eingeschlichen! Dieser verdammte Arsch …

Kapitel 20

The Time of My Life

Ich habe in meinem ganzen Leben noch nie so eine grauenvolle Version von *Neunundneunzig Luftballons* gehört. Ich meine, Nena ist nun weiß Gott nicht die begnadetste Sängerin unter der Sonne, doch sie trifft wenigstens die Töne – im Gegensatz zu Naturo. Wüsste ich nicht, welches Lied er singt, hätte ich es höchstens am Text erkannt.

Aber Naturo hat höllischen Spaß dabei, alle anderen ebenfalls, und das ist schließlich die Hauptsache.

Naturos schräger Auftritt nimmt auch Theo ein wenig die Nervosität. Immerhin ist er jetzt wenigstens dazu bereit, die Playlist durchzusehen.

»Hey, wie wäre es mit *Westerland*?«, schlage ich vor. So einen Gröl-Song schafft man auch noch mit zwei Promille. Wobei es wohl besser wäre, nicht so lange zu warten, bis Theo dieses Level erreicht hat. Er ist bereits bei seinem zweiten Bier, und es wird deutlich, dass er nicht sonderlich viel verträgt, wie sein albernes Kichern beweist. So kenne ich ihn gar nicht.

Doch dann folgt Yuna mit *New York, New York*, und leider legt sie einen bühnenreifen Auftritt hin, der sie bei jeder Castingshow in die nächste Runde bringen würde.

Zack, ist Theos Nervosität wieder da.

»Ach, ich weiß nicht. Ich warte lieber noch ein bisschen«, wehrt er ab.

»Na gut, es gehört zwar nicht zu meiner Bucket List, hier mitzumachen, aber ich geh jetzt einfach mal mit gutem beziehungsweise schlechtem Beispiel voran«, sage ich und wähle *Barbie Girl* von Aqua. Wenn ich mich vor unseren neuen japanischen Freunden zum Affen mache, kann Theo sich unmöglich weiter zieren.

»Hey, ich schicke eine neue Getränkebestellung raus«, meldet sich Riku zu Wort. »Für euch auch ne Runde?«

Meine Flasche ist noch halb voll. Aber Theo leert sein zweites Bier mit einem Zug. »Ja, bin dabei«, ruft er.

»Nix da«, entscheide ich. »Du bekommst erst wieder was, wenn du singst.«

Theo lacht sich halb schief darüber, was mir beweist, wie recht ich mit meiner Einschätzung habe. Er hat schon ordentlich einen sitzen!

Doch bevor ich weiter mit ihm diskutieren kann, bin ich an der Reihe.

Na gut. Ich schnappe mir das Mikro, und los geht's. *Barbie Girl* erfordert keine großen Gesangskünste – es genügt die Bereitschaft, sich lächerlich zu machen. »Life in plastic, it's fantastic«, trällere ich mit kindischer Quäkestimme.

Offenbar habe ich genau den richtigen Titel gewählt, um die Stimmung anzuheizen, denn Saki und Riku sind nicht zu bremsen. Ehe ich mich's versehe, stehen sie neben mir, beide ein Mikro in der Hand.

»Come on Barbie, let's go party«, grölt Riku, woraufhin Saki und ich mit »Ah-ah-ah-yeah« antworten und dabei sogar eine einigermaßen synchrone Choreo hinkriegen.

Doch dann will auch Horst mitmachen, der Mistkerl.

Ich spüre es an einem Kribbeln in den Beinen und daran, dass mir die Worte nicht über die Lippen kommen wollen. Okay, »You can brush my hair, undress me everywhere« ist ja auch eine selten dämliche Zeile. Im Grunde beweist Horst seinen guten Geschmack, indem er mich dabei stocken lässt. Andererseits ist der Text zwar hirnlos, aber nicht mal ein Zungenbrecher. Kann doch nicht so schwer sein? Warum klingt das bei mir wie »Youn braaaair, unemeväää«?

Zum Glück singen Riku und Saki aus voller Kehle, sodass niemand meinen Aussetzer mitbekommt. Verstohlen schaue ich mich nach den anderen um. Die hüpfen fröhlich auf und ab und klatschen mehr oder weniger rhythmisch mit. Nicht einmal Theo bemerkt, wie es um mich steht – er am wenigsten, denn er hat schon wieder eine volle Bierflasche in der Hand.

»Bin kurz an der frischen Luft«, flüstere ich Theo ins Ohr, nachdem die letzten Töne von *Barbie Girl* endlich verklungen sind und ich das Mikro an Yuna übergeben habe.

»Okay«, grinst Theo. »Voll cool, dieses Karaoke.«

»Noch cooler wäre es, wenn du endlich auch mitmachen würdest«, gebe ich zurück – wenigstens stammele ich nicht mehr. Horst scheint sich wieder zurückgezogen zu haben.

»Zu Befehl, Mylady«, erwidert er.

Na, das kann ja noch heiter werden …

Im Rausgehen bekomme ich noch die ersten Takte von *I Will Survive* mit. Perfekter Zeitpunkt für eine Auszeit!

Vor der Tür atme ich erst einmal tief durch und genieße die Abkühlung. In der Bar ist es furchtbar heiß, und ich schwitze ganz schön unter meiner Perücke.

»Willst du auch eine?«

Ich habe gar nicht mitbekommen, dass Riku mir nach draußen gefolgt ist. Offensichtlich, um zu rauchen – und jetzt hält er mir sein Zigarettenpäckchen vor die Nase.

Im Affekt nehme ich mir eine und bedanke mich. Dabei bin ich Nichtraucherin! Was hab ich mir nur dabei gedacht?

Am liebsten würde ich den Glimmstängel sofort zurück in die Packung schieben, aber schon fummelt Riku mit dem Feuerzeug vor meiner Nase herum, also mache ich mit.

Es schmeckt ... scheußlich. Und das hat sicher nichts mit Horst zu tun.

Wäre es unhöflich, die gerade angerauchte Zigarette auszudrücken? Vermutlich schon. Ich beschließe, sie einfach in der Hand verglimmen zu lassen und zu hoffen, dass es Riku nicht auffällt.

»Dein Freund hat ja ziemlich viel Spaß«, sagt er nach ein paar Zügen, die er schweigend genossen hat.

Theo ist nicht ... Egal.

»Ich fürchte, etwas zu viel Spaß. Wir sind eigentlich nur wegen einer Wette hier, aber wenn er so weiterbechert, ist er bald nicht mehr in der Lage, sie einzulösen.«

»Sei nicht so streng. Er feiert doch bloß ein bisschen.«

Will Riku damit etwa sagen, ich sei eine Spaßbremse? Ich bin so irritiert, dass ich an der Kippe ziehe – und prompt husten muss.

Riku ist zu höflich, das zu kommentieren. Er lächelt bloß undurchsichtig.

Keine Ahnung, was er gerade über mich denkt. Ist mir auch egal. Ich kenne ihn schließlich nicht und er mich genauso wenig. Nach diesem Abend werden wir uns vermutlich nie wieder treffen.

Trotzdem ärgert es mich, dass er mich dermaßen falsch

einschätzt. *Hey, nicht ich bin die Spaßbremse, sondern Theo ist es eigentlich!* Schließlich ist er derjenige, den man zu ein bisschen Party zwingen muss. Ohne mich hätte er weder den Bungee-Sprung gewagt, noch wäre er jetzt hier!

»Wir sehen uns gleich«, sagt Riku und drückt seine Zigarette aus.

Als er hineingeht, höre ich immer noch *I Will Survive* von drinnen. Ich werfe die blöde Kippe in den Aschenbecher, bleibe aber noch ein bisschen draußen stehen. Diesen Song muss ich mir nicht antun. Nicht nur wegen Horst und der deprimierenden Frage, ob ich das, was mir bevorsteht, überleben werde – nein, da steckt noch etwas anderes dahinter, wie mir jetzt erst klar wird. Denn auf einmal taucht ein Bild vor meinem inneren Auge auf, das so klar ist, als wäre es live – dabei muss ich es jahrelang verdrängt haben.

Wir sind in unserer Küche – meine Mutter und ich. Sie macht Salat, und ich helfe ihr dabei, Paprika in kleine Streifen zu schneiden.

»Pass auf, dass du dich nicht schneidest«, sagt sie.

»Ich bin doch kein Baby mehr«, erwidere ich empört. Ich muss so ungefähr neun Jahre alt sein. Ja, genau, jetzt erinnere ich mich – es ist kurz vor meinem zehnten Geburtstag, den sie so groß für mich gefeiert hat, nur um am nächsten Tag abzuhauen …

Im Hintergrund dudelt das Küchenradio.

»Oh, diesen Song liebe ich!«, ruft meine Mutter mit einem Mal aus und dreht das Radio laut.

»At first I was afraid, I was petrified«, singt Gloria Gaynor, und meine Mutter fällt mit ein: »Kept thinking I could never live without you by my side …«

Ich habe noch keinen Englischunterricht in der Schule und verstehe daher den Text nicht, lasse mich aber von ihrer Begeisterung anstecken. Wir legen unsere Messer beiseite, und bald tanzen wir beide ausgelassen durch die Küche.

»I will survive, I will survive, hey, hey«, johlen wir laut. Sie im Wissen, dass sie kurz davor ist, ihre Ehe zu beenden und ohne Paps und mich weiterzuleben. Ich dagegen völlig ahnungslos.

Hätte sich meine Mutter nicht wenige Wochen später aus dem Staub gemacht, wäre diese Szene eine meiner schönsten Kindheitserinnerungen. So ist es eine der schmerzhaftesten.

»Wo hast du denn gesteckt, ich bin gleich dran!« Theo wirkt völlig aufgekratzt, als ich unsere Karaoke-Kabine wieder betrete – gemeinsam mit der Bedienung, die ein Tablett mit neuen Flaschen hereinbringt. Ich entdecke eine mit alkoholfreiem Bier, die offenbar jemand für mich mitbestellt hat, und greife danach – ebenso wie nach einer mit echtem Pils.

»Nur ein bisschen frische Luft schnappen«, erkläre ich und gebe Theo die Flasche mit dem alkoholfreien Inhalt.

Theo nimmt einen kräftigen Schluck, und ich rechne schon damit, dass er meinen Tausch sofort bemerkt, aber dem ist nicht so.

»Aaaah, das zischt vielleicht«, kommentiert er zufrieden.

Na bitte. Umso besser.

Und was trinke ich jetzt? Etwa das Pils? Unschlüssig halte ich die Flasche in der Hand. Vielleicht kann ich sie später unauffällig Saki unterschieben, deren Pulle fast leer ist.

»Du bist dran, Theo«, ruft sie gerade.

Auf dem Bildschirm sind Bilder eines karibischen Strandes zu sehen. Eine braun gebrannte Schönheit in weißem Badeanzug aalt sich in der Sonne. Die Videos, die zu den Karaoke-Titeln eingeblendet werden, sind meist extrem kitschig und haben so gar nichts mit dem Inhalt der Songs zu tun, aber das scheint außer mir niemanden zu irritieren.

Während Theo mit dem Mikro in der Hand darauf wartet, dass die erste Textzeile eingeblendet wird, rätsele ich, welcher Song das wohl sein könnte. Hat er sich tatsächlich für *Westerland* entschieden?

Die Anfangstöne gehen im allgemeinen Gejohle der anderen unter. Dann setzt das Schlagzeug ein, doch ich erkenne den Song immer noch nicht. Erst als Theo loslegt, wird mir klar, was für eine Nummer er da ausgewählt hat – und ich kann es kaum glauben!

»You don't have to be beautiful to turn me on«, singt er mit hoher Fistelstimme und wackelt dabei auf merkwürdige Weise mit dem Hintern. »I just need your body, baby, from dusk till dawn …«

Ich traue meinen Augen kaum. Theo, der Performer! Man könnte fast glauben, er hätte sein halbes Leben auf der Bühne gestanden! Zwar eher als Comedian denn als Sänger, aber egal, von Hemmungen keine Spur.

Unsere japanischen Freunde sind hin und weg, und ich nippe vor lauter Schreck sogar an dem Bier, nur um es gleich darauf angewidert zur Seite zu stellen. Schmeckt nach Koriander! Einfach widerlich. Doch ich bin froh darüber – mit dieser Geschmacksverwirrung hat mich Horst davon abgehalten, versehentlich Alkohol zu trinken und damit wer weiß welche Symptome hervorzurufen.

»Supercool!«, brüllt Naturo und beginnt rhythmisch zu klatschen. Wir anderen fallen mit ein, was Theo nur noch mehr anspornt.

»I just want your extra time and your … kiss!«, fiept er in schrillem Falsett. Prince würde sich im Grabe umdrehen, wenn er das hören müsste! Schön ist anders, definitiv – doch ich finde es einfach großartig, wie Theo dabei aus sich herausgeht.

Während eines Gitarrensolos zieht er umständlich, aber breit grinsend sein obligatorisches Karohemd aus und steht jetzt im T-Shirt da. Es zeigt Albert Einstein, wie er die Zunge rausstreckt. Parallel dazu rekelt sich im Video die Strandschönheit in den sanften Wellen der Südsee. Der Kontrast könnte nicht größer sein.

Nach Theos finalem »Kiss« jubeln alle los, und er fällt mir euphorisch in die Arme. Dabei kommen sich unsere Gesichter irgendwie ziemlich nah, und für den Bruchteil einer Sekunde berühren sich unsere Lippen. Oder habe ich mir das nur eingebildet? Ich bin verwirrt, doch dann ist der Moment auch schon wieder vorbei.

»Du hast es geschafft«, sage ich ein bisschen verlegen.

»Ja, das habe ich«, strahlt er. »Und es war noch krasser als der Bungee-Sprung!«

Jetzt ist Theo kaum noch zu bremsen. Schon beugt er sich wieder über die Playlist, um sich für den nächsten Auftritt anzumelden.

Während Yuna einen Rihanna-Song zum Besten gibt, drückt Theo auf der Maschine herum. Dann wendet er sich mit einem breiten Grinsen zu mir um.

»Überraschung – bist du bereit für ein Duett?«

Eigentlich hatte ich nicht vor, nach meinem unbemerkt gebliebenen Textaussetzer bei *Barbie Girl* mein Glück noch einmal auf die Probe zu stellen, aber Theos treuherziger Dackelblick bringt meinen Widerstand zum Schmelzen. Außerdem haben alle außer mir inzwischen ordentlich einen im Tee, sodass es vermutlich nicht mal auffallen würde, wenn ich nur noch »Bla, bla, bla« singen würde.

Nach Yuna sind Naturo und Riku dran, die gemeinsam *The Sound of Silence* in die Mikros brüllen, und anschließend Saki mit einer ziemlich gelungenen Billie-Eilish-Nummer.

Ich stelle fest, dass irgendjemand mein beiseitegestelltes Bier geleert hat. Bevor es ein anderer tut, übernehme ich die nächste Bestellung und ordere direkt zwei alkoholfreie Biere.

»Mal langsam, ich spüre das Zeug schon ganz schön«, sagt Theo, als ich ihm die neue Flasche in die Hand drücke.

»Ach was, das hier verträgst du garantiert noch«, beruhige ich ihn guten Gewissens.

Nach ein paar weiteren Performances der anderen sind wir an der Reihe.

»Ernsthaft? Ein Song aus *Dirty Dancing*?« Erneut verblüfft mich Theos Auswahl.

»Vergiss nicht, ich habe zwei Schwestern«, grinst er, um dann mit verstellter Stimme zu säuseln: »Ich habe eine Wassermelone getragen.«

Während wir uns die Mikros schnappen, formieren sich die anderen zu zwei Tanzpaaren. *Dirty Dancing* scheint auch Jahrzehnte nach seinem Kinoerfolg noch international bekannt zu sein, stelle ich fest, auch wenn ich selbst den Film nie gesehen habe. Ich kenne nur die bekanntesten Ausschnitte und natürlich die finale Tanzszene zu dem Lied, das Theo für uns ausgesucht hat.

Stimmlich kann ich ebenso wenig mit Jennifer Warnes mithalten wie Theo mit Bill Medley – da kommen die beiden japanischen Tanzpaare mit ihrem Mambo den Leistungen von Jennifer Grey und Patrick Swayze schon deutlich näher.

Aber das spielt alles überhaupt keine Rolle, denn wir singen voller Inbrunst und Leidenschaft. Erst Theo solistisch, dann ich allein und schließlich wir beide gemeinsam:

»Because I've had the time of my life, no, I never felt this way before, yes I swear it's the truth, and I owe it all to you …«, schmettern wir aus Leibeskräften, blödeln dabei herum wie zwei Teenies und haben den Spaß unseres Lebens.

Erst als der Song vorbei ist, wird mir bewusst, dass ich für knapp fünf Minuten alles um mich herum vergessen habe. Ich habe weder an Horst gedacht noch an meine Mutter, nicht an Valentina oder Paps, nicht an die bevorstehende Operation und schon gar nicht an die Tatsache, dass ich vielleicht nie wieder singen, lachen und herumalbern werde.

Vielleicht war das hier mein letzter Samstagabend.

Ich verscheuche den Gedanken schnell und hake Theo unter.

»Mein Baby gehört zu mir«, nuschelt er, und wenn ich das nicht als *Dirty Dancing*-Filmzitat identifiziert hätte, würde ich ihn spätestens jetzt für komplett übergeschnappt halten.

Erschöpft lassen wir uns auf das rote Kunstledersofa fallen. Dieser Auftritt war ganz schön anstrengend, ich muss erst mal wieder zu Atem kommen.

Während Saki eine herrlich erbärmliche Version von *My Heart Will Go On* ins Mikro haucht, merke ich, dass ich am Ende meiner Kräfte bin. Ein Blick aufs Handy verrät mir, dass es bereits halb eins ist. Der Wahnsinn, wie schnell die Stunden verflogen sind!

»Ich glaube, es wird Zeit, zu verschwinden.«

Theo guckt ein bisschen enttäuscht aus der Wäsche, doch dann fällt ihm offenbar ein, dass ich alles andere als gesund bin, und sofort macht er ein betroffenes Gesicht.

»Sorry, ich habe nicht dran gedacht«, murmelt er.

»Ich auch nicht – jedenfalls die meiste Zeit.«

Ich stehe auf und schwanke leicht. Theo ebenfalls, nur kommt es bei ihm nicht von Horst, sondern vom Bier – und das, obwohl ich ihm in der letzten Stunde ausschließlich alkoholfreies untergeschoben habe.

»Sollen wir uns nicht verabschieden?«, fragt er, als ich ihn unauffällig in Richtung Ausgang bugsiere.

»Nein, wir wollen den anderen nicht die Stimmung ruinieren.«

Wir gehen zur Theke und bezahlen ein Drittel der Gesamtrechnung. Damit kommen unsere japanischen Freunde gut weg, denn jeder von ihnen hat deutlich mehr konsumiert als wir, vor allem als ich.

»Richten Sie den anderen liebe Grüße aus«, bitte ich die Bedienung.

»Aaaaaah, herrlich, die Berliner Nachtluft!« Theo wirkt immer noch reichlich aufgekratzt und dreht sich im Kreis wie eine Ballerina, wobei er um ein Haar über einen Stadtstreicher stolpert, der in einem Hauseingang sein Nachtlager aufgeschlagen hat.

»Ich glaube, Taxiluft ist noch herrlicher«, kommentiere ich und winke kurzerhand einen Wagen heran. Es ist zwar nicht weit bis zu unserem Hotel, aber ich habe das Gefühl, Theo braucht dringend eine Aspirin und ein Kopfkissen.

Notiz an mich selbst: Unbedingt dran denken, das »Bitte nicht stören«-Schild an die Tür zu hängen. Morgen schlafen wir aus. Wir müssen fit sein für den großen Abend!

Kapitel 21

Katerstimmung

Manchmal wünsche ich mir, für Träume gäbe es einen Streamingdienst, bei dem man sein Programm selbst auswählen kann. Einen Dreamingdienst, sozusagen. Dann würden mir garantiert niemals Szenen von meiner eigenen Beerdigung im Kopf herumspuken oder Streitgespräche mit meiner Mutter, was kaum weniger gruselig ist, und es gäbe auch keine permanente Wiederholung meines Sturzes beim Hochsprung – schon gar nicht in Zeitlupe. Diese Bilder haben in den letzten Nächten meine Träume dominiert, wenn ich nicht gerade mit Valentina *Stadt, Land, Fluss* gespielt oder Paps beim Bungee-Springen zugeschaut habe …

Aber heute kann ich mich echt nicht beschweren. Deshalb habe ich keine Eile, die Augen aufzuschlagen, sondern versuche, so lange wie möglich in diesem herrlichen Schwebezustand zwischen Schlaf und Erwachen zu bleiben, in dem alles so wunderbar leicht ist und sich die Träume anfühlen, als wären sie echt.

Natürlich spielt Marek Carter darin die Hauptrolle. Genauer gesagt bin ich Co-Star in seiner Erfolgsserie *Wunder dauern etwas länger*. Er, der unfassbar attraktive Engel in Menschengestalt mit den tiefblauen Augen, und ich, die Sterbliche, die er rettet, um für immer mit ihr zusammen zu sein …

»Aber – gefährdest du damit nicht deine Unverwundbarkeit?«, hauche ich fassungslos angesichts seiner unerwarteten Liebeserklärung.

»Was bedeutet schon Unverwundbarkeit, wenn mir doch das Wertvollste auf Erden versagt bliebe?«, fragt er zurück und schenkt mir einen seiner magischen Blicke, die mich zum Erbeben bringen. »Unverwundbarkeit heißt, nichts zu spüren – auch nicht die Liebe. Das ist ein zu hoher Preis – und seit ich dich kenne, liebste Victoria, bin ich nicht länger bereit, ihn zu bezahlen …«

Unsere Lippen nähern sich – doch dann wird das Bild ausgeblendet, und ein neues erscheint.

Jetzt ist Marek nicht mehr in seiner Rolle, sondern ganz er selbst. Immer noch verdammt attraktiv, aber kein Engel, sondern ein heiß begehrter Superstar, umgeben von unzähligen Fans, alle weiblich, alle wunderschön. Obwohl ich mir gegen diese Konkurrenz nicht die geringste Chance ausrechne, scheint er nur Augen für mich zu haben. Er setzt sich in Bewegung, die Menge teilt sich, alle anderen weichen zurück. Langsam kommt er auf mich zu. Ich kann mich nicht bewegen. Meint er wirklich mich? Oder vielleicht irgendeine Beauty, die hinter mir steht? Ich wage weder, mich umzudrehen, noch, ihm entgegenzulaufen – aus Angst, mich lächerlich zu machen.

Doch da steht niemand hinter mir. Ich bin es, von der er sich magisch angezogen fühlt.

»Komm mit«, sagt er und nimmt meine Hand …

Obwohl ich wirklich gern wüsste, wie es weitergeht, wird auch diese Szene plötzlich durch eine neue ersetzt.

Wir liegen dicht aneinandergekuschelt. Sein muskulöser Körper schmiegt sich sanft an mich, sein Arm ist um meine Hüfte geschlungen, seine Hände streicheln zärtlich meinen Bauch. Ich bin starr vor Glück und wage kaum zu atmen. Alles fühlt sich so unfassbar real an! Das ist der schönste Traum meines Lebens. Ich will mich mit Leib und Seele hineinfallen lassen und nie mehr daraus erwachen …

Da dringt ein Geräusch an mein Ohr, das so gar nicht romantisch klingt. Kein Liebesgesäusel, sondern vielmehr eine Mischung aus dem, was ein Wildschwein von sich gibt, und dem Sound eines kaputten Rasenmähers.

Nicht zu fassen: Marek Carter schnarcht wie ein Holzfäller!

Vorsichtig blinzele ich. Es ist alles noch so wie in meinem Traum. Ich liege auf der Seite, ein Männerarm umfasst meine Hüfte, in Löffelchenstellung schmiegt er sich an meinen Rücken – und sägt dabei ganze Wälder ab!

Moment. Irgendwas stimmt hier ganz und gar nicht!

Ich erkenne das sündhaft teure Hotelzimmer. Wie kommt Marek hier rein?

Vorsichtig schiebe ich den Arm, der vielleicht meinem Traummann gehört, zur Seite und rutsche Millimeter für Millimeter in Richtung Bettkante. Dann drehe ich mich um – und unterdrücke einen Fluch.

Verdammt, Theo!

Von wegen, das Kingsize-Bett bietet genug Platz für uns beide! Im Schlaf muss er auf meine Seite geraten sein. Wie konnte ich ihn bloß mit Marek Carter verwechseln?

Verärgert stehe ich auf und gehe ins Bad, um ausführlich zu duschen. Erst heiß, dann eiskalt. Soll gut für den Kreislauf sein – hoffentlich auch für fehlgeleitete Hormone.

Der Spiegel ist ganz beschlagen. Ich wische ihn mit Kosmetikpapier trocken und erschrecke zutiefst, als ich mich darin erkenne. Ohne Haare sehe ich aus wie ein Alien! Wo ist noch gleich diese blöde Julia-Roberts-Perücke?

Ich entdecke sie an der Wand über einen Haken gehängt. Reichlich zerrupft sieht sie aus – bevor ich mich damit wieder unter Menschen wage, muss ich sie gründlich in Form bringen.

Später. Jetzt brauche ich erst mal was Warmes zu trinken. Obwohl es draußen herrlich sommerlich ist, fröstele ich. Schlafmangel kann nicht daran schuld sein – immerhin ist es schon früher Nachmittag. Es müssen wohl die fehlenden Kopfhaare sein. Kurz entschlossen wickele ich ein T-Shirt wie einen Turban um meinen kahlen Schädel. Jetzt sehe ich zwar aus wie eine alte Frau mit Badekappe, aber sei's drum. Wer sieht mich hier schon? Außer Theo, der ja noch selig schläft und dabei unsägliche Geräusche von sich gibt, und demnächst dem Kellner, der – wie gestern erlebt – nicht so leicht zu schockieren ist.

Ich wähle die Nummer des Zimmerservice und bestelle mir ein kleines Frühstück und einen großen, starken Kaffee mit viel Zucker und etwas Sahne. Mal gespannt, ob die das exakt so hinkriegen. Ein Vier-Sterne-Haus sollte das schon schaffen, finde ich.

Nachdem ich aufgelegt habe, fällt mir auf, dass das Schnarchen aufgehört hat. Und tatsächlich: Theo ist wach. Jedenfalls so halb. Immerhin hat er die Augen nicht mehr ganz geschlossen und murmelt unverständliches Zeug.

»Alles klar, Kumpel?«, frage ich, um gleich deutlich zu machen, dass die Zeit des Anschmiegens vorbei ist. Falls er davon überhaupt etwas mitbekommen hat, was ich bezweifele. Beziehungsweise hoffe. Wäre ganz schön peinlich, wenn so etwas zwischen uns stünde.

»Mein Kopf platzt«, krächzt er und klingt dabei erbärmlich.

»Warte, ich hole dir ein Schmerzmittel.«

In meiner Handtasche müssen noch ein paar lösliche Aspirin herumfliegen. Bis vor Kurzem brauchte ich so etwas regelmäßig am Wochenende, denn ehrlich gesagt lag mein Alkoholkonsum, wenn ich ausging, deutlich über dem, was Theo gestern weggezischt hat.

Ah, da sind ja die Schmerztabletten. Zur Sicherheit nehme ich gleich zwei davon und löse sie in einem Glas Wasser auf.

»Danke«, röchelt Theo. Es geht ihm eindeutig mies. Was schlecht ist, denn heute Abend muss er fit sein!

»Trink das Zeug in kleinen Schlucken. Dann leg dich wieder hin und versuche, dich nicht zu bewegen. Und dich vor allem nicht zu übergeben. Schaffst du das?«

»Grmpf.«

Als mein Frühstück kommt, schlummert Theo schon wieder selig, diesmal relativ geräuschlos. Das Aspirin rauscht durch seine Blutbahnen und sorgt hoffentlich dafür, dass es ihm beim nächsten Aufwachen deutlich besser geht. Aber reicht das für eine Nacht im Club?

Ich frage den Kellner nach dem perfekten Katerfrühstück.

Er muss nicht lange überlegen. »Einen grünen Smoothie mit einem Spritzer Tabasco, dazu eingelegte Heringe und etwas Weißbrot. Falls es ohne Fisch sein soll, wären Baked Beans mit Rühreiern eine Alternative.«

Bohnen? Auf keinen Fall! Theos Geschnarche ist schon schlimm genug – fehlte gerade noch, dass er auch noch Blähungen bekommt.

»Hering ist prima«, entscheide ich. »Eine Portion bitte – ist nicht eilig.«

Ich selbst lasse mir zwei Brötchen mit Butter, Marmelade, Käse und weich gekochtem Ei schmecken. Horst macht keine Zicken. Alles schmeckt so, wie es soll – wenn auch nicht ganz so lecker wie in der kleinen Pension im Thüringer Wald. Und die hatte nicht mal drei Sterne.

Allerdings auch keinen Flachbildfernseher. Ich zappe durch die Programme und bleibe bei einem Film mit Marek Carter hängen.

Das muss ein Zeichen sein!

Der Film läuft zwar schon seit zwanzig Minuten, aber ich kenne ihn ohnehin in- und auswendig. Marek spielt darin einen charmanten Hochstapler, der immer wieder seiner Enttarnung entgeht, sich dann aber unsterblich verliebt und seiner Angebeteten zuliebe mit den Betrügereien aufhört. Der pure Kitsch eigentlich, wenn es nicht Kitsch mit *ihm* wäre!

Während ich an seinen Lippen hänge und meinen Kaffee schlürfe, der tatsächlich genau so schmeckt, wie ich es bevorzuge, stelle ich mir vor, wie es wohl sein wird, ihm in wenigen Stunden leibhaftig gegenüberzustehen.

Wird er mich überhaupt registrieren? Bereit sein, mit mir zu reden? Wird er sich ebenso spontan in mich verlieben wie ich mich in ihn? Und wenn nicht – wird es wenigstens dazu kommen, dass ich mit ihm meinen besten letzten Kuss erlebe?

Was vorhin im Halbschlaf noch so einfach und naheliegend erschien, rückt jetzt auf einmal in weite Ferne.

Ist meine Wunschvorstellung etwa genauso unrealistisch wie mein Traum?

Vom Kingsize-Bett kommt ein Grunzen. Theo stöhnt auf und wirft sich ächzend auf die andere Seite.

Grundgütiger. Ich fürchte, alle Heringe dieser Welt werden kaum ausreichen, ihn fit zu kriegen!

Als der Abspann des Films läuft, klopft es wieder an der Tür. Das Katerfrühstück! Ich bedanke mich und drücke dem Kellner etwas Trinkgeld in die Hand.

Dann wecke ich Theo auf. Ich muss ihn ordentlich durchrütteln, um ihn wach zu kriegen.

»Ist was passiert?«, nuschelt er.

»Ja, du musst was essen«, verkünde ich und helfe ihm dabei, sich aufzusetzen.

»Aber ... ich kann nicht. Ich habe keinen Appetit.« Er wirkt ganz schön kläglich. Doch darauf kann ich jetzt keine Rücksicht nehmen.

»Wir gehen heute Abend aus! Du hast es versprochen. Es ist meine letzte Nacht in Freiheit.«

Theo seufzt. »Ich weiß, aber mir geht es echt dreckig.«

»Das hier wird dir helfen. Tu es für mich!«

Theo starrt mich an, als wüsste er nicht so genau, wer ich bin und was ich von ihm will. Dann nickt er. »Ich kann es ja mal probieren.«

Ich füttere ihn wie ein Kleinkind. Er lässt es sich gefallen. In kleinen Happen und wie in Zeitlupe vertilgt er, was ich ihm vorgesetzt habe. Und trinkt sogar das widerlich grüne Gesöff mit dem Tabasco, das mich an den verstörenden Besuch bei meiner Mutter erinnert. Ich schiebe den Gedanken daran zur Seite und hoffe, dass der Smoothie auf Theo eine andere Wirkung hat als auf mich. Wenn sein Magen jetzt rebelliert, war alles umsonst.

Nach und nach wird die Portion immer kleiner, und schließlich isst er sogar noch ein Stück Weißbrot.

»Ich kann nicht mehr«, sagt er, als fast nichts mehr übrig ist.

Okay – ich stelle die Reste beiseite. Wir wollen es nicht übertreiben.

»Muss ich jetzt aufstehen?« Himmel, wie jämmerlich er klingt.

Ich grinse. »Wir haben noch Zeit. Du darfst noch eine Runde pennen. Danach wirst du dich wie neugeboren fühlen!«

Ich bin nicht ganz so optimistisch, wie ich mich gebe. Aber offenbar wirke ich ziemlich überzeugend.

»Okay. Ich werde mein Versprechen halten, Victoria.«

Mit diesen Worten lässt er sich wieder in die Kissen sinken, und wenig später ist er eingeschlafen.

Ich schaue auf die Zeitanzeige meines Handys. Gleich drei Uhr. Wir haben tatsächlich noch viel Zeit. Ich sollte sie nutzen, um mich für den großen Moment in Schale zu werfen. Aber erst einmal schreibe ich Paps eine Nachricht. Ich wünsche ihm einen unvergesslichen Abend bei der Preisverleihung und teile ihm mit, dass es mir heute ganz hervorragend geht.

Was tatsächlich der Fall ist. Bisher hatte ich noch keine Wortfindungsstörungen, keine Kopfschmerzen, keine Schwindelanfälle, keine Koordinationsprobleme. Es ist, als läge Horst neben Theo im Kingsize-Bett und schliefe seinen Rausch aus …

Eine Perücke zu frisieren, ist gar nicht so einfach. Vielleicht sollte ich sie aufsetzen, um ein Gefühl dafür zu bekommen? Ja, so ist es viel besser.

Ich nehme mir Zeit und gehe ganz behutsam vor, um die Sache nicht schlimmer zu machen. Irgendwie gelingt mir das auch. Die Frisur gefällt mir sogar noch besser als gestern.

Als Nächstes ist das Make-up an der Reihe. Ich schminke mich sorgfältig, aber dezent. Besonders viel Mühe gebe ich mir mit dem Augen-Make-up. Dazu wähle ich verschiedene Haut- und Erdtöne, die ich so kombiniere, dass meine Augen größer erscheinen. Mit Mascara und einem Augenbrauenstift runde ich mein Werk ab. Fehlt nur noch etwas Rouge und Lipgloss, und fertig.

Ich betrachte mich kritisch im Spiegel. Ich sehe gut aus, wenn auch nicht spektakulär. Okay, ohne Perücke wäre ich natürlich deutlich auffälliger – aber auf eine freakige Weise. Ich will Marek Carters Aufmerksamkeit wecken, ohne ihn abzustoßen.

Doch vorerst nehme ich die Perücke wieder ab. Sie juckt unangenehm auf der Kopfhaut – da ist der T-Shirt-Turban eindeutig angenehmer. Solange wir hier im Hotelzimmer sind, bevorzuge ich diese Variante.

Als Nächstes durchwühle ich mein Gepäck. Dass Marek meine Unterwäsche zu sehen bekommt, ist in meinem Plan zwar nicht vorgesehen, aber man weiß ja nie. Außerdem fühlt man sich einfach cooler, wenn man auch untendrunter schick ist, das weiß ich aus Erfahrung. Also tausche ich meinen All-tagsslip und den hautfarbenen BH gegen Spitzendessous in Schwarz.

Mein Ausgehkleid ist zum Glück knitterfrei. Egal, wie un-ordentlich man es in eine Tasche stopft, sobald man es daraus hervorzieht, sieht es aus wie frisch von der Stange. Ich liebe dieses Teil – es ist mini, aber nicht ganz hauteng und schim-mert in verschiedenen Blautönen, ohne dass man ein echtes Muster erkennen kann. Mit anderen Worten: Es passt perfekt zu Marek Carters Augenfarbe, und wenn ich damit neben ihm stehe, bilden wir ein perfektes Paar.

Testweise halte ich es neben die Perücke und stelle fest, dass die kastanienbraunen Haare viel besser dazu passen als meine echten aschblonden.

Moment – wo ist eigentlich der Zopf, den Theo mir gestern abgesäbelt hat? Ich wollte ihn doch aufbewahren ...

Hektisch wirbele ich durchs Bad, doch ich kann ihn nicht finden.

War etwa das Zimmermädchen da und hat ihn beim Saubermachen entsorgt? Aber nein, das kann nicht sein – es sei denn, sie hat irgendwann mitten in der Nacht geputzt. Denn wir hatten ja das »Bitte nicht stören«-Schild draußen. Der Zopf muss also noch da sein.

Als ich ihn endlich unter meinem T-Shirt von gestern finde, fühle ich mich enorm erleichtert. Und auf einmal weiß ich, was ich zu tun habe.

Auf dem Schreibtisch neben der Anrichte habe ich vorhin Briefpapier und Umschläge gesehen. Es ist wohl Zeit, ein paar Nachrichten zu verfassen. Vielleicht meine letzten Worte.

Kapitel 22

Abschiedsbriefe

Lieber Paps,

wenn du diese Zeilen liest, habe ich es nicht geschafft.
Denn nur dann darf Theo meine Briefe weitergeben.
Ich sitze gerade in einem Hotelzimmer und kann mir
überhaupt nicht vorstellen, dass das hier vielleicht
mein letzter Sonntagnachmittag sein soll. Das ist doch
total absurd!
So absurd, dass es mir fast unwirklich vorkommt. Aber
leider nicht vollkommen unwirklich, denn das würde es
einfacher machen ...
Ich müsste lügen, wenn ich behaupten würde, ich
hätte keine Angst. Ehrlich gesagt: Mir geht der Arsch
auf Grundeis, und es gibt Momente, in denen will ich
einfach nur heulen.
Aber ich seh's ja ein: Dieser verdammte Horst muss
raus aus meinem Schädel. Denn wenn ihm niemand mit
dem Messer zu Leibe rückt, wird er mich früher oder
später killen.

Glaub mir, Paps, das will ich nicht. Du würdest das auch nicht wollen. Dann lieber noch ein paar grandiose Stunden in Berlin und danach zack, aus.

Ich weiß, das wird dich jetzt nicht trösten. Du wünschst dir mehr Zeit mit mir. Stellst dir vor, was wir alles miteinander verpassen. Du wirst nie ein stolzer Brautvater sein und mir auch nicht bei den Olympischen Spielen zujubeln. Das ist scheiße. Ganz große Scheiße sogar.
Aber denk dran: Während es dir gerade superbeschissen geht, geht es mir … gar nicht mehr. Horst kann mir nichts mehr anhaben. Nicht mal gefühlsduselige Gedanken können mir etwas anhaben!
Doch dich können sie vielleicht aufmuntern, deshalb schreibe ich dir, was ich empfinde, auch wenn wir über solche Dinge nie geredet haben.

Du warst ein cooler Paps, ehrlich. Ein bisschen verschroben vielleicht, aber der beste, den ich mir hätte wünschen können! Ohne dich hätte ich es nicht überstanden, als sie, deren Namen ich nicht nennen will, gegangen ist. Du hast mich so viele Tränen vergießen lassen, wie meine Drüsen eben produziert haben, und nie gesagt, ich solle mich beruhigen. Stattdessen hast du eine Dose Ravioli aufgerissen und sie mir mit extra viel Parmesan serviert. Trostfutter. Du hast auch nie versucht, mich zu verändern. Mit meinem Sport konntest du zwar nicht besonders viel anfangen, aber du hast gespürt, dass er genau mein Ding ist, also hast du Zeitungsartikel über meine Wettkampferfolge ausgeschnitten und fein säuberlich abgeheftet.

Mit meinen neuen Freunden und den durchtanzten Wochenenden im vergangenen Jahr warst du sicher auch alles andere als glücklich, aber auch dazu hast du nichts gesagt. Wahrscheinlich hast du dir gedacht, ich würde schon irgendwann dahinterkommen, dass das keine echten Freunde sind. Überraschung: Ich hab's inzwischen geschnallt.

Was ich dir ein klein wenig ankreide, ist die Tatsache, dass du mir die Sache mit Valentina verschwiegen hast.

»Wie bitte, wer ist Valentina?«

Wenn das jetzt deine spontane Reaktion war, kannst du den nächsten Absatz getrost überspringen – hat sich erledigt.

Falls du hingegen genau weißt, von wem ich rede, wirst du dich vermutlich ebenfalls wundern.

Ja, meine erste Wut ist inzwischen verraucht, denn Theo hat mir mithilfe eines schrecklich komplizierten Logikrätsels klargemacht, dass du wohl geglaubt haben musst, ich wüsste Bescheid. Schließlich konntest du nicht ahnen, dass ich diese bescheuerte Geburtstags- und Weihnachtspost mit den Goldschrift-Absenderaufklebern nie geöffnet habe. Und daher auch die Fotos meiner kleinen Schwester nicht kannte. Bis ich vor ein paar Tagen deinem Rat gefolgt bin und sie aufgesucht habe. Dort entdeckte ich dann ein gewisses Einschulungsfoto, das ich im ersten Augenblick für meins hielt – bis mir klar wurde, dass da etwas nicht stimmen kann.

Wenn ich mein Leben noch einmal von vorn anfangen könnte, würde ich diese eine Sache ändern: mehr mit dir reden. Wer weiß, wie viele Missverständnisse noch zwischen uns stehen, die nun niemals aufgeklärt werden?

Aber das spielt jetzt alles keine Rolle mehr, Paps. Ich hab dich lieb, und das wird auch so bleiben, selbst wenn ich längst zu Staub zerfallen bin.

Apropos Staub: Ich weiß, es ist kein schönes Thema, aber ich würde gern ein paar Dinge bezüglich meiner Beisetzung regeln (was für ein Wort – ich komme mir gerade vor wie hundert Jahre alt). Vielleicht schwebt dir ja eine völlig andere Zeremonie vor, und dann kann ich es eben nicht ändern. Ich bekomme ja eh nichts mehr davon mit. Aber vielleicht bist du unsicher und fragst dich, was ich mir wohl gewünscht hätte. Tja, das wäre dann Folgendes:

Ich will, dass mein Körper verbrannt und in einem Ruheforst bestattet wird. Am liebsten unter einer Buche, denn ich habe gelesen, dieser Baum steht für Klarheit, Geduld und innere Stärke. Nicht dass das meine Top-Eigenschaften wären – vielmehr sind es nämlich deine, und ich habe gehofft, dir im Laufe der Zeit wenigstens in dieser Hinsicht ähnlicher zu werden (wenn ich auch definitiv nie eine Karriere als Fossilienforscherin angestrebt habe!). Tja, dazu kommt es nun wohl nicht mehr. Aber vielleicht ist die Buche ja ein gutes Omen. Möglicherweise fühlst du dich mir dann näher, weil sie ist wie du. Oder das alles ist totaler Unsinn, aber auch egal – Buchen sind tolle Bäume.

Ob die Bestattung im kleinen Kreis stattfinden soll oder ganz groß, überlasse ich dir. Du musst wissen, was dir guttut. Ich könnte mir vorstellen, du willst am liebsten für dich sein, doch andererseits tut es dir eventuell gut, zu erleben, dass du mit deiner Trauer nicht allein bist.

Was ich aber auf jeden Fall wünsche, ist, dass sich alle, die dabei sind, bunt kleiden. Ich hasse Schwarz! Es ist nicht mal eine Farbe, sondern das Gegenteil davon. Und ich weiß, dass du auch so denkst. Es ist also völlig okay, wenn du deinen ollen braunen Cordanzug anziehst und irgendeins deiner hellblauen Hemden. Und es soll Musik gespielt werden. Aber keine getragenen Trauerchoräle, sondern etwas Schönes. Schön und traurig zugleich, wäre das nicht superpassend? Ich denke da an Calling the Angels von Train und Supermarket Flowers von Ed Sheeran. Läuft übrigens gerade in Dauerschleife auf meinem Smartphone und bringt mich zum Heulen.

Aber jetzt Schluss mit den Tränen! Du sollst dich an die schönen Erlebnisse erinnern, die wir miteinander hatten. Die Urlaubsfahrten ans Meer zum Beispiel. Das Bleigießen an Silvester, bei dem du regelmäßig

irgendwelche Urtiere mit unaussprechlichen Namen
zu erkennen geglaubt hast. Die ultrasüßen und
quietschbunten Prinzessinnentorten, die wir an meinen
Geburtstagen verputzt haben, bis wir Bauchweh
bekamen und uns kaum noch rühren konnten.
Für all das danke ich dir. Außerdem für die leckeren
finnischen Schokoriegel und die wunderschöne
Haarspange aus Bernstein – und dafür, dass du mir
diese letzte Woche geschenkt hast.
Ich kann mir vorstellen, dass es nicht leicht für dich
war, mich einfach losziehen zu lassen. Noch dazu mit
Theo, den du eben erst kennengelernt hattest.
Aber ich schätze mal, du hast sofort erkannt, dass er
ein perfekter Aufpasser für mich ist. In vielen Dingen
ähnelt er dir sogar. Er ist ein bisschen verschroben,
total besessen von Fakten und macht Scherze, die
außer ihm niemand lustig findet. (Hier musst du dir ein
Zwinkern vorstellen. Du weißt, ich meine das nicht
böse. Ich liebe deine unlustigen Gags!)
Jedenfalls weiß ich es sehr zu schätzen, dass du
mir diesen verrückten Roadtrip ermöglicht hast. Wir
haben irre Dinge erlebt. Stell dir vor, wir haben sogar
im Wald gezeltet! Theo wird dir sicher davon berichten.
Er ist im Laufe dieser wenigen Tage zu einem richtig
guten Freund geworden. Ich würde ja sagen, ich
werde ihn vermissen, doch vermutlich wird es eher
umgekehrt sein. Wie gesagt – ich glaube nicht daran,
dass nach dem diesseitigen Leben noch ein jenseitiges
kommt. Ist mir ehrlich gesagt auch lieber so. Oder
kannst du dir mich als Harfe spielenden Engel auf

einer Wolke vorstellen? Na, siehst du! (Und ich weiß genau, jetzt lächelst du.)

Eine Sache noch: Prophylaktisch habe ich mir schon mal die Haare abrasiert. Genauer gesagt ist mir zuerst ein blödes Missgeschick passiert, und dann musste mir Theo dabei helfen. Wie auch immer: Du sollst meinen Zopf bekommen. Vielleicht willst du ihn in Kunstharz gießen und ins Regal zu den anderen Fossilien stellen? Es wäre mir eine Ehre.

Deine dich liebende Tochter Victoria

PS: Wie gesagt, ich habe meine Mutter besucht, ganz wie du es wolltest. Aber ich habe es nicht geschafft, Horst zu erwähnen. Tut mir wirklich leid, denn das bedeutet, du musst ihr jetzt wohl von dem ganzen Schlamassel erzählen. Sorry!

Puh. Das war ein echter Kraftakt. Körperlich wie seelisch. Auf der letzten Seite ist meine Handschrift schon ganz krakelig geworden, am Ende kaum noch lesbar.

Bevor ich weitermache, brauche ich erst mal eine kleine Stärkung. Ich nehme mir eine Cola aus der Minibar und ein Päckchen Nüsse. Perfekte Energiespender.

Die Nüsse verputze ich noch im Stehen (die Packung ist lächerlich winzig), die Cola stelle ich auf den Schreibtisch. Dann sehe ich erst noch schnell nach Theo. Er schlummert tief und fest, ein seliges Lächeln auf den Lippen. Ich werte das als gutes Zeichen.

Okay, weiter geht's. Aber nicht mehr so ausführlich – das schafft meine Schreibhand nicht mehr. Ich fürchte, Horst kommt so langsam zu sich …

Liebe Valentina,

bis vor wenigen Tagen hatte ich keine Ahnung, dass es dich gibt. Was dir sicher merkwürdig vorkommt, denn du wusstest sicher längst von meiner Existenz.
Hast du dich gefragt, warum sich deine große Schwester nie blicken lässt, ja, sich nicht einmal bei dir meldet? Tja, dann hast du jetzt die Antwort darauf.
Unsere Mutter hat mich zwar informiert, aber ich habe ihre Briefe nicht geöffnet. Dafür gibt es Gründe, doch damit will ich dich nicht belasten. Vielleicht erzählt sie es dir selbst eines Tages.
Jedenfalls warst du neulich nicht zu Hause, sonst wären wir uns wenigstens ein Mal im Leben begegnet. Nun wird leider nichts mehr daraus. Denn ich bin sehr krank. In wenigen Tagen habe ich eine schwere, gefährliche Operation vor mir, und wenn du diesen Brief bekommst, habe ich sie nicht überlebt.

Ich hätte dich wirklich gern kennengelernt, liebe Valentina. Und es ist furchtbar traurig, dass es nun nicht mehr dazu kommt.
Aber vielleicht ist es für dich besser so. Auf diese Weise kann ich in deiner Vorstellung die perfekte große Schwester werden, die ich im wirklichen Leben garantiert nicht wäre.

Denn glaub mir, ich bin alles andere als perfekt. In letzter Zeit habe ich sogar eine ganze Reihe superblöder Entscheidungen getroffen und mich mit den falschen Leuten angefreundet, die absolut nicht gut für mich waren. Und wie sich inzwischen herausgestellt hat, waren sie nicht einmal richtige Freunde. Erst, als es fast zu spät war, habe ich erkannt, wie sich echte Freundschaft anfühlt. Sie ist etwas Großartiges!

Ich bin also weit davon entfernt, eine kluge Ratgeberin für dein Leben zu sein. Dennoch will ich es versuchen. Achtung, hier kommen meine drei wichtigsten Tipps für deine Zukunft:
1. Sei immer du selbst! Klingt einfacher, als es ist, vor allem, wenn du selbst nicht genau weißt, wer du bist und wie du sein möchtest. Umso wichtiger ist es, genau das herauszufinden!
2. Lass dir nicht einreden, dass du nicht perfekt bist! Denn das bist du. Und damit meine ich nicht, dass du keine Fehler machst, das tun wir alle. Aber dass du dich nicht verbiegen sollst, um anderen zu gefallen. Und das betrifft vor allem die wichtigsten Menschen in deinem Leben. Denn gerade die sollten dich so lieben, wie du bist.
3. Trau dich! Trau dich, Dinge auszuprobieren, die sich hinterher vielleicht als dämlich erweisen. Oder bei denen du dich furchtbar blamieren könntest. Oder die ein bisschen Mut erfordern. Denn wenn du nichts

wagst, wirst du auch nie die Dinge erleben, die dich stark machen und für dich unvergesslich bleiben.

Ich möchte, dass du meine Sachen bekommst. Meine Bücher, meine Fotoalben, mein Handy, meinen Laptop, was auch immer. Sorge dafür, dass deine Eltern dir erlauben, meinen Paps zu besuchen. Er wird sich garantiert freuen, dich kennenzulernen – und das nicht nur, weil du haargenau so aussiehst wie ich in deinem Alter. Gib ihm diesen Brief zu lesen, und er wird dir mein Zimmer zeigen. Nimm dir alles, was dir gefällt. Und wenn du nichts davon willst, auch gut. Hauptsache, du machst dein Ding.

Fühl dich umarmt, liebe kleine Schwester!
Deine Victoria

Ich leere die Colaflasche in einem Zug. Das Schreiben ist anstrengend. Ich kann kaum noch den Stift halten. Doch noch bin ich nicht fertig …

Ich schaue auf die Uhr. Gleich fünf. Habe ich wirklich so lange geschrieben?

Aber kein Problem, wir haben ja noch genug Zeit. Außerdem bin ich bereits ausgehfertig, und Theo braucht nichts weiter als eine heiße Dusche und ein paar frische Klamotten. Noch schläft er wie ein Baby. Ich lasse ihn in Ruhe, so kann ich ungestört weitermachen.

Lieber Theo,

danke. Für alles, was du für mich getan hast. Das war eine wunderbare, unvergessliche Woche – du hast mir die letzten Tage meines Lebens so schön wie nur irgend möglich gemacht. Wir hatten superviel Spaß zusammen, haben gelacht, geweint, gesungen und hoffentlich auch getanzt.

Wir kannten uns ja schon eine ganze Weile, aber bis vor Kurzem warst du für mich einfach nur dieser Karohemd tragende nette Nerd mit der dicken Brille und der Vorliebe für alte Filme, der genial im Mathe-Erklären ist.
Inzwischen habe ich viele weitere Seiten von dir kennengelernt. Du bist großzügig, hilfsbereit und – was ich nie für möglich gehalten hätte – total witzig. Leider verträgst du keinen Alkohol. Halte dich in Zukunft lieber davon fern. Denn während ich das hier schreibe, schläfst du gerade einen gewaltigen Rausch aus, und das, obwohl die Hälfte der Biere, die du gestern Abend in dich reingekippt hast, alkoholfrei waren. (Sorry, ich habe da ein bisschen getrickst, aber es war zu deinem Besten, glaube mir!)

Ich weiß, du hast mit mir gehofft, dass wir Horst besiegen werden. Du hast mich quer durch die Republik kutschiert, mir Mut gemacht, mich in Krisensituationen mit merkwürdigen Rätseln abgelenkt und mir geholfen, als es mir schlecht ging.

Ich werde nie vergessen, wie du mich nach dem epileptischen Anfall über die Waldlichtung getragen und im Zelt so gut gebettet hast, dass für dich weder Unterlage noch Decke blieben.

Was ich damit sagen will: Danke, lieber Theo. Du bist der beste Freund, den ich je hatte. Schade, dass aus unserem kurzen Roadtrip kein längeres Abenteuer wird.
Ich wünsche dir ein tolles Leben. Vergiss mich nicht!

Deine Victoria

PS: Wie gesagt: Das Zelt gehört dir!

So, das war's. Wobei – ein Brief fehlt noch. Ich zögere kurz. Dann nehme ich einen weiteren Bogen und schreibe.

Mutter,

ich verzeihe dir nicht.

Victoria

Doch dann zerreiße ich ihn wieder – in tausend kleine Fetzen.

Kapitel 23

Henkersmahl

Vielleicht sollte ich alles noch einmal gründlich durchlesen? Ich zögere – doch dann lasse ich es bleiben. Denn obwohl mein Geschreibsel garantiert nicht perfekt ist, bin ich sicher, dass auch ein zweiter Versuch kaum besser würde. Außerdem würde meine Schreibhand wohl streiken – ich bin ausgepowert, auch mental.

Noch nie zuvor habe ich versucht, meine Gefühle derart schonungslos in Worte zu fassen. Und ich werde es wohl auch nie wieder tun, selbst wenn ich das hier überlebe. Es war wie eine emotionale Achterbahnfahrt, und ich bin noch völlig durch den Wind.

Also falte ich die Briefe sorgfältig zusammen, stecke sie in Umschläge mit Hotellogo und beschrifte sie. Ich wühle im Schreibtisch herum und finde eine Präsentationsmappe aus Pappe mit Broschüren über Berlin, einem Stadtplan und Informationen zum *Princess Inn*. Ich nehme die Unterlagen heraus, lege sie lose auf den Schreibtisch, um dann meine Briefe in die Mappe zu stecken und diese zu verschließen.

»Für Theo – bitte nach meinem Tod öffnen und die Briefe verteilen«, kritzele ich darauf – nicht gerade in Schönschrift, denn dazu bin ich nicht mehr in der Lage, aber immerhin einigermaßen leserlich.

Dann schleiche ich hinüber zu Theos Reisetasche, um sie zu öffnen und die Mappe am Boden der Tasche zu verstecken – unter Socken, Boxershorts, Nerd-T-Shirts und den unvermeidlichen Karohemden.

»Was machst du denn da?«

Ich fahre herum. Warum muss sich Theo ausgerechnet diesen Augenblick aussuchen, um aufzuwachen? Ich fühle mich wie eine ertappte Einbrecherin und will schon zu einer umständlichen Erklärung ansetzen, als er entsetzt aufschreit.

»Himmel! Wie siehst du denn aus? Wie kannst du mich bloß so erschrecken?!«

Okay. Der Gute scheint schlecht geträumt zu haben. Oder er hat noch nie eine Frau im Ausgeh-Minikleid gesehen.

»Das nennt sich Styling, mein Lieber. Du hast wohl vergessen, dass wir heute noch viel vorhaben …«

Theo rappelt sich im Bett hoch und reibt sich die Augen. Eine irgendwie rührende Geste, die ihn aussehen lässt wie ein kleiner Junge. Dann setzt er umständlich seine Brille auf und mustert mich erneut.

»Ich schätze mal, so wirst du dich kaum in der Öffentlichkeit zeigen. Oder haben wir etwa Halloween?«, sagt er.

Ah, jetzt verstehe ich. Er meint meinen T-Shirt-Turban.

»Natürlich setze ich später noch die Perücke auf, keine Sorge. Und du solltest so langsam mal unter die Dusche gehen, wie wär's?«

O Mann, hab ich das eben wirklich gesagt? Ich klinge ja, als wäre ich seine Mutter.

Theo schwingt seine langen Beine aus dem Bett und kratzt sich am Kopf, von dem die Haare in alle Richtungen abstehen.

»Die Perücke wird die Sache auch nicht retten. Ich schlage vor, du wirfst mal einen Blick in den Spiegel.«

Na gut. Ich habe zwar vorhin noch Theos Humor gelobt, aber mich grundlos zu veräppeln sieht ihm so gar nicht ähnlich.

»Ach du Schande!«

Jetzt verstehe ich, warum Theo so erschrocken ist.

»Ich seh ja aus wie ein Horrorclown ...«

»Das trifft es ziemlich gut«, kommentiert Theo trocken, während ich mein Gruselgesicht betrachte. Die Schminkaktion vorhin hätte ich mir sparen können. Jetzt ist alles ruiniert – dunkle Rinnsale ziehen sich über meine Wangen, um die Augen herum ist alles verschmiert. Mein kunstvoll aufgetragener Lidschatten hat sich durch die Tränen in ein Bild des Schreckens verwandelt. Theo hat völlig recht: So könnte ich allerhöchstens an Halloween unter die Leute gehen.

Schnell wasche ich mein Gesicht und entferne mit Seife und Gesichtslotion sämtliche Spuren.

Dann überlasse ich Theo das Badezimmer, und während ich zunächst die Toilettenspülung und dann die Duschbrause rauschen höre, genieße ich durch das Panoramafenster den Ausblick auf die Stadt. Ich erkenne den Berliner Dom, die Nikolaikirche und das Rote Rathaus, natürlich auch die Spree. Irgendwo, nicht allzu weit entfernt, liegt wohl die Klinik, in der über mein weiteres Schicksal entschieden wird. Und in einem der unzähligen Gebäude lebt auch Marek Carter, der Mann meiner Träume, der nichts davon ahnt, dass er dazu ausersehen ist, mir meinen Abgang von diesem Planeten zu versüßen.

Ich checke sein Instagram-Profil. Ein neues Foto ist online – Marek mit cooler Basecap und in einem ärmellosen Shirt, das seine männlichen Schultern und seine durchtrainierten, aber nicht zu aufgepumpten Oberarme perfekt zur Geltung bringt. Er zeigt sein schönstes Lächeln und scheint mir direkt in die Augen zu schauen – ach was, in die Seele!

Ich kann es kaum erwarten, ihm zu begegnen. Vielleicht werde ich ihn nur von Weitem sehen, und er wird mich überhaupt nicht beachten, damit muss ich rechnen. Aber womöglich gelingt es mir ja irgendwie, seine Aufmerksamkeit zu erregen? Zum Beispiel mit einem besonders lässigen Dancemove?

Ich beschließe, die ganze Sache einfach unverkrampft auf mich zukommen zu lassen. So etwas kann man nicht planen. Es wird sich schon irgendwie ergeben. Ich denke an meinen Traum und nehme ihn als gutes Omen.

Theo braucht nicht lange im Bad. Schon nach wenigen Minuten taucht er wieder auf, frisch geduscht und in sauberen Klamotten: Jeans und T-Shirt mit aufgedrucktem chemischem Periodensystem, darüber ein rot kariertes Hemd, noch offen stehend. Seine nassen Haare hat er immerhin gekämmt.

»Du kannst«, sagt er und setzt seine Brille auf.

Während ich ein zweites Mal das dezente Make-up sowie Rouge, Lidschatten, Mascara und Lipgloss auftrage, fällt mir ein, dass dies möglicherweise das letzte Mal in diesem Leben ist, dass ich mich aufhübsche.

Das letzte Mal …

Ein verstörender Gedanke. Noch verstörender allerdings ist die Vorstellung, was mit mir geschieht, wenn ich tot bin. Ich habe genügend Fernsehserien konsumiert, um zu wissen, dass auch Leichen geschminkt werden. Von speziellen Visagisten des Todes, die sich Thanatologen nennen. Ich stelle mir vor, wie ich auf dem kalten Edelstahltisch liege, nackt und nur mit einem Tuch bedeckt, und sich jemand an meiner toten Haut zu schaffen macht. Mich, so gut es geht, herrichtet, damit ich für meine trauernden Angehörigen einen halbwegs annehmbaren Anblick biete. Als würde es für Paps leichter, von mir Abschied zu nehmen, wenn man mir rosige Wangen malt …

Ich muss mich zusammenreißen, um nicht schon wieder in Tränen auszubrechen und mein Werk ein zweites Mal zunichtezumachen.

Heute wird nicht mehr geflennt. Heute wird gefeiert!

Mein Versuch, mich selbst aufzumuntern, gelingt halbwegs. Ich schlucke den Kloß im Hals herunter und versuche, mich auf die Gegenwart zu konzentrieren.

»Sag mal, was wolltest du da vorhin eigentlich an meinem Gepäck?«, reißt mich Theo aus meinen trübsinnigen Gedanken. Ich bin gerade dabei, meine Perücke aufzusetzen.

»Ähm – okay, ich weiß, das hört sich ein bisschen komisch an, aber es war so ungefähr das Gegenteil eines Diebstahls.«

»Aha. Und was soll das bitte sein?«

»Na ja, ich hab nichts entwendet, sondern etwas hinzugefügt.«

Theo runzelt die Stirn.

»Vielleicht verrätst du mir auch, was du mir da untergeschoben hast?«

Das war zu befürchten. Eigentlich will ich nicht mit ihm über die Briefe reden. Er soll sie einfach finden, wenn es so weit ist.

»Es war jedenfalls kein Sprengsatz«, witzele ich.

»Sondern?«

Theo will keine Scherze, sondern Fakten. War ja klar.

»Versprichst du mir, dass wir die Sache nicht diskutieren?«

»Na, du machst es ja spannend. Okay, ich gebe dir mein Ehrenwort. Auch wenn ich das Gefühl habe, dass ich das gleich bereuen werde.«

»Es sind Briefe. Abschiedsbriefe, um genau zu sein. Deshalb sah ich eben auch so verheult aus. Ging mir ziemlich an die Nieren«, erkläre ich gespielt lässig. »Aber jetzt will ich nicht mehr daran denken – und du solltest das auch nicht tun. Jedenfalls nicht, solange ich noch Puls habe.«

Es ist einfacher, über das alles zu reden, als wäre es ein Scherz, doch Theo lässt sich davon nicht beeindrucken.

»Ich gehe davon aus, dass wir die in einer Woche gemeinsam verbrennen können«, sagt er. »Aber falls nicht, soll ich wohl den Unglücksboten spielen, richtig?«

»Na ja. Das wäre supernett von dir«, erwidere ich kraftlos.

Theo nickt. »Okay. Unter einer Bedingung.«

Hatte ich nicht gesagt, ich will nicht diskutieren?

»Spuck's schon aus.« Ich bin unfairerweise mal wieder ungeduldig. Dabei will ich ja etwas von ihm und kann es mir eigentlich nicht leisten, ihn so genervt anzufahren.

»Ist auch ein Brief an deine Mutter dabei?«, will er wissen.

»Nein.« Ich verschränke meine Arme vor der Brust. Abwehrhaltung. In diesem Punkt bin ich unnachgiebig.

»An Valentina?«

»Ja, unter anderem. Und mehr sage ich dazu nicht. War's das? Können wir los?«

»Ähm, nein. Erst noch meine Bedingung.«

Ich seufze. »Und die wäre?«

»Ich speichere dir Valentinas Nummer aufs Handy. Damit du die Chance hast, dich bei ihr zu melden, falls es dir irgendwann in den Sinn kommt.«

»Warum sollte mir das in den Sinn kommen? Und wann?«

»Zum Beispiel kurz vor der Operation.«

Mehr muss er nicht sagen. Ich weiß genau, was er meint. Falls ich also die vielleicht letzte Chance nutzen will, mit meiner Schwester zu reden, bevor es möglicherweise für immer zu spät ist und sie nichts weiter als diesen Brief von mir bekommt.

Das wird nicht passieren, so viel steht fest! Ich wüsste ja nicht mal, was ich ihr sagen sollte. Es schriftlich zu tun, war schon schwierig genug …

Aber wenn sich Theo etwas in den Kopf gesetzt hat, ist nicht daran zu rütteln. In diesem Punkt sind wir uns ziemlich ähnlich.

Weil ich einsehe, dass er nicht nachgeben wird, reiche ich ihm wortlos mein Handy. Denn ich will nur weg von hier! Raus aus diesem Hotelzimmer, das mir trotz des grandiosen Ausblicks und der luxuriösen Einrichtung auf einmal vorkommt wie ein Kerker. Meine Zeit läuft ab, und ich will sie auf keinen Fall hier verplempern!

Theo tippt Valentinas Nummer ein und gibt mir das Handy zurück.

»War doch gar nicht so schwer«, sagt er gut gelaunt. Ich könnte ihm den Hals umdrehen!

Fünf Minuten später stehen wir auf der Straße. Es ist kurz vor halb sieben, also noch viel zu früh für den Club.

»Wollen wir eine Stadtrundfahrt machen?«, schlage ich vor, weil mir nichts Besseres einfällt.

»Ernsthaft? Sightseeing? Darauf hast du Lust?«

Ich schüttele lachend den Kopf. »Eigentlich nicht.« Die einschlägigen Touristenziele haben wir erst letztes Jahr bei einer Klassenfahrt besichtigt. Und schon damals fand ich es ziemlich öde, olle Bauwerke und Museen zu bestaunen.

»Lass uns lieber was essen gehen«, schlägt Theo vor.

»Brauchst du etwa wieder eine ordentliche Grundlage?«, stichele ich.

»Wenn du auf meinen Rausch anspielst – heute werde ich garantiert nüchtern bleiben.« Er zieht eine Grimasse. »So ein Kater ist echt nichts Schönes.«

Was gäbe ich darum, meinen Horst gegen einen Kater eintauschen zu können.

»Okay, Pizza oder chinesisch? Wobei – wir sind in Berlin, da wäre eigentlich Currywurst angebracht.«

»Ich dachte an etwas Schickeres«, meint Theo. »Hast du schon mal ein richtig feines Sieben-Gänge-Menü gegessen?«

Verblüfft bleibe ich stehen. »Nein, noch nie. Ich dachte, so was macht man frühestens mit vierzig.«

Dann fällt mir ein, dass ich vielleicht nie vierzig werde. Nicht einmal neunzehn.

»Okay. Wenn nicht heute, wann dann?«, entscheide ich spontan.

Theo tippt wie wild auf seinem Handy herum. Ich nehme an, er googelt nach Sternerestaurants.

»Haben wir überhaupt noch genug Kohle für so etwas?«, fällt mir ein. Meine Vorräte sind so gut wie aufgebraucht, aber ich habe natürlich keine Ahnung, wie viel Theo von meiner Mutter bekommen hat.

»Keine Sorge«, erklärt er, während er in rasendem Tempo weitertippt, um schließlich mit einem zufriedenen Lächeln das Handy in die Hosentasche zu schieben.

»Erledigt. Wir haben einen Tisch für zwei Personen im *Chez Maurice*. In einer halben Stunde. Auto oder Spaziergang?«

Wir schaffen es in zwanzig Minuten zu Fuß, immer an der Spree entlang. Die Abendsonne ist noch herrlich warm, und ich genieße es, Teil dieser großen, lauten, lebendigen Stadt zu sein. Keine Ahnung, ob der strahlend blaue Himmel mich verhöhnt oder mir Mut zusprechen will – ich entscheide einfach, dass es ein positives Zeichen sein muss. Sonne ist immer gut.

Das *Chez Maurice* ist ein piekfeiner Laden, allerdings wesentlich dezenter und moderner eingerichtet als das Foyer des *Princess Inn*. Alles wirkt auf kunstvolle Weise ein bisschen schäbig – soll wohl einen französischen Eindruck machen.

Sogar der Kellner hat einen französischen Akzent. Ob der wohl gespielt oder echt ist?

Wir bestellen eine große Flasche stilles Wasser und ein Sieben-Gänge-Überraschungsmenü für zwei.

Das wird jetzt also meine Henkersmahlzeit.

Nein, korrigiere ich mich selbst: Das wird das erste mehrgängige Menü meines Lebens.

»Wenn ich das alles überlebe, kommen wir nächstes Jahr wieder hierher«, sprudelt es unvermittelt aus mir heraus.

»Nächstes und überhaupt jedes Jahr«, erwidert Theo feierlich. »Versprochen. Aber nur, wenn es lecker ist. Sonst wechseln wir zu Currywurst.«

Ich pruste auf höchst unelegante Weise los.

Als Erstes wird ein sogenannter Gruß aus der Küche serviert. Es sieht aus wie ein Nest aus Kresse und Schnittlauch mit einem winzig kleinen gelb-weißen Klecks darin.

»Als *Amuse-Gueule* ein Wachtelei im Kräuterkörbchen«, erläutert der Kellner. »Bon appétit.«

»Merci«, antwortet Theo für uns beide.

»Bist du nicht im Lateinkurs?«, frage ich, nachdem der Kellner sich entfernt hat.

»Das schon. Aber ich liebe Schokolade, vor allem Merci.«
Und wieder muss ich kichern.

Doch das Lachen vergeht mir schnell, nachdem ich einen ersten Bissen probiert habe.

»Sag mal, schmecken Wachteleier nach Vanille und Zimt?«
Theo schüttelt den Kopf. »Kann man nicht gerade behaupten.«

»Mist.«

»Horst?«

»Hm.«

Der Blödmann hat sich ja mal wieder einen tollen Moment ausgesucht, um aufzutauchen.

»Magst du eigentlich Vanille und Zimt?«, will Theo wissen.

»Natürlich. Erinnert mich an Weihnachten.«

»Na, dann ist doch alles gut.«

Ich starre ihn verblüfft an. »Du hast recht! Ist doch völlig egal, ob diese Eier tatsächlich so schmecken oder es mir nur so vorkommt. Hauptsache, lecker.«

»Eben.« Er lächelt. »Das mag ich so an dir. Du machst aus allem das Beste.«

Während ich weiteresse, grübele ich darüber nach, was Theo da gerade gesagt hat. Bin ich wirklich so? Darüber habe ich mir noch nie Gedanken gemacht.

Überhaupt hat mir noch nie jemand gesagt, was er an mir mag. Paps liebt mich, weil ich seine Tochter bin. Logisch. Vermutlich würde er das auch tun, wenn ich die frechste, undankbarste und aufmüpfigste Tochter der Welt wäre.

Meine Trainerin mag an mir, dass ich ehrgeizig bin und enormen Trainingsfleiß an den Tag lege. Seit ich krank bin, hat sie sich nur ein einziges Mal bei mir gemeldet.

Und die Leute, mit denen ich gefeiert habe, mochten wohl,

dass sie mit mir so viel Spaß haben konnten. Und auch sie lassen nichts mehr von sich hören.

Tolle Bilanz.

Die Mairübchencremesuppe, die uns als Vorspeise aufgetischt wird, schmeckt köstlich – wenn man auf Pfefferminzaroma steht. Und der anschließend servierte Sommersalat mit Feta und Mango erinnert mich stark an Hustensaft. Allerdings den tollen aus meiner Kindheit, den ich so mochte, dass ich immer ein paar Tage länger krank gespielt habe, als ich es eigentlich war.

Theo erzählt, dass er supergerne kocht und zu Hause sogar eine eigene Rezeptsammlung angelegt hat.

»Meine Schwestern lieben es, sich von mir bekochen zu lassen. Die beiden müssen dafür dann Geschirr spülen und abtrocknen«, erzählt er.

»Du bist echt immer für eine Überredung gut«, sage ich und stocke. *Moment – ich meine doch was völlig anderes?*

»Wenn du mich überredest, würde ich dich sogar mal mit was Selbstgekochtem überraschen«, greift Theo meinen Versprecher elegant auf und liefert mir auch gleich die Antwort auf die Frage, welches Wort mir Horst da wieder vorenthalten hat.

»Deal«, sage ich. »Glaub mir, im Überreden bin ich super. Apropos – du weißt schon, was nach dem Essen auf dem Programm steht?«

Theo verdreht die Augen. »Wie sollte ich das vergessen?«

Ich strahle. Und denke an Marek Carter.

Da kommt schon der nächste Gang. Es ist Petersfisch. Er schmeckt merkwürdig, aber nicht übel. Irgendwie nach Zitronencreme – und die Rosmarinkartoffeln nach Leber.

Kapitel 24

Krasse Muräne

»Verdammt lecker war das«, sagt Theo zufrieden und streicht sich über den nicht vorhandenen Bauch. »Wenn ich keinen Studienplatz in Informatik bekomme, werde ich einfach Koch.«

Wir schlendern wieder an der Spree entlang. Es ist immer noch hell, obwohl eine Kirchturmuhr in der Nähe gerade zehnmal schlägt. Schon irre, wie lang eine einzige Mahlzeit dauern kann!

Ich fühle mich angenehm satt und insgesamt rundum wohl. Horst macht sich nicht bemerkbar, wenn man davon absieht, dass kein einziger der sieben erlesenen Gänge so geschmeckt hat, wie er sollte. Ich habe noch den Ketchupgeschmack der Mousse au Chocolat im Mund.

»Sternekoch, natürlich – wenn schon, denn schon«, erwidere ich. »Ich hoffe doch, du gibst mir Rabatt!«

Muss toll sein, einen Plan B zu haben. Ich habe nicht mal einen Plan A. Und dafür kann ich Horst nicht als Ausrede vorschieben, denn das war auch schon vor der Diagnose so. Ich habe mir, abgesehen von meinen hochfliegenden Träumen in Sachen Olympiasieg, noch nie ernsthafte Gedanken über meine Zukunft gemacht.

Schließlich habe ich noch ein ganzes, elend langes Schuljahr vor mir, dachte ich immer. *Und dann? Vielleicht Work and Travel. Oder ... irgendwas. Mal sehen. Kommt Zeit, kommt Rat.*

Tja, so kann man sich irren. Vielleicht findet dieses elend lange Schuljahr nun ohne mich statt.

Doch was, wenn ich es tatsächlich schaffe? Wenn ich wieder ganz gesund werde? Was werde ich dann aus meinem Leben machen?

Nicht einfach irgendwas, das ist mal sicher. Dazu ist es zu wertvoll, so viel ist mir inzwischen klar geworden. Diese Erkenntnis hilft mir jedoch kein bisschen weiter.

Fest steht: Ich werde definitiv weder Informatikerin noch Köchin. In beidem habe ich null Talent. Worin bin ich richtig gut außer im Hochsprung? Und was würde mir Spaß machen? Keine Ahnung.

»Worüber denkst du nach?«

Theo ist ein guter Beobachter. Er scheint spezielle Antennen für jede meiner Stimmungen zu haben.

»Ich rätsele, welchen Tanzstil du wohl draufhast«, schwindele ich. »Bist du ein Armruderer oder ein Zappelphilipp oder ein minimalistischer Stehtänzer?«

Eigentlich ist mir das ziemlich egal, aber ich habe keine Lust auf eine nächtliche Berufsberatung durch Theo – womöglich noch unter Anwendung eines Logikrätsels mit Mönchen oder Ziegen oder lügenden Torwächtern.

»Tja, lass dich mal überraschen.« Theo verdreht die Augen. »Selbst schuld, wenn du dir diesen Anblick nicht ersparen willst.«

»Träum weiter – dieser Programmpunkt ist nicht verhandelbar. Denk an die Bucket List.« Mit gespielter Strenge stemme ich beide Hände in meine Seiten – doch sollte Theo tatsächlich streiken wollen, würde aus dem Spiel ganz schnell Ernst. Schließlich geht es mir nicht nur um unsere blöde Wette, sondern um Leben und Tod.

Na ja, fast jedenfalls.

»Schon gut, ich bin ja dabei. Versprochen ist versprochen.«

»Ein Mann, ein Wort«, grinse ich. »Das lob ich mir.«

»Verrätst du mir auch deine genauen Pläne? Wohin gehen wir – *Berghain, Watergate* oder *Tresor*?«

Verblüfft starre ich ihn an. »Du kennst dich ja nicht schlecht aus für jemanden, der noch nie in einem Club war.«

»Tja, ich bin dafür gut im Recherchieren und Sachenrausfinden. Daher weiß ich, dass diese Läden zu den Top-100-Clubs weltweit gehören. Wenn das mit der Informatik oder dem Kochen nix wird, könnte ich immer noch Spion werden – oder Privatdetektiv.«

»Ja, oder Hochstapler«, lache ich. *So wie Marek Carter im Film.* »Lass dich mal überraschen.«

Ich denke an Mareks unwiderstehliches Lächeln, an seine coolen Instagram-Fotos und das, was er dort geschrieben hat: #krassemuräne – dieser Hashtag würde Inspektor Theo vermutlich nichts sagen, aber ich weiß alles über Marek, was je in den Medien stand, also kenne ich selbstverständlich auch seinen Lieblingsclub.

Die *Krasse Muräne* galt lange Zeit als Geheimtipp, und noch immer hat sie zumindest bei Touristen nicht den Bekanntheitsgrad der großen Clubs.

Marek Carter ist ein alter Schulfreund des Besitzers, weshalb er regelmäßig reinschaut und gern auch ein bisschen Werbung für den Club macht.

Meine Theorie: Wenn er in Ruhe mit seinem Kumpel quatschen will, muss er relativ früh dort aufkreuzen. Aber auch nicht zu früh, denn das wäre extrem uncool. In den angesagten Clubs geht meist erst ab Mitternacht so richtig die Post ab. Was bedeutet, gegen elf stehen die Chancen am besten, ihn zu treffen. Sobald es voll wird, sinkt die Wahrscheinlichkeit, Marek im Gewühl zu entdecken, vermutlich mit jeder Minute.

»Wir sollten uns beeilen«, erkläre ich. »Ich würde sagen, wir nehmen ein Taxi.«

»Bist du verrückt?«, widerspricht Theo empört. »Dort drüben liegt das *Princess Inn*, in dessen Tiefgarage dein Privattaxi steht und nur darauf wartet, dass dein persönlicher Chauffeur dich zum Club deiner Wahl bringt.« Er deutet eine untertänige Verbeugung an.

Ich zögere. »Sicher, dass du nichts trinken willst?«

»Tausendprozentig! Und glaube mir, ich weiß, dass das mathematisch gesehen völliger Unsinn ist.«

Wenig später sitzen wir in Theos kotzgrüner Rostlaube und tuckern die steile Ausfahrt der Tiefgarage empor. Ich aktiviere den Google-Navigator auf meinem Handy, und Theo folgt dem Kommando »bitte rechts abbiegen« hinein in den nächtlichen Stadtverkehr.

Die Entfernung beträgt nur ein paar Kilometer, aber wir sind ganz schön lange unterwegs.

»Hast du wirklich die richtige Adresse eingegeben?«, fragt Theo mehr als einmal, denn wir entfernen uns immer weiter vom pulsierenden Zentrum und kommen in einen Bezirk, der einerseits von hässlichen Wohnblocks und andererseits von Gewerbeparks dominiert wird.

Als es endlich heißt: »Sie haben Ihr Ziel erreicht«, bin ich selbst verunsichert. Hier sieht es so gar nicht nach Party aus!

Dann fällt mir ein, was ich über die *Krasse Muräne* gelesen habe – nämlich, dass es sich bei dem Gebäude um ein umgebautes Hallenbad aus den Fünfzigerjahren handelt.

»Dort vorne ist es«, rufe ich aufgeregt und deute auf das etwas von der Straße zurückversetzte große Gebäude mit der verklinkerten Fassade, auf die ein grimmig aussehender Fisch aufgesprüht wurde.

Auf dem Parkplatz sind noch mehr als genug Lücken frei. Ich habe also richtig kalkuliert – wir kommen rechtzeitig vor dem großen Ansturm. Und mit etwas Glück wird es heute ohnehin nicht allzu voll, schließlich ist Sonntag – beim Partyvolk nicht gerade der beliebteste Tag der Woche, denn morgen müssen die meisten früh aufstehen.

Das gilt auch für mich. Ich soll gleich um halb sieben in der Klinik aufkreuzen. Warum eigentlich so früh? Völlig absurd. Doch wie auch immer – daran will ich jetzt sowieso nicht denken.

Fertig machen zum letzten Auftritt!

Ich straffe die Schultern und marschiere auf den Eingang des Clubs zu.

Der Türsteher scheint von Theos Outfit nicht sonderlich angetan zu sein, denn er mustert ihn stirnrunzelnd.

Ich hake mich bei Theo unter und schenke dem Kerl mit der Lederhose und den vielen Tattoos mein strahlendstes Lächeln.

Es funktioniert. »Na, geht schon rein«, knurrt er.

»Was war denn das?« fragt Theo verwirrt, nachdem er den gepfefferten Eintrittspreis bezahlt hat.

»Dein Style kam wohl nicht so gut an.«

»Jeder mag Karohemden!« Theo wirkt regelrecht empört.

»Ja, vor allem Menschen, die so alt sind wie dieses Gebäude«, grinse ich. »Ich jedenfalls finde deine T-Shirts cooler.«

»Na, dann sag doch was!«

Ungerührt knöpft Theo sein Hemd auf, zieht es aus und knüllt es zusammen.

»Passt das in deine Handtasche?«

Ich muss lachen. »Gib schon her. Irgendwie quetsche ich das Teil noch rein.«

Und dann sind wir drin. Laute Technomusik empfängt uns, ich spüre die Beats am ganzen Körper. Um uns herum wabert Nebel, dem die spektakuläre Lightshow alle paar Sekunden eine neue Optik schenkt.

Sofort weiß ich wieder, was ich an durchtanzten Nächten so liebe. Man wird nicht nur Teil der Menge, sondern auch Teil der Musik. Ein intensives Glücksgefühl durchströmt mich.

Theo nimmt mich bei der Hand und lotst mich weiter. Man kann eindeutig erkennen, wo früher die Beckenränder verliefen. Sogar die blauen Fliesen sind teilweise erhalten geblieben, ebenso die typischen Treppen, Geländer und »Nicht vom Beckenrand springen«-Schilder.

»Willst du tanzen?«, brüllt er mir ins Ohr.

»Ich muss sogar«, erwidere ich.

»Und ich erst.« Theo grinst. »Sonst kriege ich mächtig Ärger mit einer gewissen Freundin.«

»So sieht's aus«, bestätige ich vergnügt.

Dann schließe ich die Augen und lasse mich einfach treiben. Mein Körper reagiert instinktiv auf die Beats und Klänge, es ist, als würde ich mich komplett auflösen in Farben und Tönen.

Ich wünschte, Sterben würde sich genauso anfühlen. Dann hätte ich kein bisschen Angst davor, im Gegenteil.

Ach, ich könnte ewig so weitertanzen!

Wenn mir nicht plötzlich schwindelig würde …

Theo, der völlig enthemmt über die Tanzfläche wirbelt und dabei gegen einen imaginären Gegner zu treten und boxen scheint, ist in null Komma nix an meiner Seite.

Er legt mir den Arm um die Schultern und führt mich quer durch den Raum, der wohl irgendwann mal ein Schwimmerbecken gewesen ist. Irgendwie schaffe ich es die Stufen hinauf und kann mich endlich an eine Mosaiksäule lehnen. Sie ist wunderbar kühl und gibt mir Halt.

»Was soll ich dir von der Bar bringen?«, fragt Theo, fürsorglich wie immer.

»Einfach ein Wasser.« Ich bemühe mich, gelassen zu klingen. In Wahrheit ist mir ganz und gar nicht wohl bei dem Gedanken, dass mich Theo hier allein zurücklässt. Ich bleibe an die Säule gelehnt und schaue ihm hinterher, während ich tief durchatme und versuche, keine Panikattacke zu kriegen.

Warum ist diese verdammte Musik bloß so laut? Was mir eben noch vorgekommen ist wie eine wohlig schützende Decke, die mich umhüllt, tönt jetzt schrill und unangenehm in den Ohren. Und die Beats erst … Sie scheinen erbarmungslos auf mich einzuhämmern und meinen Herzschlag anzupeitschen. Sämtliche Sinneseindrücke erreichen mich auf allerhöchster Wahrnehmungsstufe. Es ist, als hätte jemand die Regler verstellt und ich wüsste einfach nicht, wie man sie zurückdreht.

Ich mache mir bewusst, dass dieser jemand kein Geringerer als Horst ist – und dass es überhaupt nicht infrage kommt, ihn an diesem Abend die Oberhand gewinnen zu lassen.

Ich muss mich beruhigen!

Okay. Ich atme tief und gleichmäßig. Langsam senkt sich mein Puls, und endlich nehme ich die Musik, die Rhythmen, die Farben und überhaupt alles wieder normal wahr.

Erleichtert lasse ich meinen Blick über das Getümmel auf den verschiedenen Tanzebenen schweifen und denke daran, dass dies hier möglicherweise mein allerletzter Besuch in einem Club ist. Ich würde es wirklich bedauern, nie wieder tanzen zu dürfen. Doch noch mehr würde ich es bedauern, nie die eins dreiundachtzig zu überspringen. Und meine Freundschaft mit Theo nicht vertiefen zu können.

Wo steckt er eigentlich? Ich drehe mich um die eigene Achse, kann ihn aber nicht entdecken.

»Hier, dein Wasser.« Wie aus dem Nichts taucht Theo vor mir auf und überreicht mir ein Glas.

Ich nehme es dankbar entgegen und leere es in kleinen Schlucken.

»Du bist ja ganz verschwitzt«, stellt Theo besorgt fest.

Ich wische mit dem Handrücken über meine Stirn. Er hat recht.

»Das liegt an der Perücke«, behaupte ich, und das ist immerhin nur teilweise geschwindelt – das Ding ist wärmer als eine Pelzkappe.

»Schau mal – ist das dort drüben nicht der Typ von deinen Postern?«, wechselt Theo unvermittelt das Thema und deutet in Richtung Bar.

Ich wage kaum zu atmen. Meint er wirklich …?

Mit pochendem Herzen folge ich seinem Blick, und tatsächlich: Da steht eindeutig Marek Carter und unterhält sich lebhaft mit dem Barkeeper. Er trägt exakt das ärmellose Shirt von dem Instagram-Foto. Kein Zweifel, er ist es.

Und er sieht einfach umwerfend aus!

Ich dreh durch. Er ist es wirklich. Ich meine – klar wusste ich, dass er in Berlin lebt und am liebsten diesen Club besucht. Sogar, dass er vorhatte, heute Abend herzukommen.

Trotzdem kann ich es kaum fassen, dass mein Plan aufgegangen ist!

Wobei – das hier ist ja erst Teil eins meines Plans. Jetzt muss ich ihn bloß noch kennenlernen und dazu bringen, dass er mich küsst …

Augenblicklich verlässt mich der Mut. Was hab ich mir nur dabei gedacht? Soll ich jetzt etwa einfach zu ihm rübergehen und mit ihm flirten? Dann wird er mich im besten Fall für einen aufdringlichen Fan halten und im schlechtesten für eine irre Stalkerin.

Und die Idee, ihn mit coolen Dancemoves auf mich aufmerksam zu machen, kommt mir nun auch ziemlich lächerlich vor. Denn erstens haben alle hier coole Moves drauf, und zweitens achtet Marek kein bisschen darauf, was sich auf den Tanzflächen abspielt.

»Willst du nicht mal zu ihm rübergehen?«, schlägt Theo vor. »Ich meine – schließlich bist du sein wohl größter Fan. Vielleicht gibt er dir ein Autogramm? Oder ihr könntet ein Selfie machen …«

Seine Worte sollten mich eigentlich anspornen, stattdessen fühle ich mich wie erstarrt. Erneut durchströmt mich das seltsame Gefühl von eben. Alles kommt mir extrem laut, grell und heiß vor.

»Ich … ich muss mal ganz dringend«, stammele ich heiser und deute auf das Schild, das in Richtung der Toiletten zeigt.

»Schaffst du das allein?«

»Na, hör mal, ich bin doch kein Baby.«

Ich brauche bloß eine kleine Auszeit, das ist alles. Ansonsten geht es mir gut. Den kurzen Schwindelanfall von vorhin will ich am liebsten gleich wieder vergessen.

Im Waschraum lasse ich mir kaltes Wasser über die Handgelenke laufen. Um mein Make-up nicht zu verschmieren, nehme ich ein Papierhandtuch und tupfe damit vorsichtig mein Gesicht ab.

Marek Carter ist hier. Er ist tatsächlich gekommen!

Ich schüttele den Kopf, noch immer völlig fassungslos. Dann ordne ich meine Frisur, die beim Tanzen ordentlich durcheinandergewirbelt wurde. Die Locken fühlen sich nach wie vor extrem ungewohnt an, und die Perücke bleibt ein Fremdkörper. Meine Kopfhaut juckt fürchterlich. Es kostet mich jede Menge Selbstbeherrschung, mir das Ding nicht einfach vom Kopf zu reißen und damit meine Chancen bei Marek endgültig zunichtezumachen.

Noch schnell den Lipgloss erneuern – fertig.

Da kommt mir ein erschreckender Gedanke: Was, wenn Marek nur kurz in der *Krassen Muräne* reingeschaut hat? Womöglich hat er den Club längst wieder verlassen, während ich vor dem Spiegel meine Locken sortiert habe! Ich will es mir gar nicht vorstellen …

Sei nicht so ein Feigling, Victoria!, schimpfe ich mich selbst aus, während ich den Lipgloss zurück in die Handtasche stopfe. *Du hast ein Recht auf einen unvergesslichen letzten Kuss, und du wirst ihn von deinem Traummann bekommen, basta.*

Ich weiß zwar nicht genau, wie ich das hinkriegen soll, aber ich werde es schaffen. Und wenn es das Letzte ist, was ich jemals tue – heißt es so nicht immer in Filmen? Ich finde, noch nie hat dieser Satz so gut gepasst wie in diesem Moment.

»Uuuund Action«, sage ich laut, bevor ich mich wieder ins Gewimmel stürze.

Kapitel 25

Mein bester letzter Kuss

Inzwischen ist es schon deutlich voller geworden in der *Krassen Muräne*. Wo steckt Theo bloß? Ich entdecke ihn weder an der Säule noch an der Bar.

Suchend schaue ich mich um. Da sehe ich ihn wie wild winken! Er unterhält sich gerade mit …

Das darf doch nicht wahr sein!

Das muss eine optische Täuschung sein. Oder etwa nicht?

Theo schubst Marek an und sagt etwas zu ihm, woraufhin dieser sich zu mir umdreht – und dann sind alle Zweifel beseitigt. Er ist es! Diese Augen sind einfach unverwechselbar …

Wie in Trance bahne ich mir einen Weg durch die Menschenmenge. Ich fühle mich seltsam ruhig, obwohl mein Herz gerade Purzelbaum schlägt. Mareks Lächeln wirkt auf mich wie ein unwiderstehlicher Magnet, und obwohl meine Beine wie aus Pudding sind, laufe ich geradewegs auf ihn zu.

Plötzlich überfällt mich leichte Panik.

Was ist, wenn er gar nicht so toll ist, wie ich es mir erträumt habe? Wenn er sich als arroganter Blödmann entpuppt? Als einer, der mir allerhöchstens ein Autogramm gibt, aber sonst nichts weiter von mir wissen will?

Vielleicht sollte ich lieber abhauen. Dann bleibt mir wenigstens noch mein Traum. Die romantische Vorstellung davon, wie er und ich einander in die Arme fallen, kann mir keiner nehmen. Und im Vergleich dazu kann mich die Realität doch bloß enttäuschen.

Will ich mir das wirklich antun?

Aber dann ist es zu spät für eine Flucht, denn ich stehe vor ihm. Unfähig, etwas anderes zu tun, als ihn anzustarren.

Hallo, Marek, wie nett, dich kennenzulernen, will ich sagen. Locker und lässig soll es klingen. Aber ich kriege keinen Ton über die Lippen.

Theo springt ein. »Hey, da ist sie ja wieder«, ruft er übertrieben fröhlich, als wäre ich der Promi und Marek ein Autogrammjäger, der ungeduldig auf mich gewartet hat. »Marek, darf ich vorstellen, dein vermutlich weltgrößter Fan: Victoria.«

Hey, geht's auch eine Nummer kleiner?

Mir wäre es lieber, Theo würde einen Gang runterschalten. Marek soll mich ja nicht für irgendein Groupie halten. Doch dafür ist es jetzt wohl zu spät, gesagt ist gesagt.

»Wie schön! Freut mich, dich zu treffen«, sagt er mit seiner samtweichen Stimme. Beiläufig legt er die Hand auf meinen nackten Arm, und trotz der Hitze bekomme ich sofort eine Gänsehaut.

Wenn das hier eine Szene aus *Wunder dauern etwas länger* wäre, hätte seine Berührung Zauberkräfte und könnte meinen Tumor verschwinden lassen. Ich wünschte, er wäre tatsächlich ein Engel in Menschengestalt mit magischen Fähigkeiten. Aber die Realität ist fast genauso gut!

»Hi«, krächze ich. Zu mehr bin ich leider nicht in der Lage – keine Ahnung, ob Horst oder meine Aufregung daran schuld ist. Vermutlich beide.

Obwohl wir mitten im Gewühl stehen, gibt mir sein intensiver Blick das Gefühl, wir wären ganz allein auf diesem Planeten. Ich möchte in seinen blauen Augen versinken.

Verdammt, in echt sieht er noch tausendmal besser aus als auf all meinen Postern!

Wir gehen rüber zur Bar, wo Marek mir einen Drink anbietet.

»Worauf hast du Lust – Bier, Wein, Schampus, Gin Tonic, einen Shot?«

»Vielleicht eine Cola«, sage ich und komme mir vor wie ein kleines, schüchternes Mädchen. Aber Alkohol kommt definitiv nicht infrage. Selbst wenn Horst nicht wäre, würde ich jetzt nichts trinken wollen, was meine Sinne benebelt. Nein, diesen unglaublichen Moment will ich ganz bewusst erleben, damit ich mich für immer und ewig daran erinnern kann.

Auch wenn immer und ewig vielleicht nur bis übermorgen bedeutet.

»Cool, ich nehm auch eine. Zwei Cola«, ruft Marek dem Barmann zu. Dann wendet er sich an Theo. »Oder möchtest du auch eine?«

»Nö, lass mal«, meint der nur. Dann beugt er sich zu mir rüber. »Ich muss raus, mir ist es hier zu voll. Du kommst ja erst mal gut allein klar, oder? Wenn du mich brauchst, schreib mir einfach eine Nachricht.« Und weg ist er.

Verblüfft schaue ich ihm hinterher. Wie ist der denn drauf? Aber egal, ich mache mir jetzt bestimmt keine Gedanken um Theos Launen. Ich stehe hier mit Marek Carter, und das ist das Wichtigste überhaupt!

Ein Traum wird wahr …

»Wo ist denn dein Freund hin?«, will Marek wissen, als er mir meine Cola überreicht.

»Das ist nicht mein Freund«, stelle ich sofort richtig, »nur ein Kumpel.«

»Gut zu wissen«, erwidert Marek und lächelt auf eine Weise, die mir durch und durch geht. »Kommst du öfter in die *Krasse Muräne*? Ich hab dich noch nie hier gesehen.«

»Bisher nicht, aber ich schätze mal, das sollte ich ändern. Cooler Laden.«

Puh, zum Glück habe ich meine Sprache wiedergefunden.

»Finde ich auch. Er gehört einem guten Freund von mir, wir kennen uns schon seit der Schulzeit«, sagt Marek.

Ich weiß. Steht alles im Internet.

»Echt? Ist ja klasse!«

Himmel! Ich plappere dummes Zeug. Wie soll ich meinen Traummann für mich gewinnen, wenn ich so oberflächlich daherrede?

Dummerweise fällt mir sonst nichts ein, was ich sagen könnte. Ihn auf seinen Ruhm und seine Filme anzusprechen, erscheint mir ebenso falsch, wie Belanglosigkeiten auszutauschen. Und das, was mich eigentlich bewegt, kann ich schon gar nicht zur Sprache bringen.

Ich sterbe vielleicht bald und will mit dir meinen besten letzten Kuss erleben.

Ja, es gäbe wohl keinen effektiveren Weg, ihn sofort in die Flucht zu schlagen …

Ich nippe an meiner Cola. Sie schmeckt nach Lakritze.

Da nähert sich eine aufgetakelte Blondine in einem hautengen Ultraminikleid und mit hohen Hacken. Sie steuert geradewegs auf Marek zu und tippt ihm mit langen, spitzen Glitzernägeln von hinten auf die Schulter.

»Du bist doch Marek Carter, oder? Ich finde dich sooo mega! Können wir ein Selfie machen?«

Schon hält sie ihr Handy hoch, schmiegt sich an ihn und macht ein Duckface.

Super. Damit ist meine Chance wohl vertan. Mir hätte klar sein müssen, dass mir nicht mehr als ein paar Minuten mit ihm bleiben. Jetzt wird er sich dem nächsten Fan zuwenden und sich in der Aufmerksamkeit der Blondine sonnen.

Aber Marek reagiert vollkommen unerwartet.

»Sorry, siehst du nicht, dass ich mich gerade unterhalte?«, sagt er und runzelt verärgert die Stirn, während er von der aufdringlichen Duckface-Frau abrückt. »Ich würde dich bitten, meine Privatsphäre zu respektieren. Danke.« Und mit diesen Worten wendet er sich wieder mir zu.

Die Blondine meckert empört vor sich hin, ich verstehe irgendwas von wegen *Starallüren* und *eingebildeter Schnösel*, doch Marek lässt sich nicht provozieren und ignoriert ihre Kommentare, sodass sie schließlich beleidigt abzischt.

»Wow, da kann ich ja froh sein, dass ich dich nicht einfach so angesprochen habe«, platze ich verblüfft heraus.

Er lacht. »Glaub mir, ich kann gut unterscheiden, mit wem ich es zu tun haben will und mit wem nicht. Diese Promijäger gehen mir fürchterlich auf den Zeiger. Ich meine, schon klar, den Fans verdanke ich meinen Erfolg. Doch das bedeutet noch lange nicht, dass ich ihnen gehöre. Sie kennen mich schließlich gar nicht, sondern nur die Rollen, die ich verkörpere. Aber hier bin ich nicht als menschgewordener Engel oder als Schauspieler, sondern als ich selbst. Ich bin ein ganz normaler Typ und möchte auch so behandelt werden.«

»Klar, versteh ich«, sage ich schnell, denn ich fühle mich ganz schön ertappt. Schließlich weiß ich rein gar nichts über den privaten Marek Carter. Meine Schwärmerei basiert ja ebenfalls nur auf seinen schauspielerischen Leistungen, seinem unglaublichen Aussehen und seiner Wahnsinnsausstrahlung. Insofern bin ich also kein Stück besser als die Blondine, die er eben hat abblitzen lassen.

»Du bist zum Glück anders«, fährt er fort, als könnte er Gedanken lesen. »Wenigstens hast du mich nicht als Erstes nach einem Selfie gefragt, bloß um später bei deinen Freundinnen damit angeben zu können.«

»Na ja, ich habe nicht besonders viele Freundinnen«, erkläre ich. »Und ich sehe auf Selfies immer total dämlich aus.«

Damit bringe ich ihn erneut zum Lachen.

»Du bist lustig, Victoria.«

Na toll. Du hättest mich vorhin mit verlaufener Schminke und T-Shirt-Turban sehen sollen. Ja, ich bin ein richtiger Clown!

»Du kennst mich doch gar nicht«, entfährt es mir.

Mist. Das hatte ich gar nicht sagen wollen. Kam jetzt irgendwie zickig rüber, schätze ich. Und niemand mag Zicken.

»Du hast recht, Victoria. Ich kenne dich nicht. Aber ich würde dich gern kennenlernen.«

Hat er das eben wirklich gesagt? Ich glaube, ich werde ohnmächtig!

Zu einer Antwort bin ich nicht fähig. Deshalb strahle ich ihn einfach nur an.

»Hast du Lust zu tanzen?«, schlägt er vor.

»Unbedingt!«

Diesmal schließe ich die Augen nicht, um ja keinen Moment meiner Zweisamkeit mit Marek zu verpassen.

Seine Bewegungen sind lässig und geschmeidig, er lässt sich von den Rhythmen treiben, genauso wie ich.

Und obwohl um uns herum alle Blicke auf ihn gerichtet sind, hat er nur Augen für mich, genau wie in meinem Traum.

Nein, es ist besser als in meinem Traum – viel besser! Denn es passiert wirklich. Und es ist ihm tatsächlich piepegal, dass andere ihn schamlos anschmachten.

Unsere Bewegungen laufen synchron, als wären wir ein eingespieltes Team. Immer wieder berühren wir einander, meist rein zufällig, weil wir angerempelt werden, und jedes Mal durchströmt mich ein unvergleichliches Glücksgefühl. Es ist einfach wundervoll!

Wenn bloß die grellen Lichter nicht wären. In meinem Kopf fängt es an zu summen, und ich kriege einen Riesenschrecken. So hat es neulich auf der Waldlichtung auch angefangen – und dann bekam ich einen epileptischen Anfall.

Das darf jetzt auf keinen Fall passieren!

Allein die Vorstellung, wie peinlich es wäre, hier vor allen Leuten und vor allem vor Marek Carter mit Schaum vor dem Mund herumzuzucken wie eine Irre, lässt mich innerlich aufstöhnen.

Ich schließe nun doch die Augen, um die Lichter auszublenden. Das Summen lässt etwas nach, doch dafür setzt ein wilder Drehschwindel ein, und ich stolpere über meine eigenen Füße.

Horst, verdammt! Kannst du mich nicht mal für eine Stunde in Frieden lassen? Das ist gerade der unglaublichste Moment meines Lebens, versau mir den bloß nicht …

Um ein Haar hätte ich das Gleichgewicht verloren und wäre gestürzt, doch Marek fängt mich in letzter Sekunde auf und hält mich fest.

Es sieht aus, als würde er mich umarmen.

Was heißt, es sieht so aus? Er tut es!

»Danke«, murmele ich und schmiege mich an ihn.

Ich kann mich nicht bewegen. Ich will es auch gar nicht. Es

fühlt sich so gut an, an seiner muskulösen Brust zu lehnen. Er streichelt mir sanft über meinen Rücken, und ich wünschte, die Zeit würde stehenbleiben.

»Alles ist gut«, flüstert er mir ins Ohr.

Ja, das ist es! Scheiß auf Horst, der nichts unversucht lässt, mein Leben zu zerstören – jetzt gerade hat er mir durch sein Dazwischenfunken einen Riesengefallen getan und den schönsten Augenblick meines Lebens beschert.

Ich atme tief durch, und nach einer gefühlten wunderbaren Ewigkeit wird das Karussell in meinem Kopf langsamer.

»Es geht wieder«, murmele ich.

»Wirklich? Wollen wir nicht lieber raus an die frische Luft?«

Wie feinfühlig von ihm! Ich nicke dankbar. »Gern.«

Weil es rund um den Club ziemlich düster und nicht gerade einladend ist, schlägt Marek vor, woanders hinzufahren, um dort spazieren zu gehen. Ich schaue mich auf dem Parkplatz um, kann Theos Rostlaube jedoch nirgendwo entdecken. Er hat sich also tatsächlich aus dem Staub gemacht? Krass.

»Klar, bin dabei«, erwidere ich und bin gespannt, wohin er mich wohl entführen wird.

Eigentlich hätte ich ja erwartet, dass er ein Cabrio fährt oder jedenfalls irgendeinen sportlichen Flitzer, aber sein Auto ist ein unauffälliger Kombi.

»Ich brauche einen großen Kofferraum, allein schon wegen Willy Brandt«, sagt er.

»Willy Brandt?«, echoe ich verständnislos. Wieso braucht er Platz für einen ehemaligen Bundeskanzler, der schon seit dreißig Jahren tot ist?

»So heißt mein Berner Sennenhund«, erklärt er grinsend. »Du solltest ihn mal sehen – die Ähnlichkeit ist frappierend.«

Ich pruste los.

»Wenn ich einen Hund hätte, würde ich ihn Espresso nennen«, kichere ich. »Sollte er mal abhauen und ich nach ihm rufen müssen, bestünde immerhin die Hoffnung, dass mir jemand eine Dosis Koffein anbietet.«

Während er den Wagen zielsicher durch die Vororte steuert und sich ganz ohne Navi langsam wieder dem Zentrum nähert, erzählt Marek lustige Anekdoten von seinem Hund, der einmal sogar die Designerschuhe eines Schauspielerkollegen aufgefressen hat.

»Ich verrate nicht, um wen es sich handelt, aber an diesem Abend gab es Hähnchen in Rotweinsoße – also Coq au Vin«, sagt er und lächelt vielsagend.

»Ooookay, dann kann ich es mir denken.«

»Aber: psssst«, macht er.

»Ich werde schweigen wie ein Grab«, verspreche ich.

Kunststück, wenn ich selbst drin liege.

Dann blinkt Marek und stößt rückwärts in eine Parklücke. »Wir sind da.«

Ich habe keine Ahnung, wo er mich hingebracht hat, aber es ist wunderschön hier.

Marek nimmt mich wie selbstverständlich an der Hand, unsere Finger verschränken sich locker. Es ist wie ein flüchtiges Versprechen.

»Die Warschauer Brücke ist eine meiner Lieblingsstellen in Berlin«, sagt er. Wir sind also wieder an der Spree. Hand in Hand schlendern wir über die Brücke. »Ist das nicht ein herrlicher Ausblick?«

»Hm«, mache ich, obwohl mir die Aussicht herzlich egal ist. Meinetwegen könnte man von hier aus den Eiffelturm sehen oder irgendein Weltwunder, das würde alles keine Rolle spielen. Ich bin hier mit Marek Carter, er hat mich zu einem romantischen Ort geführt, und ich bin sicher, gleich passiert es.

Inzwischen ist es längst dunkel, überall funkeln Lichter, die sich im Wasser spiegeln. Es hat sich auch abgekühlt. In meinem dünnen Sommerkleid friere ich ein bisschen, was Marek zu spüren scheint, denn er legt seinen Arm um mich. Nicht besitzergreifend, sondern fürsorglich und zärtlich.

Dann bleibt er stehen und zieht mich noch ein wenig näher an sich heran. Ich wage kaum zu atmen. Auf einmal sind sich unsere Gesichter ganz nah. Er lächelt auf seine unvergleichliche Art, und ich schmelze dahin.

Aber dann entdecke ich etwas in seinem Blick, das mich stutzig werden lässt.

Ist das etwa ... Mitleid?

Jetzt wäre eigentlich der große Augenblick gekommen, doch ich zögere. Meine Gedanken rasen.

Weiß Marek etwa Bescheid über Horst und den ganzen Mist? Wie kann das sein?

Obwohl er noch immer lächelt, hat sich etwas verändert. Ich sehe auf einmal klar: Theo muss mit ihm geredet haben!

Und das bedeutet, ich bin für Marek Carter keine Zufallsbegegnung, in die er sich gerade Hals über Kopf verliebt, sondern das arme Krebsmädchen, dem er einen netten letzten Abend beschert, um Karmapunkte zu sammeln.

Eine Sekunde bevor sich unsere Lippen berühren, mache ich einen Schritt zurück und löse mich abrupt aus seiner Umarmung.

»Ich kann das nicht«, stoße ich hervor. Ein Kuss aus Barmherzigkeit ist ganz und gar nicht das, wovon ich geträumt habe.

»Aber … was ist denn auf einmal los?« Marek wirkt verwirrt.

»Es tut mir leid. Ich wollte dir nicht den Abend ruinieren«, sage ich, während mir heiße Tränen übers Gesicht strömen.

Dann drehe ich mich um und laufe kopflos davon in die dunkle Nacht.

Kapitel 26

Chance vertan

Ich komme mir so dumm vor! Und bin total verletzt. Vor allem aber verzweifelt, weil mein großer Traum zerplatzt ist. Dabei kann ich gar nicht sagen, auf wen ich wütender bin – auf Marek oder auf Theo. Auf jeden Fall fühle ich mich verraten und verkauft. Und einsam.

Tränenüberströmt laufe ich durch die Straßen. Bald habe ich komplett die Orientierung verloren. Keine Ahnung, wo ich bin. Selbst zurück zur Warschauer Brücke würde ich nicht finden.

Ob Marek dort wohl noch steht? Ob ihm klar ist, was mit mir los ist? Oder hält er mich für total verrückt?

Egal, das werde ich wohl nie herausfinden. Schließlich war ich so blöd loszurennen, bevor er mir seine Nummer geben konnte. Dazu wäre es garantiert gekommen – nach unserem Kuss. Und wer weiß, wozu sonst noch …

Ich laufe weiter, ziellos und schon leicht außer Atem.

Wie konnte Theo mir das nur antun? Nie hätte ich geglaubt, dass er mein Vertrauen einmal dermaßen missbraucht. Ich dachte, er ist auf meiner Seite. Und dann so was.

Natürlich muss ich zugeben, dass ich ihn kaum kenne. Aber

nach den letzten, so intensiven gemeinsamen Tagen hätte ich keine Sekunde gezögert, Theo einen wahren Freund zu nennen. Wie man sich doch irren kann …

Es ist windig geworden, und jetzt fängt es auch noch an zu nieseln. Ich zittere vor Kälte, Wut und Empörung.

Bin nur froh, dass ich diese blöde Perücke aufhabe, die schützt mich wenigstens ein bisschen.

Bald ist mein dünnes Kleid total durchnässt. Warum habe ich mich nicht irgendwo untergestellt statt weiterzulaufen? Ist ja nicht so, dass ich dringend irgendwohin müsste.

Ich kauere mich in einen Hauseingang und ärgere mich, dass ich nicht schon längst auf diese glorreiche Idee gekommen bin.

Da fällt mir Theos Hemd ein, das ich vorhin in meine Handtasche gestopft habe. Ich krame es hervor und ziehe es über. Es wärmt nicht besonders, aber wenigstens so viel, dass ich nicht mehr zittere.

Ein paar Betrunkene wanken vorbei, und ich tue so, als würde ich schlafen. Sie machen bloß ein paar dämliche Bemerkungen über mich, dann torkeln sie weiter. Ich bin froh, dass ich das doofe Karohemd trage, denn mein ärmelloses Minikleid ist deutlich aufreizender.

Mich überfällt bleierne Müdigkeit. Es muss schon irre spät sein. Vermutlich irgendwas zwischen zwei und drei Uhr nachts. Keine gute Uhrzeit, um sich ganz allein in einer fremden Stadt herumzutreiben …

Und dann kommen die Zweifel. War es dumm von mir, abzuhauen? Wäre ein unechter Kuss nicht wenigstens etwas gewesen? Mehr als nichts. Eine schöne Erinnerung.

O Mann, Marek Carter wollte mich küssen, und ich habe ihn einfach stehen lassen.

Hätte mir das jemand vor einer Woche erzählt, hätte ich ihm garantiert den Vogel gezeigt. Und doch habe ich genau das gerade getan. Bin ich denn von allen guten Geistern verlassen?

Und überhaupt: Was, wenn ich mich geirrt habe? Wenn ich mir alles bloß eingebildet habe? Ich weiß, Marek ist ein guter Schauspieler, aber würde er sich wirklich für so etwas hergeben? Für einen Mitleidsflirt? Oder hatte er vielleicht doch echte Gefühle für mich?

Wenn das so ist, habe ich gerade aus übertriebenem Stolz die Chance meines Lebens leichtfertig vertan.

Ich hohle Nuss.

Andererseits – dieser Ausdruck in seinen Augen ist nicht wegzudiskutieren. Er wusste Bescheid.

Selbst wenn Mareks Umarmung und seine Zärtlichkeit echt gewesen sind, sein Motiv dafür, sich mit mir einzulassen, war es nicht.

Oder hat mir Horst mal wieder einen Streich gespielt, und ich habe seinen Blick völlig falsch interpretiert? War das wirklich Mitleid?

Ach, was weiß denn ich …

Das hab ich jetzt davon, dass ich mich auf echte Gefühle eingelassen habe. Ich hätte es ahnen müssen – so etwas kann nur mit einer Enttäuschung enden. Wäre ich doch bloß bei oberflächlichen Kontakten geblieben, so wie früher. Vor Horst.

»Hey, was willst du hier? Wir dulden keine Penner vor unserem Haus!«

Ich fahre hoch. Vor mir steht ein bulliger Typ in Jeans und Lederjacke, den Haustürschlüssel in der Hand.

Mist.

»Hau ab«, knurrt er, und ich rappele mich hastig auf,

schnappe meine Handtasche und mache mich davon, bevor er noch die Polizei ruft oder handgreiflich wird.

»Gesindel!«, brüllt er mir hinterher.

Ich stolpere durch die Straßen. Wenigstens hat es aufgehört zu regnen, aber die sommerliche Wärme des vergangenen Tages ist verschwunden.

Wo sind die berühmten tropischen Nächte, wenn man sie mal dringend braucht?

Ein paar Straßen weiter finde ich einen Spätkauf. Läden, die rund um die Uhr aufhaben, gibt es bei uns nicht, und ich danke dem Himmel, dass das in Berlin anders ist.

Hier findet man auf wenigen Quadratmetern fast alles, von Tütensuppen über Knabberzeug bis zu Katzenfutter. Und natürlich Getränke aller Art. Jeder Winkel ist vollgestopft, in einer Ecke entdecke ich sogar einen Geldautomaten.

»Hallo, was möchtest du?«

Der Kerl hinter der Verkaufstheke lächelt freundlich, auch wenn er mit seiner Hakennase, seiner Ringerfigur und seinen unzähligen Tattoos auf den ersten Blick bedrohlich wirkt.

»Könnte ich vielleicht einen Tee bekommen?«, frage ich.

»Tee? Ha! Danach hat mich ja noch niemand gefragt«, lautet die Antwort. Der Hakennasenmann lässt mich stehen und verschwindet im Hinterzimmer. Ich weiß nicht recht, was ich von dieser Reaktion halten soll.

Was für eine skurrile Situation.

Wie bin ich nur hier reingeraten? Es erscheint mir plötzlich mehr als absurd, dass mein Lebensweg mich nach achtzehn Jahren, vier Monaten und ein paar Tagen ausgerechnet hierhergeführt hat. In Minikleid, Karohemd und Julia-Roberts-Perücke stehe ich durchnässt und frierend in einem Späti mitten in Berlin und frage mich, wie viele Stunden mir wohl noch bleiben, bis ich in der Klinik einchecken muss.

Sagt man das so bei Krankenhäusern? Einchecken? Oder nur bei Hotels?

Ich krame mein Handy hervor, um nachzusehen, wie viel Uhr es ist. Viertel vor drei. Da hab ich vorhin ganz gut geschätzt.

Was ich allerdings ebenfalls registriere, ist die Tatsache, dass der Akku bei gerade mal vierzehn Prozent steht. *Verdammt, gleich macht das Ding schlapp.*

»Hier, dein Tee. Ich hatte nur schwarzen da. Zucker und Milch stehen dort drüben.«

Der Hakennasenmann überreicht mir eine Tasse, der Beutel ist noch drin.

»Danke«, sage ich. »Was macht das?«

»Eins fuffzig.«

Ich gebe ihm ein Zweieurostück und sage: »Stimmt so.« Dann kippe ich ordentlich viel Zucker rein, denn eigentlich mag ich schwarzen Tee überhaupt nicht. Er hinterlässt immer so ein seltsam kratziges Gefühl im Mund. Nun ist er wenigstens außerdem supersüß.

Mit meiner Tasse gehe ich rüber zu dem kleinen Stehtisch in der Ecke. An der Wand hängt ein Mannschaftsfoto von Union Berlin, daneben gibt es Fanschals für elf Euro das Stück. Rot mit weißer Aufschrift. Passt farblich sogar zu Theos Hemd – wobei das im Grunde keine Rolle spielt, mein Aufzug ist auch so schon merkwürdig genug. Kurz entschlossen kaufe ich einen.

»Biste auch ne Eiserne?«, fragt der Hakennasenmann augenzwinkernd.

Ich habe keine Ahnung, was er damit meint.

»Eiserne?«

»Na, Union-Fan«, übersetzt er. »Union Berlin – wir sind die Eisernen.«

»Ich friere bloß«, sage ich.

Er grinst. »Was nicht ist, kann ja noch werden. Vielleicht sehen wir uns mal an der Alten Försterei.«

Mein Gesichtsausdruck muss ein einziges Fragezeichen sein, weshalb er noch nachschiebt: »So heißt das Stadion.«

»Ach so. Okay. Na ja, wer weiß?«

Wer hätte gedacht, dass ich mal mitten in der Nacht in einem Berliner Späti Tee trinken und einen Fanschal kaufen würde? Wenn dermaßen seltsame Dinge passieren können, dann liegt es durchaus auch im Bereich des Möglichen, dass ich eines Tages ein Fußballstadion besuche.

Falls ich überlebe.

Eine Gruppe Jugendlicher kommt herein und will Bier kaufen. Der Hakennasenmann kümmert sich um sie, während ich langsam meinen Tee schlürfe.

Wo Theo wohl steckt? Schon merkwürdig, dass er vorhin einfach so abgehauen ist. Sicher liegt er längst in unserem Kingsize-Bett und schlummert selig. Wobei – hat er nicht gesagt, ich solle mich bei ihm melden, wenn ich ihn brauche?

Ich bin immer noch ziemlich sauer auf ihn. Und gleichzeitig auch irgendwie gerührt davon, wie er die ganze Sache eingefädelt hat. Er hat es sicher nur gut gemeint. Schließlich weiß er, wie sehr ich für Marek Carter schwärme. Aber gut gemeint ist manchmal doch ganz schön scheiße.

Die Jugendlichen reißen ihre Bierdosen auf und lärmen herum, während sie es sich in rasantem Tempo schmecken lassen. Ich stelle meine leere Teetasse auf der Theke ab und überlasse ihnen den Stehtisch.

Draußen schalte ich mein Handy wieder ein. Jetzt sind es bloß noch dreizehn Prozent. Ich schicke Theo die GPS-Daten meines Standortes. Kommentarlos.

Dann lasse ich mich kraftlos auf den Boden sinken und lehne mich an die Hauswand.

Wer mich so sieht, könnte glatt glauben, ich hätte Drogen genommen. Aber die wenigen Passanten, die jetzt noch unterwegs sind, beachten mich gar nicht. Als wäre ich unsichtbar.

Immer wieder lasse ich die Ereignisse der vergangenen Stunden vor meinem geistigen Auge Revue passieren. Es hat doch so gut angefangen! Und dann …

Es gibt nichts daran herumzudeuteln: Ich hab's vergeigt.

Mein wunderbarer Plan wäre beinahe aufgegangen, genau so, wie ich es mir erträumt habe. Marek war ganz wunderbar. Lustig, zärtlich, rücksichtsvoll. Wir hatten richtig viel Spaß miteinander, und es hätte noch mehr daraus werden können. Doch dann bin ich heulend weggelaufen. Und das nur, weil ich nicht wollte, dass er mich aus den falschen Gründen küsst.

Ich muss irre sein!

Gibt es denn überhaupt falsche Gründe für einen Kuss? Vor allem: für einen besten letzten Kuss?

Es ist müßig, darüber nachzudenken. Der Moment ist vorbei, die Zeit lässt sich nicht zurückdrehen.

Das Verrückte ist: Ich weiß nicht einmal, ob ich es anders machen würde, wenn ich eine zweite Chance bekäme.

Und doch kann ich nicht aufhören, mir Mareks Lächeln in Erinnerung zu rufen. Und wie gut er gerochen hat.

Mein Handy vibriert. Es hat also noch Saft. Elf Prozent Akku. Puh.

Eine Nachricht ist eingegangen. Etwa von Theo?

Nein, sie stammt von Paps. Mit seinem Award in der Hand

grinst er mir entgegen – ein tolles Foto. Süß von ihm, dass er diesen besonderen Moment mit mir teilen will.

»Habe nur wenige Stunden geschlafen«, schreibt er. *»Jetzt schnell unter die Dusche und dann einen Porridge. In einer Stunde geht mein Taxi zum Flughafen. Spätestens gegen Mittag bin ich bei dir. Kuss, Paps.«*

Ich fühle mich getröstet, so wie damals, als ich mit den Inlinern gestürzt bin und er mir vorsichtig die Verletzungen bandagiert hat. Anschließend sind wir in die Eisdiele gefahren, und ich durfte mir eine Coppa Gigante bestellen – einen Becher mit sieben Kugeln, Schokosoße und Sahne. Paps hat dasselbe genommen wie immer: drei Kugeln Milcheis, Haselnuss, Malaga und Pistazie. Ohne Extras.

Wenn ich wieder zu Hause bin, werde ich ihn dazu einladen. Und selbst eine Coppa Gigante vertilgen.

Versprochen und geschworen. Ehrenwort hoch drei.

Ein warmes Gefühl durchströmt mich, trotz der Kühle der Nacht. Und mir wird bewusst, dass ich mich viel zu lange auf das konzentriert habe, was mir fehlt – nämlich eine liebende Mutter. Dabei habe ich völlig übersehen, wie wichtig Paps für mich ist. Hätte man mich vor einer Woche gefragt, hätte ich behauptet, unsere Beziehung sei recht distanziert und kühl. Und überhaupt würde sich Paps mehr für seine Fossilien interessieren als für mich.

Was für ein himmelschreiender Unsinn!

Ich tippe eine kurze Antwort, die hauptsächlich aus Emojis besteht, und schicke sie schnell ab, bevor das Handy endgültig den Geist aufgibt.

Ich freue mich schon auf unseren Besuch in der Eisdiele. Wenn alles gut ausgeht. *Und das muss es einfach!* Das hier darf nicht das Ende sein. Es gibt noch so viel, was ich erledigen will. Wäre doch ganz schön blöd, zu sterben, ohne Valentina kennengelernt zu haben. Und ohne wenigstens ein Mal im Leben so richtig verliebt gewesen zu sein …

Denn wenn ich ehrlich bin, habe ich dieses Gefühl nie kennengelernt. Ich dachte, ich wäre in Marek Carter verknallt, aber das war wohl doch nur eine kindische Schwärmerei.

Ich meine – ich kenne ihn doch überhaupt nicht! Klar, er sieht toll aus, und ein Blick in seine unglaublichen Augen verwandelt meine Beine sofort in Pudding.

Aber was er über seine übergriffigen Fans gesagt hat, betrifft ja im Grunde auch mich. Ich bin kein Stück besser! Dass er mich anders behandelt hat als die aufgetakelte Blondine, lag bloß daran, dass Theo mit ihm über mich geredet hat.

Oh, ich kann mir das Männergespräch zwischen den beiden lebhaft vorstellen.

»Victoria ist dein größter Fan, sie betet dich geradezu an – und sie hat einen Hirntumor. Vielleicht wird sie die OP nicht überleben. Tust du mir einen Gefallen und kümmerst dich ein bisschen um sie?«

»Eigentlich verbringe ich meine Zeit nicht mit Fans, aber in so einem Fall mache ich schon mal ne Ausnahme. Ist ja sozusagen ein soziales Projekt.«

Schulterklopfen, Grinsen, Nicken. Man war sich einig.

Das haben sich die beiden ja fein ausgedacht.

»Willste nicht lieber wieder reinkommen? Du holst dir hier draußen ja noch ne fette Erkältung.«

Der Hakennasenmann steht vor mir, die tätowierten Arme vor der Brust verschränkt, die buschigen Augenbrauen fast bis zum Haaransatz hochgezogen. Sieht so aus, als würde er sich tatsächlich Sorgen um mich machen.

»Oder soll ich dir vielleicht ein Taxi rufen?«

Keine schlechte Idee. Eigentlich die weltbeste Idee überhaupt. Ich könnte mich ohrfeigen, dass ich nicht von selbst darauf gekommen bin. Schließlich habe ich genug Kohle dabei – und ein Hotelzimmer, das auf mich wartet. Ich könnte längst im kuschelig warmen Bett liegen. Stattdessen lungere ich wie eine Obdachlose auf der Straße herum.

Höchste Zeit, dass Horst aus meinem Kopf geschnibbelt wird, bevor ich endgültig den Verstand verliere!

»Okay«, erwidere ich, doch dann höre ich einen unverwechselbaren Sound, der langsam lauter wird. Es ist das typische Rasseln von Theos altem Golf.

Er bremst so scharf, dass die Reifen quietschen. Wenig später ist er bei mir und hilft mir auf.

»Ich seh schon, nicht mehr nötig«, grinst der Hakennasenmann und verzieht sich wieder in seinen Laden.

»Du bist ja völlig durchnässt!«, stellt Theo fest. »Warum hast du mir denn nicht früher Bescheid gesagt? Wie kommst du überhaupt hierher?« Er klingt ernsthaft besorgt.

Mein Zähneklappern muss ihm vorerst als Antwort genügen, denn trotz redlicher Bemühungen bringe ich keinen vernünftigen Satz zustande.

»Lass mal, wir reden später«, sagt er.

Dann wickelt er mich in einen der Schlafsäcke, die er noch im Kofferraum hat, hilft mir beim Einsteigen und fährt los.

Kapitel 27

Sonnenaufgang

»Wohin bringst du mich?«, frage ich.

»Ins Hotel natürlich«, erwidert Theo. »Es sei denn, du hast andere Pläne.«

Das soll natürlich ein Scherz sein. So wie ich aussehe – in Minikleid, Karohemd und Union-Berlin-Schal mit nasser Perücke und tränenverschmiertem Make-up –, kommt kein anderes Ziel infrage. Eigentlich.

Ich schaue aus dem Fenster. Ist das eine optische Täuschung, oder wird dort hinten der Nachthimmel von helleren Streifen durchzogen? Es kann doch unmöglich sein, dass sich der Morgen schon ankündigt. Wobei – inzwischen ist es nach vier, und es ist Hochsommer. Die Zeit der kurzen Nächte.

»Wann geht die Sonne auf?«, will ich wissen.

»Dauert noch ein bisschen. Schätzungsweise gegen zehn vor fünf«, antwortet Theo wie aus der Pistole geschossen. War ja klar, dass er solche Dinge weiß, ohne erst googeln zu müssen. »Warum? Willst du dir den Sonnenaufgang aus dem Panoramafenster im Hotel anschauen? Das schaffen wir locker.«

Hm. Das wäre sicher ein toller Anblick. Die Aussicht aus unserem Zimmer ist sensationell. Andererseits …

»Nix da«, erkläre ich kurz entschlossen. »Es ist vielleicht der letzte Sonnenaufgang, den ich im Freien erleben kann. Wir suchen uns einen schönen Aussichtsplatz und fahren von dort aus direkt zur Klinik.«

Theo, der gerade an einer roten Ampel zum Halten kommt, schaut mich verblüfft an.

»Ernsthaft? Du willst in diesem Aufzug dort aufkreuzen?«

»Hey, ich habe einen Gehirntumor. So was macht unzurechnungsfähig. Im Party-Outfit zu einer OP zu kommen, ist einfach nur ein Symptom. Und es beweist, dass sich eine Victoria von einem Horst nicht unterkriegen lässt. Immerhin bedeutet mein Name so viel wie *Siegerin*.«

Theo nickt. »Na gut, dann machen wir es so.«

Als die Ampel grün wird, biegt er scharf links ab und verlässt das Zentrum. Offenbar hat er ein konkretes Ziel im Auge.

»Wo fahren wir hin?«, frage ich neugierig.

»Die Klinik liegt etwas außerhalb, an einem See«, erklärt Theo. »Das habe ich neulich schon gegoogelt. Ich finde, das ist der perfekte Ort, um die Sonne aufgehen zu sehen. Und von dort aus hast du es dann nicht weit.«

»Oh.«

Einerseits ist es natürlich praktisch, dass wir jetzt schon direkt zur Klinik fahren, andererseits finde ich es doch ein bisschen gruselig.

Als wir dann aber ankommen, sind meine Zweifel wie weggeblasen. Was für ein wunderschöner Ort! Das Seeufer ist verlassen, das Wasser liegt ruhig da, Mond und Sterne spiegeln sich darin, es ist einfach zauberhaft.

Am Horizont verfärbt sich der Himmel zusehends und zeigt die unterschiedlichsten Blauschattierungen.

Wir steigen aus und gehen ein paar Schritte. Es ist empfindlich kalt, ich bekomme sofort eine Gänsehaut. Ehrlich gesagt bezweifele ich, dass ich das bis zum Sonnenaufgang durchhalte.

Doch dann holt Theo die Isomatten aus dem Kofferraum und breitet sie auf dem feuchten Gras aus.

Ich schlüpfe in einen der beiden Schlafsäcke, den anderen legen wir um unsere Schultern und setzen uns dicht nebeneinander. Ja, so lässt es sich aushalten.

»Es wird immer heller«, stelle ich fest. »Sicher, dass es noch eine Stunde dauert, bis die Sonne aufgeht?«

»Vor dem Überschreiten des geozentrischen Horizonts durch die Oberkante der Sonnenscheibe kommt erst die Dämmerung«, doziert er.

»Kannst du das bitte übersetzen, so für Normalsterbliche?«

Theo lacht. »Okay, das war jetzt wieder ziemlich nerdmäßig, ich weiß. Eigentlich geht die Sonne ja nicht auf, sondern wir sehen sie von unserem irdischen Standpunkt aus auftauchen. Alles eine Frage der Erdrotation. Wir drehen uns sozusagen der Sonne entgegen, und dadurch kommt sie langsam ins Bild.«

»Das war jetzt verständlicher. Du solltest bei der *Sendung mit der Maus* anheuern«, erwidere ich.

»Übrigens befinden wir uns gerade am Übergang von der astronomischen zur nautischen Dämmerung«, fährt Theo ungerührt fort. »Erst nach der dritten Phase, der bürgerlichen Dämmerung, kommt der Sonnenaufgang.«

Ich muss lachen. »Bürgerliche Dämmerung? Das hast du dir gerade ausgedacht. So was gibt's doch nicht!«

»Wofür hältst du mich? Schau doch selbst bei Wikipedia nach.«

»Mein Akku ist leer.«

Wortlos kramt er sein Handy hervor und zeigt mir den entsprechenden Eintrag.

»Nicht zu fassen, du hast recht!«, staune ich. »Aber das lese ich jetzt nicht alles durch. Kannst du mir eine Zusammenfassung geben, du wandelndes Lexikon? Ich sollte dich Wikitheo nennen.«

»Hat alles mit dem Tiefenwinkel des Sonnenstandes unter dem Horizont zu tun. Entsprechend streut das Licht. Bei der nautischen Dämmerung ist die Sonne etwa sechs bis zwölf Grad unter dem Horizont. Man sieht noch einige Sterne, doch es wird deutlich heller. Man nennt diese Phase auch die blaue Stunde. Danach folgt die goldene Stunde, die in unseren Breiten nur etwa dreißig Minuten dauert – die bürgerliche Dämmerung. Da kann man schon ohne künstliches Licht lesen.«

Wow. Das war ja aus dem Stand ein echtes Kurzreferat.

»Ich bin beeindruckt«, sage ich. »Aber eigentlich gehen mir gerade ganz andere Fragen durch den Kopf.«

»Hm«, macht Theo. »Kann ich mir vorstellen.«

Wir starren auf den Horizont, der sich langsam rötlich verfärbt und einen spektakulären Sonnenaufgang verheißt. Wenigstens gibt sich die Natur heute mal so richtig viel Mühe.

»Du hast es ihm also gesagt«, durchbreche ich nach einer gefühlten Ewigkeit unser einvernehmliches Schweigen.

Ich wollte die Marek-Sache eigentlich gar nicht ansprechen, doch nun habe ich es doch getan, ohne groß darüber nachzudenken.

»Ja, hab ich. Sorry. Ich dachte, es wäre dein größter Wunsch, etwas Zeit mit deinem Idol zu verbringen. Und na ja, wer weiß, ob er dich sonst überhaupt beachtet hätte.«

Es war also tatsächlich so, wie ich es mir ausgemalt habe. Unfassbar.

»Du dachtest also, ich freue mich über sein Mitleid?«

Das klang jetzt verbittert. Ich weiß, dass ich unfair bin, aber die Sache muss einfach zwischen uns geklärt werden.

»Mitleid? So kam das bei dir rüber? Ich hatte das Gefühl, zwischen euch bahnt sich echt was an.« Theo wirkt niedergeschlagen.

»Und darüber hättest du dich gefreut?«

Er schweigt. Dann räuspert er sich. »Ich hätte mich für dich gefreut.«

»Das war … das war wahnsinnig lieb von dir«, muss ich zugeben. »Hat nicht ganz funktioniert, aber dafür kannst du ja nichts. Vergessen wir die ganze Sache, okay?«

»Einverstanden.«

Das prachtvolle Farbenspiel am Horizont verändert sich zusehends. Ich schaue wie gebannt zu. Es ist einfach wunderschön.

»Mein vielleicht letzter Sonnenaufgang«, sage ich. Blöderweise, denn damit zerstöre ich natürlich die Stimmung. »Ich würde lieber nicht dran denken, aber so langsam wird es ernst.«

»Ich weiß.«

Du weißt gar nichts, will ich ihn anblaffen, aber das stimmt so nicht. Dazu ist Theo viel zu einfühlsam.

»Wenn du an meiner Stelle wärst – wie würde es dir jetzt gehen?«

»Das ist eine theoretische Frage, die ich nicht beantworten kann«, sagt er.

»Aber garantiert wärst du nicht dermaßen unvorbereitet! Ich hab mir ja nicht mal die medizinische Bezeichnung meines Tumors gemerkt – Horst hat mir genügt. Ich habe mich auch kein bisschen über ihn informiert, sondern einfach nur versucht, ihn so weit wie möglich zu ignorieren. Was leider nicht immer so gut geklappt hat.«

Er legt seinen Arm um mich. »Du hast recht. Vermutlich hätte ich im Internet alles gelesen, was es über diesen speziellen Tumor zu finden gibt. Auf der anderen Seite hätte ich in dieser Woche längst nicht so viel Spaß gehabt wie du. Oder besser gesagt: wie wir.«

Ich frage mich, ob ich im umgekehrten Fall dazu bereit gewesen wäre, ihn quer durch die Republik zu kutschieren. Vermutlich eher nicht. Dazu war ich viel zu oberflächlich und zu egoistisch.

Doch in dieser Woche ist viel passiert. Ich habe mich verändert, und das hat nicht nur mit Horst zu tun, sondern auch mit Theo. Ich bin sicher, inzwischen würde ich genauso reagieren wie er. Ja, ich würde sogar ein Leichtathletikturnier sausen lassen, um ihm beizustehen. Schon verrückt.

»Das stimmt«, sage ich. »Wir hatten echt viel Spaß. Allein schon dieser wunderbare Tag am See!«

»Nicht zu vergessen die Eisbecher und die weltbeste Pizza«, ergänzt er.

»Die magische Vollmondnacht auf der Waldlichtung.«

»Der Bungee-Sprung – inklusive Dip-in.«

»Die Pension mit der Kuckucksuhr und all dem anderen Kitsch ...«

»Das Karaokesingen mit den Japanern!«

»Dein Hangover.«

»Oh, erinnere mich lieber nicht daran.« Theo zieht eine Grimasse.

»Okay, wenn du die Sache mit der Glatzenrasur und unserem Heulanfall nicht erwähnst.«

»Deal. Da denke ich lieber an den Lachflash bei *Kniechen,
Näschen, Öhrchen.*«

Ich probiere es spontan und kriege es wieder nicht hin. Theo
lacht, aber er macht mir nicht vor, wie es richtig geht. Was mir
auch lieber ist, denn sonst müsste er mich loslassen. Und sein
Arm um meine Schultern fühlt sich gerade furchtbar gemütlich und auch irgendwie tröstlich an.

Das Morgenrot ist überwältigend schön. Es wird immer heller, doch noch hat die Sonne den Horizont nicht überstiegen.
Lange kann es allerdings nicht mehr dauern. Und dann bleiben mir gerade mal anderthalb Stunden, bis ich mich in der
Klinik melden muss.

»Hätte mein Handy jetzt noch Saft, ich glaube, ich würde
ein Foto machen und es Valentina schicken mit einem lieben
Gruß«, sage ich.

»Kein Problem – ich mache eins und schicke es dir. In der
Klinik kannst du dein Handy aufladen und es an sie weiter-
schicken.«

Gesagt, getan. Theo ist nicht nur ein Nerd, sondern auch ein
praktisch denkender Mensch.

»Gibt es sonst noch etwas, was du gerne erledigen würdest?«, will er wissen.

Und dann weiß ich es auf einmal. Ja, da gibt es etwas.

»Vielleicht hätte ich meiner Mutter doch einen Brief schreiben sollen.« Meine Stimme klingt belegt. Urplötzlich fühle ich
mich wieder den Tränen nah. Verflixt, warum hat diese Frau
immer noch so viel Einfluss auf meine Verfassung?

»Dann solltest du das nachholen.«

Theo hat recht. Dennoch sträube ich mich dagegen.

»Ich kann jetzt nicht. Ich fühle mich zu schwach. Und

meine Hände sind zu kalt«, behaupte ich. Und das ist mehr als bloß eine blöde Ausrede – das Schreiben ist mir gestern schon ziemlich schwergefallen, wer weiß, ob ich jetzt mehr als ein unleserliches Gekritzel zustande bringen würde.

»Dann diktierst du es mir.«

»Du hast wohl für jedes Problem eine Lösung parat?«

»Leider nicht für jedes. Aber dieses hier ist machbar.«

Er steht auf und holt Kugelschreiber und Notizblock aus dem Auto. »Schieß los.«

Okay. Na gut. Wie soll ich bloß anfangen? Egal, ich sage einfach, was mir spontan einfällt.

»Hallo, Mutter«, beginne ich zögernd, »was ich neulich nicht erwähnt habe: Ich habe einen Gehirntumor, der operiert werden muss, und wenn du diesen Brief bekommst, ist die riskante Operation schiefgelaufen.«

Ich schlucke. So etwas zu schreiben, ist schon krass genug, aber es laut auszusprechen erfordert enorme Überwindung.

»Ich kann dir leider nicht schreiben, dass ich begreife, warum du mich verlassen hast. Ich will es auch gar nicht verstehen. Doch um mich geht es jetzt gar nicht mehr. Was mir wichtig ist: Bitte tu Valentina nicht dasselbe an wie mir. Du darfst sie nicht enttäuschen. Dafür hätte ich echt kein Verständnis. Gestern wollte ich noch schreiben, dass ich dir niemals verzeihen kann. Aber wenn es dir hilft, für meine kleine Schwester eine gute Mutter zu sein, dann vergebe ich dir. Victoria.«

Theo lässt Stift und Block sinken, dann reicht er mir ein Taschentuch und nimmt sich auch selbst eins aus der Packung.

»Wir sind vielleicht zwei Heulsusen«, schluchze ich.

»Aber echt«, sagt er und wischt sich die Tränen aus dem Gesicht.

Und dann ist es so weit: Wie ein funkelndes Goldstück kommt die Sonne zum Vorschein und spiegelt sich im See. Der Himmel zeigt sämtliche Farbtöne von gleißendem Gelb über warmes Orange bis hin zu dramatischem Violett, es ist einfach unbeschreiblich.

»Und all das nur wegen der Erdrotation«, sagt Theo.

»Ich liebe die Erdrotation, wenn sie uns dermaßen faszinierende Momente schenkt.«

Ich kann mich überhaupt nicht sattsehen. Es macht fast gar nichts, dass ich mittlerweile trotz des Schlafsacks zittere. Vor Kälte – und Angst. Bald wird es ernst.

Theo nimmt meine Hand und streichelt sie sanft. Ich rutsche noch näher zu ihm rüber, damit er wieder seinen Arm um mich legen kann. Das ist beruhigend. Ich bin froh, diesen Moment mit ihm zu erleben. Theo ist mein Fels in der Brandung. Und er ist echt. Viel echter als Marek Carter.

So bleiben wir sitzen, bis es – viel zu schnell – Zeit wird. Ich wickele mich aus den Schlafsäcken.

»Ich bringe dir später deine Tasche«, sagt Theo.

»Wer weiß, ob ich die überhaupt brauche«, sage ich leise.

»Ich«, erwidert er. »Ich weiß es.«

Natürlich entbehrt das jeder Grundlage, aber er sagt es so überzeugt, dass ich ihm fast glaube. Ich schaue ihn an. Genauer gesagt in seine warmen, freundlichen Augen hinter den dicken Brillengläsern.

Spontan beuge ich mich zu ihm rüber und küsse ihn auf die Wange. Und dann auf die Lippen.

Er erwidert den Kuss überraschend leidenschaftlich. Jetzt erst wird mir klar, was wir da eigentlich tun – und wie wundervoll es ist. Mein Herz schlägt Purzelbäume, ich fühle mich, als ginge die Sonne noch einmal auf, und zwar in meinem Herzen.

»Das war der letzte Punkt auf meiner Bucket List«, sage ich schließlich. »Mein bester letzter Kuss.«

»Ich dachte, den wolltest du mit Marek Carter erleben«, kann sich Theo nicht verkneifen.

Ich grinse. »Heldenverehrung hat so was Infantiles, findest du nicht?«

Theo wirkt erleichtert. »Für mich war das jedenfalls definitiv der beste Kuss aller Zeiten. Ich hoffe bloß, das bleibt er nicht.«

»Wieso?«

»Mal angenommen, du überstehst das Ganze, wovon ich ausgehe. Dann bleibt uns wohl nichts anderes übrig, als ihn immer wieder zu wiederholen. Und Tag für Tag durch noch bessere Küsse zu ersetzen.«

Ich muss lachen, und Horst ist für einen Moment vergessen. »Es gibt schlimmere Schicksale«, sage ich. »Beste letzte Küsse kann man gar nicht genug kriegen.«

Theo hilft mir aufzustehen. Hand in Hand gehen wir hinüber zur Klinik. Höchste Zeit, diesen Störenfried in meinem Kopf ein für alle Mal loszuwerden.

»Soll ich dich begleiten?«, fragt er, als wir vor dem Eingang stehen.

»Nein, ich gehe allein rein.«

Noch einmal ersetzen wir den Kuss von vorhin durch einen neuen, noch besseren, und ich werde durchströmt von einem Gefühl, das mehr ist als nur Zuneigung, Schwärmerei und Leidenschaft. Das muss wohl Liebe sein.

»Es darf nicht der letzte bleiben«, sagt Theo und schaut

mich zärtlich an. »Sieh zu, dass du das hier überlebst. Ich will dich nicht verlieren, jetzt, da ich dich gefunden habe.«

»Ich werd mir Mühe geben«, erwidere ich. »Wenn ich zwischen Horst und dir wählen müsste, würde ich mich jederzeit für dich entscheiden.«

»Und du machst dich lustig über meine Nerd-Witze?«

Okay, zugegeben: Ich war schon mal schlagfertiger. Aber das hier sind besondere Umstände.

Statt einer Antwort küsse ich ihn ein weiteres, allerletztes Mal. Dann drehe ich mich um und gehe durch die gläserne Drehtür. Es ist exakt halb sieben.

Ich denke an *Grey's Anatomy*. Wie sagt McDreamy vor Hirn-OPs immer? »Ein guter Tag, um Leben zu retten.«

Ich borge den Spruch aus und wandele ihn ab: Heute ist ein guter Tag, um mein Leben retten zu lassen. Und mich zu verlieben …

»Hallo, mein Name ist Victoria Sander. Ich soll mich hier melden«, sage ich am Empfang.

Horst ist bald Vergangenheit.

Die Zukunft gehört mir! Mir und Paps und Valentina und vor allem Theo.

Ich kann es kaum erwarten.

Leseprobe aus

Heike Abidi
Und dann kamst du

Auf einmal war Claire hellwach. Vorhin noch hatte sie befürchtet, gleich im Stehen einzuschlafen, doch jetzt hatte sie den toten Punkt wohl überwunden. Okay, sie fühlte sich immer noch völlig ausgelaugt, die Füße schmerzten, der Rücken nicht minder. So wie immer nach einer langen Nacht hinter der Theke. Und gleichzeitig irgendwie anders. Regelrecht aufgekratzt. Ihre Sinne waren geschärft, als wären sie in Alarmbereitschaft. Was im Grunde lächerlich war, denn welche Gefahr sollte schon drohen in diesem schmuddeligen alten Stadtbus, der wie immer um diese Zeit fast menschenleer war?

Claire schaute sich um. Dort hinten saß ein Pärchen, das frisch verliebt wirkte. Die beiden hatten nur Augen füreinander und wirkten ungefähr so bedrohlich wie ein Schmetterling. Oder – in Anbetracht der Uhrzeit – ein Nachtfalter.

Ganz vorne links, direkt hinter dem Fahrer, hatte sich eine Frau mittleren Alters niedergelassen. Sie trug einen Trenchcoat und praktische Schuhe. Claire kannte sie vom Sehen. Die Frau arbeitete bei einer Putzkolonne und war schon auf dem Weg zur Frühschicht. Dabei verrieten ihre hängenden Schultern, wie müde sie schon allein beim Gedanken an den harten Arbeitstag war, der vor ihr lag. Claire hätte nicht mit ihr tauschen wollen. In aller Herrgottsfrühe aufstehen zu müssen, empfand sie als pure Folter. Lieber arbeitete sie die halbe Nacht durch und schlief dann bis Mittag.

So langsam hatte sie sich an diesen Rhythmus gewöhnt. Auch an den Lärmpegel in der Bar, an die zweideutigen Sprüche mancher Gäste, die stickige Luft, das viele Stehen, die rauen Spülhände … Sie hatte inzwischen nicht nur die Preise der gängigsten Getränke im Kopf, sondern auch die Rezepturen aller Cocktails, die auf der Karte standen. Wenn sie etwas machte, dann richtig. Selbst bei einem vorübergehenden Aushilfsjob.

Wobei – so ganz stand ja noch nicht fest, wie lange ihre Kellnerinnenkarriere dauern würde. Ursprünglich hatte sie geplant, nur bis zum Semesterbeginn zu jobben und dann erst wieder in den Ferien. Oder höchstens hin und wieder am Wochenende. Schließlich wollte sie sich voll und ganz auf die Uni konzentrieren. Die Regelstudienzeit sollte doch zu schaffen sein! Natürlich mit einem brillanten Abschluss …

»Wir müssen uns nur gegenseitig anfeuern und motivieren, dann klappt das schon«, hatte Colin gesagt, und sie hatte genickt. Beim Abitur war diese Taktik schließlich auch aufgegangen. Sie und Colin waren eben ein unschlagbares Team.

Gewesen.

Claire schluckte und schaute durch die schmutzige Scheibe hinaus in die Nacht. Als könnte irgendetwas dort draußen sie aufmuntern. Das konnte nichts und niemand. Das Einzige, was einigermaßen funktionierte, war Ablenkung, am besten durch Arbeiten bis zur völligen Erschöpfung.

Der Job in der Bar war da im Grunde goldrichtig. Er ließ ihr keine Sekunde Zeit zum Grübeln und machte sie so richtig müde, sodass sie anschließend meist sofort in einen tiefen, traumlosen Schlaf fiel, anstatt stundenlang wach zu liegen und an jenen Tag vor inzwischen fast drei Monaten zu denken, der alles verändert hatte.

Aber jetzt, während der nächtlichen Busfahrt nach Hause, machten ihre Gedanken, was sie wollten. Und natürlich wollten sie sich um Colin drehen. Ihre andere Hälfte. Ihren Zwillingsbruder.

Neunzehn Jahre waren sie eine Einheit gewesen. *Colin und Claire.* Unzertrennlich, hatte man sie immer genannt.

Von wegen.

Während sich ihre Augen gegen ihren Willen mit Tränen füllten, wanderten Claires Gedanken zurück zu jenem Horror-Tag im Juni, an dem sie von einem Anruf geweckt worden war.

Zuerst hatte sie das leise Summen gar nicht gehört, denn in der Nacht stellte sie ihr Handy immer auf Vibration. Im Halbschlaf hielt sie das Geräusch für das Brummen der Kaffeemaschine. Doch als sie die Augen aufschlug, stellte sie fest, dass es draußen noch dunkel war. Es würde noch Stunden dauern, bis sich jemand in der Küche zu schaffen machte. Also doch ein Anruf. Sie warf einen Blick aufs

Display. Vier Uhr siebenunddreißig. Und eine unbekannte Nummer. Es überlief sie eiskalt. Entweder war das ein Telefonstreich oder …

Es war Phil, der beste Kumpel ihres Bruders. Zuerst erkannte sie seine Stimme überhaupt nicht. Sie klang rau und tonlos zugleich. Und das lag nicht allein daran, dass der Anruf von der anderen Seite des Atlantiks kam.

»Claire, es ist etwas Schreckliches passiert«, sagte er. Da wusste sie es schon. Obwohl sie noch hoffte, dass er übertrieb und den beiden bloß das Mietauto geklaut worden war. Oder dass sie ihr Gepäck verloren hatten. Oder …

»Colin hatte einen Surfunfall«, fuhr Phil fort und brach erneut ab.

Warum sagt er denn nicht, was los ist? Hat er sich ein Bein gebrochen? Den Arm? Oder beides? Claires Gedanken rasten. Dabei kannte sie längst die Antwort.

Als Phil sie schließlich bestätigte, wurde die Ahnung zur schrecklichen Gewissheit. »Er hat das Brett an die Schläfe bekommen und ist ohnmächtig geworden. Colin … er ist ertrunken. Man hat fast eine Stunde lang versucht, ihn wiederzubeleben, aber es war nichts zu machen. Es tut mir so leid.«

Dieser Moment hatte sich tief und unauslöschlich in Claires Gedächtnis eingegraben. Vielleicht sogar reingefräst. Oder geätzt. Mit der alles zerstörenden Säure der Realität.

Nein, es war kein böser Traum gewesen, sosehr sie es manchmal noch immer hoffte. Die Wirklichkeit war nun mal gnadenlos, das Schicksal ein Spielverderber und ihre Zukunft ein Scherbenhaufen.

An die ersten Tage danach konnte sie sich kaum noch entsinnen. Da war nur Dunkelheit, unterbrochen von ein paar Erinnerungsfetzen. Die meisten davon unscharf, als hätte ihr Gedächtnis auch die Tränen mit abgespeichert, die jetzt die Bilder in ihrem Kopf verwässerten. Das Gespräch mit dem Bestatter. Die Telefonate wegen der Überführung der *Leiche*. Ihr ungläubiges Staunen darüber, wie selbstverständlich Colin auf einmal so bezeichnet wurde. Die Menschenmenge, alle ganz in Schwarz. Die Eltern, starr vor Entsetzen. Und sie selbst, die verheulten Augen hinter einer dunklen Sonnenbrille verborgen, innerlich leer und zugleich voller Schmerz – und unausgesprochener Fragen.

Was sollte sie denn nun mit sich anfangen, als übrig gebliebene Hälfte? Ihr Plan war so gut gewesen. Er hatte festgestanden, seit sie ungefähr zwölf waren. Da hatten Colin und sie beschlossen, nach der Schule Medizin zu studieren und irgendwann die Praxis ihrer Eltern zu übernehmen. Auf diese Weise würden sie ihr Leben lang zusammenbleiben. Erst an der Uni, dann im Beruf. Auch wenn sie irgendwann heiraten und eigene Familien gründen würden, wären sie doch zumindest im Job ein unzertrennliches Team.

Hatte sie geglaubt.

Inzwischen wusste sie es besser. Genauer gesagt: Sie wusste gar nichts mehr.

Die Tränen strömten jetzt ungehindert über ihre Wangen,

und sie kramte in ihrer Handtasche nach einem Taschentuch. Wie so oft, wenn sie die Erinnerungen zuließ, wurde sie von Trauer übermannt. Sie umhüllte ihr Herz wie kalter Nebel. Es fühlte sich an, als bestünde Claire nur aus dieser Trauer – und der Sehnsucht nach der Zeit, als ihr Leben noch in Ordnung war. Als Colin noch lebte und alles einen Sinn hatte.

Wieder hielten sie an. Die Putzfrau verließ den Bus, und eine junge Frau im dunkelblauen Kostüm mit Handgepäcktrolley stieg ein. Sicher eine Stewardess auf dem Weg zum Flughafen. Eine Kollegin also – nur dass sie in zehn Kilometern Höhe kellnerte und nicht in den Niederungen einer Bar. Sie warf Claire einen besorgten Blick zu. Kein Wunder, sie bot sicher ein Bild des Elends.

Bitte nicht ansprechen, dachte Claire, zwang sich zu einem kleinen Lächeln und wischte rasch die Tränen ab, bevor sie noch mehr Aufmerksamkeit auf sich zog. Irgendwie musste sie es schaffen, sich zusammenzureißen. Zumindest, bis sie zu Hause war. Wenn sie die Tür ihres WG-Zimmers hinter sich geschlossen hatte, konnte sie ihren Tränen freien Lauf lassen. Verdammt, warum schlich sich die Trauer auch immer genau dann an, wenn sie so kraft- und wehrlos war? Dagegen half erfahrungsgemäß nur ein Ablenkungsmanöver.

Unauffällig schaute Claire hinüber zu der vermeintlichen Stewardess. Wohin ihre Reise heute wohl ging? Vielleicht nach Bali. Oder Südafrika. Auf keinen Fall nach Hawaii. Seit Colins Unfall wollte Claire an diesen Albtraumort nicht mehr denken. Lieber an fremde, unbelastete Orte. Warum nicht die Malediven? Das wäre doch ein schönes Ziel für die Frau mit dem Trolley. Wie sie wohl hieß? Jenny vielleicht. Oder Jacqueline. Irgendwas mit J. Zum Beispiel Jasmin? Nein, das war zu blumig. Nicht tough genug. Jana? Julia? Nein, Jessica passte perfekt, beschloss Claire, und ein kleines Lächeln huschte über ihr verheultes Gesicht. Solche Gedankenspiele hatten ihr schon immer Spaß gemacht. Und jetzt erwiesen sie sich als perfekte Taktik, um sich auf andere Gedanken zu bringen. Sie dichtete der Frau, die vielleicht Jessica hieß, noch diverse Hobbys an (Handlettering, Zumba, Fotografieren), außerdem Lieblingsspeisen (Seezunge, Brokkolicremesuppe, Schokoeis) und -getränke (Espresso, Bitter Lemon, Bloody Mary). In Claires Fantasie hatte Jessica einen Ex-Freund in New York und einen aktuellen Lover in Havanna. Sie las gern Thriller, doch ihr Lieblingsfilm war nach wie vor *Titanic*. Dicht gefolgt von *Shape of Water*.

Claire selbst war schon seit einiger Zeit nicht mehr im Kino gewesen. Genauer gesagt, seit Colins Tod. Früher hatten sie gemeinsam keine Sneak Preview verpasst. Colin liebte Überraschungen und sagte immer, man könne keinen Film unvoreingenommen genießen, über den man zu viel weiß.

Auf diese Weise hatte Claire ihren absoluten Lieblingsfilm kennengelernt: *Arrival*. Hätte sie geahnt, was auf dem Programm stand, hätte sie den Kinobesuch garantiert abgesagt. Eigentlich mochte sie nämlich überhaupt keine Geschichten über Außerirdische. Die waren ihr entweder zu brutal oder zu albern. Nicht so dieser Film. *Arrival* war klug, tiefgründig, fast poetisch.

Ausnahmsweise war Colin nicht ihrer Meinung gewesen. Er fand den Film lahm. »Da fehlt die Action«, hatte er gemosert.

Ach, Colin. Wärst du nicht so verrückt nach Action gewesen, könntest du noch leben.

Und schon hatte sie ihr eigenes Ablenkungsmanöver boykottiert. Es war wie verhext heute Nacht. Als wollte sich Colin um jeden Preis in ihr Bewusstsein drängen.

Wieder bremste der Bus. Claire schaute hinaus. Haltestelle Hauptbahnhof. Die Frau, die vielleicht Jessica hieß, schob ihren Trolley in Richtung Ausgang – sicher stieg sie hier um in die S-Bahn zum Flughafen.

Kaum war der Bus wieder angefahren, stand ein weiterer Fahrgast auf, um sich schon mal in Richtung Tür zu bewegen. Offenbar hatte er es eilig. Wo er wohl hinwollte? Claires Neugier war geweckt. Schade, dass sie den Mann nur von hinten sah – wie sollte sie sich da einen Namen und eine fiktive Biografie für ihn ausdenken?

Als hätte sie ihn nur mit der Kraft ihrer Gedanken beeinflusst, drehte er sich für einen Moment um, und ihr blieb fast das Herz stehen – nur um danach umso heftiger zu pochen.

War das etwa …?

Claire spürte, wie sich die Härchen in ihrem Nacken aufstellten. Hatte sie da gerade eine Erscheinung?

Das konnte doch nicht sein!

Ihr wurde heiß und kalt zugleich, und vor lauter Anspannung hielt sie die Luft an. Erst als sie erkannte, dass sie sich getäuscht hatte, stieß sie den Atem heftig aus.

Nur ein Fremder.

Aber er sah ihm ähnlich. Irgendwie. Allerdings auch nur auf den allerersten Blick. Colin war viel größer als dieser Typ. Und blonder. Eigentlich war die Ähnlichkeit gar nicht so besonders groß, wenn man genau hinschaute.

Und das tat Claire. Wie paralysiert musterte sie ihn. Vergessen das Ziel, möglichst nicht aufzufallen. Es war, als müsste sie innerhalb kürzester Zeit versuchen, seinen Anblick für alle Zeiten abzuspeichern – seine Statur, seine Haltung, sein Blick, alles strahlte eine tiefe Traurigkeit aus, die ihr nur zu bekannt war. In gewisser Weise war es, als blickte sie in den Spiegel ihrer eigenen Seele. Wäre der Bus voll besetzt gewesen, hätten sich die anderen Fahrgäste bestimmt über die junge Frau gewundert, die so hemmungslos einen Typen anstarrte. Normalerweise hätte sie dem Unbekannten höchstens einen verstohlenen Blick zugeworfen. Doch in diesem Moment war sie nicht sie selbst. Sondern wie ferngesteuert.

Dann ging plötzlich alles ganz schnell: Der Bus öffnete die Türen und spuckte ihn aus, hinaus ins Dunkel der Nacht, die ihn innerhalb weniger Sekunden verschlang. Claire schaute ihm durchs Fenster hinterher und konnte kaum fassen, was gerade geschehen war.

Dann wanderte ihr Blick zu dem Platz, auf dem der Typ

bis vor wenigen Augenblicken gesessen hatte, und da sah sie ihn. *Seinen Rucksack.*

Ohne lange nachzudenken, sprang sie nun selbst auf, rannte zur Tür und drückte auf den Knopf, um sie zu öffnen. Nichts passierte. Was war los? War der Türöffner etwa defekt? Hektisch drückte sie wieder und wieder, doch es war zu spät – der Bus fuhr schon weiter.

Obwohl sie wusste, dass es nutzlos war, probierte Claire es weiter, diesmal fester, als könnte sie damit die Technik überlisten. Sie musste dem Unbekannten folgen, unbedingt!

»Hey, du hast da was vergessen!«, rief sie ihm halblaut hinterher. Ohnehin ein sinnloses Unterfangen, das war ihr klar. Auch dass sie sich gerade vor den Mitfahrenden ziemlich lächerlich gemacht hatte. Aber das war ihr vollkommen egal.

Wie in Trance ging sie zu dem Platz, auf dem der Unbekannte gerade noch gesessen hatte. Der Sitz hatte seine Körperwärme gespeichert. Claire nahm seinen Rucksack auf den Schoß und schloss die Augen, um sich sein Aussehen in Erinnerung zu rufen. Irgendetwas an ihm hatte in ihr eine ganze Flut von Empfindungen ausgelöst.

Vor ihrem geistigen Auge tauchte ein Gesicht mit traurigen Augen auf. Eine leicht gebogene Nase. Ein von Bartstoppeln umrahmter Mund. Dunkelblonde Haare, die weder glatt noch lockig waren, sondern irgendwie widerspenstig und auf attraktive Weise unfrisiert. Dann löste sich das Bild wieder auf, und zurück blieb ein Gefühl – das der Verbundenheit mit dem Unbekannten.

Dabei kannte sie ihn doch überhaupt nicht!

Und überhaupt – wie konnte da eine Verbundenheit bestehen? Er hatte sie ja gar nicht richtig angeschaut. Sicher hatte er sie nicht mal registriert und war ausgestiegen, ohne ihren verblüfften Blick wahrzunehmen.

Der Unbekannte hatte gehetzt gewirkt. Und irgendwie abwesend. Ja, er musste in Gedanken gewesen sein, sonst hätte er bestimmt nicht seinen Rucksack liegen lassen.

Ob er ihn inzwischen schon vermisste?

Claire schloss die Augen und lehnte den Kopf an die Scheibe. Sie war angenehm kühl und vibrierte leicht, weil der Bus gerade über Kopfsteinpflaster fuhr. Jetzt bremste er ab, und das Vibrieren wurde schwächer. Claire fragte sich, warum der Unbekannte wohl noch so spät unterwegs gewesen war. Kam er von einer Feier mit Freunden? So hatte er nicht gewirkt. Oder von einem Job? Vielleicht kellnerte er ebenfalls. War das womöglich eine Gemeinsamkeit? Hatte sie sich deshalb so mit ihm verbunden gefühlt?

Sie hörte Schritte und öffnete die Augen. Es war das Pärchen. Die beiden hatten inzwischen den Ausstieg erreicht. Die Tür öffnete sich mit einem leisem Zischen. Claires Blick wanderte hoch zur Digitalanzeige. *Marienstraße.* Mist, hier musste sie auch raus! Aber natürlich – das Kopfsteinpflaster hätte ihr bekannt vorkommen müssen! Eilig sprang sie auf, stürmte los und erreichte den Ausstieg gerade, als sich die Tür langsam wieder zu schließen begann. Irgendwie schaffte sie es, sich hindurchzuquetschen.

Heftig atmend schaute sie den Rücklichtern des Busses hinterher. Erst jetzt wurde ihr bewusst, dass sie den Rucksack noch umklammert hielt. Was hatte sie sich nur dabei gedacht, ihn mitzunehmen? Natürlich hätte sie ihn abgeben müssen. Dann hätte ihn der Busfahrer im Fundbüro abgeben und der Unbekannte ihn dort abholen können.

Unentschlossen blieb Claire am Straßenrand stehen. Die LED-Anzeigetafel kündigte den nächsten Bus dieser Linie in sieben Minuten an.

Sieben Minuten. Das war überschaubar. Sollte sie einfach so lange hier warten? Vielleicht hatte der Unbekannte seinen Verlust ja sofort bemerkt und würde …

Aber nein, das war natürlich Unsinn. Er konnte schließlich nicht wissen, dass sie hier ausgestiegen war und seinen Rucksack bei sich trug. Viel wahrscheinlicher war es doch, dass er den Bus auf seinem Rückweg abzupassen versuchte, in der Hoffnung, der Rucksack wäre noch da.

Kurz entschlossen wechselte Claire die Straßenseite. Wenn sie die nächste Verbindung in die Gegenrichtung nahm, könnte sie ihn vielleicht erwischen. Die Wahrscheinlichkeit war zwar gering, aber man konnte ja nie wissen. Wenn das Schicksal einem eine Chance wie diese gab, musste man sie schließlich ergreifen, oder?

Sie fand es nicht sonderlich angenehm, hier allein im Dunkeln herumzustehen. Es waren kaum Autos unterwegs, und Fußgänger schon gar keine. Wenigstens stand gleich neben der Haltestelle eine Straßenlaterne. Auch die Schaufenster der umliegenden Geschäfte waren beleuchtet. Eine Reinigung, ein Backshop, ein Optiker, ein Handyladen. Natürlich alle geschlossen. Überhaupt war die Gegend völlig verlassen. Hoffentlich kam der Bus bald! So langsam wurde es Claire hier regelrecht unheimlich. Außerdem fror sie. Warum nur hatte sie nichts zum Überziehen dabei? Der Unbekannte war in dieser Hinsicht vorausschauender gewesen. Ob er ihr seine Jeansjacke leihen würde, wenn er jetzt neben ihr stünde?

Claire begann, auf und ab zu gehen, um sich ein bisschen aufzuwärmen. Um diese Uhrzeit war von der Hitze, die zurzeit tagsüber herrschte, nicht viel zu spüren. Mit dem August waren auch die tropischen Nächte vergangen.

Colin hatte den Spätsommer geliebt. Sie früher auch, doch dieser war der erste, den sie ohne ihn erlebte, und es hatte sich so angefühlt, als ließe sie ihn im Stich, als sie neulich einen freien Nachmittag im Park verbracht hatte, um die warmen Sonnenstrahlen zu genießen.

Colin …

Wäre er jetzt bei ihr, würde er sie garantiert aufziehen. *Du könntest längst zu Hause im Warmen sein, Schwesterherz. Stattdessen stehst du hier bibbernd rum und gruselst dich, und all das nur wegen eines Kerls, den du überhaupt nicht kennst!*

Vermutlich hätte er ihr die ganze Aktion längst ausgeredet. Statt den Unbekannten zu suchen, hätte er den Rucksack ordnungsgemäß abgegeben und das Thema abgehakt. Vielleicht sogar die Polizei gerufen, schließlich galt ein herrenloses Gepäckstück heutzutage als Terrorgefahr.

Doch Claire *wusste*, dass dieser Rucksack keine Bombe enthielt. Sie umklammerte ihn wie ein Baby, während sie zitternd auf den Bus wartete.

Als er endlich kam, schlug ihr Herz schneller. In wenigen Minuten würde sie den Unbekannten wiedersehen. Vielleicht. Andererseits: Wenn er nicht dort wartete, wo sie ihn vermutete, würde sie ihm vielleicht nie wieder begegnen.

Das durfte einfach nicht sein!

Natürlich war er nicht da. Was hatte sie sich da nur eingeredet? Sie könnte längst im Bett liegen. Müde genug war sie. Nun stand sie wieder auf der Straße, erneut mutterseelenallein. Das Ganze war eine Schnapsidee gewesen. Völlig verrückt.

Und nun? Auf den nächsten Bus warten? Wieder eine Viertelstunde frierend herumlungern? Claire zögerte. Wenn wenigstens der Kiosk dort drüben geöffnet hätte. Dann könnte sie sich einen Kaffee besorgen und wäre nicht ganz so allein. Aber der Laden war natürlich längst geschlossen.

Bis nach Hause war es eine knappe halbe Stunde zu Fuß. Wenigstens würde die Bewegung sie aufwärmen. Seufzend machte sie sich auf den Weg.

Eigentlich verlangte ihr Körper nach Schlaf. Doch dazu war sie viel zu aufgewühlt. Sie ging, so schnell sie konnte. Zum Glück trug sie bequeme Sneakers, wie immer, wenn sie in der Bar arbeitete, und keine Schuhe mit Absätzen, die auf dem Asphalt laut geklappert hätten. Es wäre ihr unangenehm gewesen, um diese Zeit so einen Radau zu veranstalten. Doch angesichts der Stille um sie herum erschienen ihr schon das Rauschen des Blutes in ihren Ohren und ihr Keuchen extrem laut. Wenigstens konnte das außer ihr niemand wahrnehmen. Und warum atmete sie überhaupt so heftig? Sie rannte ja fast! Wenn sie sich nicht bremste, würde sie es in diesem Tempo gar nicht bis nach Hause schaffen. Die letzten hundert Meter ging sie etwas langsamer, obwohl sie es kaum erwarten konnte, endlich in ihr Zimmer zu kommen.

Noch bevor der Altbau, in dem sie seit ein paar Wochen wohnte, in Sichtweite war, kramte sie in ihrer Handtasche nach dem Schlüssel. Das Schloss ging ein bisschen schwer auf, sie musste leicht gegen die Tür drücken und gleichzeitig am Knauf ziehen, während sie den Schlüssel umdrehte. Immerhin funktionierte der Bewegungsmelder im Treppenhaus, sodass sie nicht umständlich nach dem Lichtschalter tasten musste.

In der Wohnung war alles ruhig. Die anderen schliefen längst. Überhaupt hatte sie einen ziemlich anderen Rhythmus als ihre Mitbewohner – meistens trafen sie sich nur zwischen Tür und Angel oder höchstens mal in der Küche. Claire fand das ein bisschen schade. Jetzt allerdings war sie froh, dass sie niemandem begegnete. Sie wollte allein sein mit sich und ihren Gedanken.

Als sie wenig später ihr Zimmer betrat, war sie entschlossener denn je, den Unbekannten zu finden. Vielleicht nicht heute Nacht, aber bald. Und wenn sie Glück hatte, würde ihr der Rucksack dabei helfen …

Kurz entschlossen öffnete sie ihn und leerte den Inhalt auf dem Boden aus. Dann ließ sie sich im Schneidersitz nieder und begutachtete, was vor ihr ausgebreitet lag: eine Einkaufsliste, ein Sweatshirt mit dem Bandlogo der *Arctic Monkeys,* ein Päckchen Streichhölzer, ein Kugelschreiber und ein Notizbuch.

Mit anderen Worten: nicht sonderlich viel. Wie sollte sie diesen kümmerlichen Habseligkeiten bloß Informationen über die Identität ihres Besitzers entlocken?

Zögernd schlug sie das Notizbuch auf. Nur die ersten zwei Seiten waren beschrieben. Die Handschrift wirkte schwungvoll und unverschnörkelt zugleich.

Je ratloser ich bin, desto mehr Besserwisser texten mich voll. »Jetzt kannst du das Singleleben genießen.« »Andere Mütter haben auch schöne Töchter.« »Schreib dir den ganzen Müll von der Seele.« »Du bist doch noch so jung, Samuel.« »Und wie wäre es mit einem Haustier?«

Leute, ich wurde verlassen!

Von der Liebe meines Lebens.

Das ist, als ob einem jemand das Herz brutal aus dem Leib reißt. Nichts, was man mit einem Schlaumeier-Spruch heilen könnte!

Nach diesen Zeilen war ihr sofort klar, dass es sich um einen Tagebucheintrag handelte. Wenn sie jetzt weiterlas, verletzte sie seine Privatsphäre. Wenn sie es jedoch nicht tat, blieben ihr nur der Einkaufszettel, die Streichhölzer und das Sweat-shirt als Hinweise. Reichlich mager.

Er würde doch sicher auch wollen, dass sie ihn fand und ihm seine Sachen zurückgeben konnte?

Na also!

Claire gab sich einen Ruck. Okay, sie war neugierig, das musste sie sich eingestehen. Aber das Ganze war schließlich für einen guten Zweck.

Und so las sie weiter …

Als sie fertig war, begann sie noch einmal von vorn. Voller Mitgefühl für diesen traurigen Menschen, der sein Leben mit einem grauen Novembertag verglich. Oh, wie gut sie das nachempfinden konnte! Auch ihr Herz war gebrochen, wenn auch aus einem anderen Grund. Dennoch – seine Zeilen erreichten ihr Herz und berührten sie in ihrem tiefsten Inneren.

Nachdem Claire den Eintrag ein drittes Mal gelesen hatte, nahm sie seinen Kugelschreiber zur Hand und begann selbst zu schreiben.

7. September

*Gute Idee, sich die Sorgen von der Seele zu schreiben. Warum bin
ich nicht von selbst darauf gekommen?*
*Vielleicht war es ein Zeichen, dass ich vorhin diesen Rucksack
gefunden habe – mit dem Tagebuch darin.*
Okay, ich glaube nicht an Bestimmung. Jedenfalls nicht mehr.
*Früher schon. Da folgte mein ganzes Leben einem durchgeplan-
ten, perfekten Drehbuch. Glückliche Kindheit, wohlhabendes
Elternhaus, hervorragendes Abitur. Der Rest war im Grunde
sonnenklar: Wir würden Medizin studieren und eines Tages die
Praxis unserer Eltern übernehmen, Colin und ich.*
*Verdammt, warum musste er auch unbedingt diesen blöden
Surfkurs machen? Wieso ist er überhaupt nach Hawaii geflogen?
Weshalb hat er das Geld, das er zum Abitur geschenkt bekommen
hatte, für eine Reise verjubelt, statt fürs Studium zu sparen?
Warum war Colin der Einzige, der im Laufe des Sommers an
diesem Surfspot verunglückt ist?*
*Und so stand ich gerade mal zwei Wochen nach unserer Abifeier
am Grab meiner anderen Hälfte, ohne die ich einfach unvoll-
ständig bin. Schwarz gekleidet und innerlich grau.*
*Dieser Tag war das Ende meiner strahlenden Zukunft und der
Anfang von etwas, das vermutlich der Rest meines Lebens wird.*
Also, wie gesagt: Ich habe nicht mehr an Bestimmung geglaubt.
Denn das Schicksal ist eine Scheißhausfliege.
Aber dann kamst du ins Spiel, Samuel.
Ich vermute, es lag am Schlafmangel, den man als Kellnerin nun

mal hat, und an den zwei, drei Absackern nach Feierabend, dass ich dich im ersten Moment für eine Reinkarnation meines Zwillingsbruders gehalten habe. Auf den zweiten wurde mir sofort klar, dass das unmöglich ist. Und überhaupt – Colin sah völlig anders aus! Aber du hast seine Lässigkeit.
Sein Charisma.
Du scheinst von alldem nichts mitbekommen zu haben. Vermutlich hast du mich gar nicht bemerkt, sondern an sie gedacht. Die Frau, die dein Herz gebrochen hat.
Jedenfalls war mir auf einmal glasklar, dass es eben doch so etwas wie Vorsehung gibt. Und jetzt weiß ich auch, was meine Aufgabe ist. Ich werde wieder Licht und Freude in dein Leben bringen. Und du in meins.
Doch zuerst muss ich dich finden. Was nicht gerade einfach wird, denn ich weiß ja fast nichts von dir – wenn man von den wenigen Zeilen, die du geschrieben hast, absieht.
Es ist dir doch hoffentlich recht, dass ich dein Tagebuch weiter benutze, um meine Suche nach dir zu dokumentieren?
Denn auch wenn ich nicht weiß, ob ich Medizinerin, Kellnerin oder Buchhändlerin werden will, eins ist sicher: Dich zu finden, ist Punkt eins in meinem neuen Lebensplan.

Endstation Liebe.
Eine Gefühlsrallye.

Heike Abidi
Und dann kamst du
304 Seiten · Ab 14 Jahren
ISBN 978-3-8415-0583-5

Nach dem Unfalltod ihres Zwillingsbruders ist die Welt der neunzehnjährigen Claire völlig aus den Fugen geraten. Will sie überhaupt noch Medizin studieren? Oder was könnte sie sonst mit ihrem Leben anfangen? Claire fühlt sich unvollständig und haltlos, lässt sich treiben. Bis zu jener denkwürdigen Nacht, in der sie IHN sieht. Der junge Mann fasziniert sie auf den ersten Blick – doch dann steigt er aus dem Bus aus, bevor sie Gelegenheit hat, ihn anzusprechen. Und lässt seinen Rucksack liegen! Wenn das kein Zeichen ist …

Auch als eBook

Weitere Informationen unter:
www.oetinger-taschenbuch.de